CHRYSALIDE

XHARRYSLAUGH

GRAY

L'AMORE HA UNA SOLA DIREZIONE

MONDADORI

Questo libro è un'opera di fantasia. Personaggi e luoghi citati sono invenzioni dell'autore e hanno lo scopo di conferire veridicità alla narrazione. Qualsiasi analogia con fatti, luoghi e persone, vive o scomparse, è assolutamente casuale

www.mondichrysalide.it

ISBN 978-88-04-65402-5

I edizione giugno 2015

GRAY

PROLOGO

Le persone programmano tutto. Da che ora svegliarsi a che ora andare a letto, cosa mangiare, fare, studiare, le persone programmano ogni cosa: ogni singolo momento della loro vita. E, per carità, io non sono certo una di quelle che dice "vivi ogni istante senza sapere cosa accadrà dopo", perché quello che viene *dopo* mi ha sempre spaventato, ma io non programmo.

Ho smesso di farlo dopo che tutto è andato a rotoli e sono diventata quello che sono: all'apparenza allegra, disposta a ridere e a scherzare, ma con lo sguardo spento. Nessuna emozione traspare mai dai miei occhi, nemmeno per errore. Non importa quanto tempo io passi con gli amici o il fatto che sorrida spesso. I miei occhi sono spenti, consumati.

E sono testarda, impulsiva, menefreghista: un totale disastro. Non ho certezze o stabilità nella mia vita. Come faccio a programmare qualcosa di tanto grande come un futuro se sono così indecisa su tutto?

Gli altri probabilmente pensano che nulla mi importi più. Ma non è così. Io ci provo davvero a far andare bene le cose ma, non avendo un reale motivo per farlo, i miei sforzi non hanno molto senso.

Inutile dirlo. Io non mi basto. Non mi sono mai bastata.

Che senso ha provare a convincermi del contrario? Non mi sono mai amata abbastanza. Per questo ho sempre avuto bisogno di qualcuno accanto a me. E adesso che sono di nuovo sola mi sento persa.

Non lo nota nessuno e questo è certo, ma io mi sento davvero persa.

È vero, nella mia vita c'è Alice, da sempre al mio fianco anche quando saltavamo la scuola per andare al parco coi ragazzi più grandi.

Sì, di questo sono felice, di avere lei con me, di aver vissuto così tante avventure insieme.

Poi c'è mio fratello, Lèon, non importa quanto possiamo essere lontani, il suo cuore è nel mio. Sempre.

E ci sono la scuola, gli amici. Di questi non mi posso lamentare.

Il punto è che non sempre queste cose rendono completa una persona.

Sono cresciuta in una famiglia benestante, mio padre è un rispettato avvocato e mia madre una stimata psicologa. Che dire, sono sempre stati presenti per me, fin troppo. Mi vogliono un gran bene, senza dubbio, ma forse non abbastanza per capirmi davvero.

Mio padre non mi ha mai accettata per come sono, anche adesso prova a cambiarmi. Insiste perché mi tolga il piccolo, quasi invisibile, dilatatore che porto all'orecchio sinistro, per non parlare delle scene che ha fatto per un minuscolo tatuaggio dietro il collo che, oltretutto, è l'iniziale del nome di mia sorella.

Mia sorella. Primo pezzo mancante della mia vita.

Mattew. Secondo pezzo mancante della mia vita.

Penso di averlo amato con ogni fibra del mio corpo, o almeno, ci ho provato. Forse non sono capace di amare. La nostra, però, non è stata di certo la solita storia in cui lui tradisce e lei rimane delusa.

Il fatto è che mi ero legata troppo a lui, era diventato parte di tutto ciò che facevo, pensavo, vedevo, volevo. E non riuscivo più a gestirlo. Forse eravamo troppo simili. Io ho bisogno di qualcuno con cui scontrarmi, che mi faccia sentire viva, non di una persona pronta a sostenermi anche quando faccio la più grande merdata.

Così, nella sofferenza più totale, ci siamo separati. È stato un inferno tornare alla vita senza di lui. Ormai era diventata un'abitudine averlo al mio fianco. E anche se so che è stato meglio così, da quando non stiamo più insieme le cose si sono complicate più di quanto credessi.

Mi sento vuota.

Comunque sia, mi sto sforzando di sistemare i pezzi restanti della mia vita.

Frequento una buona scuola e sono abbastanza brava.

I miei mi hanno spedita qui a Londra dopo che avevo combinato troppi casini a Manchester, perché pensano che in questa scuola possa ritrovare la disciplina. Non capiscono un cazzo.

Abito in un palazzo non troppo lontano dalla scuola, in un quartiere pieno di giovani. Io sto al terzo piano mentre Alice vive al quarto. La cosa migliore.

Mi chiamo Heisel, Heisel Gray.

Mi piace il mio cognome, "Grigio", è un po' quello che sono, una terra di mezzo fra il bianco e il nero, fra allegria e tristezza.

Io sono la terra di mezzo.

Ho diciotto anni e ho bisogno che qualcuno riaccenda i miei occhi, ma voglio che quel qualcuno arrivi senza un programma.

1

Heisel

Amo e odio il freddo, e qua fa sempre freddo.

«Heisel, sbrigati. Non voglio arrivare tardi pure oggi» mi rimprovera Alice dopo aver fatto irruzione nel mio appartamento.

Un giorno di scuola come tanti altri, ecco cosa ci aspetta. L'unica nota positiva è che oggi è venerdì.

Appena arriviamo, io e Alice ci dividiamo: lei segue uno strano corso di trigonometria. Roba che non fa per me.

«Heisel» mi sorride Louis appena entro in classe.

Oh, sì. Louis. Ragazzo meraviglioso, a volte forse un po' bastardo. Lui e il suo gruppo di amici sono un po' il classico gruppetto di ragazzi fin troppo sicuri di sé, ma poi ognuno a modo suo è un ragazzo d'oro.

«Louis» gli lascio un bacio sulla guancia per poi sedermi accanto a lui in ultima fila, a sinistra, dalla parte della finestra.

Mentre il professore, dai capelli bianchi, pizzetto e occhiali, comincia la lezione, la mia attenzione finisce da tutte le parti meno che su quello che sta dicendo.

«Allora vieni?» mi chiede Louis.

«Dove?»

«Stasera, c'è una festa, come tutti i venerdì. Andiamo Heisel, ti voglio un po' più attiva. Guarda che occhi che hai.»

Non gli rispondo e gli mimo con la mano un "ne parliamo dopo", ma il mio tentativo di prendere tempo dura ben poco dato che dopo nemmeno cinque minuti suona la campanella e, mentre siamo nei corridoi, lui ricomincia a insistere.

«Verrete tu e Alice?» mi chiede per la cinquantesima volta.

«Sì, Louis, non rompere più.»

Alzo gli occhi al cielo. Lui ridacchia e mi tira un buffetto sulla guancia.

«Ti divertirai, a dopo, tesoro» mi dice andando verso il suo armadietto.

La campanella della quinta suona e un attimo dopo mi ritrovo fuori ad aspettare Alice.

«Ciao Heisel» mi saluta e mi abbraccia. Non amo molto il contatto fisico. Però ricambio.

«Stasera Louis ci ha invitato alla solita festa, mi ha promesso che sarà davvero bella» dico senza troppo entusiasmo, mentre lei lascia trasparire fin troppa allegria.

Io sono convinta che Alice abbia una grandissima cotta per Liam, uno dei ragazzi del gruppo di Louis. Lei nega e io non le faccio troppe domande. Quando vorrà dirmelo, bene.

«Certo, ovvio che andiamo.»

Sono a casa. Odio e amo questo appartamento.

Sono sicura che qui ci sono troppe cose di cui mi dovrei disfare. Troppi ricordi, magari.

In camera ho addirittura una foto di Mattew ma, ogni volta che provo a buttarla, non ci riesco.

Sono un casino.

Alle sette e mezza, Alice suona alla mia porta con indosso una tuta e in mano un borsone stracolmo di roba.

«Non devi trasferirti qua, Alice» la prendo in giro.

«Sai che ho bisogno di un sacco di cose per prepararmi.»

È proprio bella: i capelli di un biondo ramato e gli occhi di un castano particolarmente scuro e intenso. Io amo il suo sorriso. È alta e ha un bellissimo fisico. Il vestito che si è messa le sta proprio bene. È corto sopra il ginocchio, circa a metà coscia, stretto e di un grigio particolare, né triste né cupo. Perfetto, direi.

Io ho i tacchi, ma niente vestito. Ho optato per un paio di calzoncini neri a vita alta e una camicetta senza maniche bianca, un po' scollata, con sopra una giacca nera. I capelli castani sciolti, come sempre, sulle spalle.

Alle nove e mezza usciamo di casa, prendiamo la macchina di Alice e partiamo. Lei è tesa, probabilmente emozionata all'idea di vedere Liam.

«Alice.»

«Sì?»

Si gira a guardarmi e poi riporta subito gli occhi sulla strada.

«Perché non mi dici di Liam?»

"Heisel, deficiente!" Mi rimprovero mentalmente. Trovo sempre le parole sbagliate per dire le cose. Non sono capace. Una buona migliore amica le avrebbe parlato con più tatto.

«Non capiresti.»

Per la prima volta, Alice mi sembra triste. La guardo con aria interrogativa.

«Tu sei così bella, Heisel. Non ti è mai capitato che un ragazzo non ti desiderasse. È imbarazzante per me, io provo davvero qualcosa per Liam, ma sento di non essere ricambiata. Tu non capiresti, non puoi capire.»

«Stai dicendo una marea di stronzate. Lasciamo stare quello che hai detto di me perché sarebbe una battaglia persa, ma smettila di dire che Liam non prova nulla per te. Davvero, falla finita. È chiaro che gli interessi. È solo un po' timido, forse. Stasera passa del tempo con lui, e smettila di fare la cogliona.»

Le sorrido, cercando di non dare peso a questa storia che tira fuori ogni volta, di me e dei ragazzi. Non sopporto quando fa così, quindi ormai ho smesso di prenderla sul serio.

Ricambia il mio sorriso. La vedo un po' più tranquilla e mi sento sollevata. In questo periodo, sento di essere troppo distante, forse non sono nemmeno più una buona amica. Lei non me lo dice perché mi vuole troppo bene, ma io so che è così.

Lo sento.

E mi dispiace, ma non riesco a cambiare il mio atteggiamento.

Cerco di rilassarmi e di trascorrere una bella serata. Io ci provo a stare alla larga dai casini, ma si sa che queste feste spesso vanno a finire un po' male.

«Stai meglio?» mi chiede Alice quando mancano pochi minuti all'arrivo.

«Cosa?»

«Tu, stai meglio?» ripete.

Annuisco capendo che probabilmente si riferisce a tutto quello che ho passato in questo periodo.

«Solo... intendo... stasera divertiti, okay?»

Annuisco di nuovo perché non ho molta voglia di parlare. Davvero, l'ultima cosa di cui ho bisogno è qualcuno che mi dica come devo sentirmi o comportarmi.

Già faccio fatica a gestirmi e il contatto troppo ravvicinato con le persone finisce per darmi fastidio.

La macchina si ferma.

Alice si sistema il vestito prima di scendere e io la seguo a ruota. Sorride come una stupida mentre si avvicina all'ingresso della villa dove c'è Liam appoggiato alla porta con in bocca una sigaretta.

«Ciao ragazze» ci saluta Zayn che è lì accanto a lui.

«Ciao Zayn, Liam» ricambia Alice, io accenno un movimento col capo.

Basta e avanza.

Zayn mi sorride. Adoro quel bastardo.

2

Heisel

La casa è nel caos più totale, come sempre. Vado verso il tavolo dov'è seduto Niall insieme a Will e a una ragazza bionda. Mi siedo vicino a loro sul divano e intanto, nella stanza, cerco Louis.

Prendo una sigaretta dalla borsa, la porto alle labbra e Niall me l'accende. Gliela passo e dopo che ha fatto qualche tiro me la ridà. È carino mentre fuma.

«Vodka alla ciliegia?» mi chiede. Annuisco e mi allunga un bicchiere.

C'è troppo casino per stare seduti. Ho bisogno di muovermi. Lascio lì Niall con la bionda e mi faccio largo tra la gente. Molti sono già ubriachi.

Arrivo fino alla cucina dove prendo un altro bicchiere di qualcosa di davvero acido.

Mi piace bere, mi aiuta a stare tranquilla, a sciogliermi un po'.

Dopo mezz'ora, finalmente, riesco a trovare Louis. È in un angolo della stanza con altri due ragazzi, sono girati di schiena quindi non riesco a identificarli. Non ho nessuna voglia di andare da loro e presentarmi, però voglio salutare il mio amico. Mi avvicino sperando che si accorga di me e mi venga incontro.

C'è davvero troppa gente.

«Heisel» quasi urla Louis non appena mi vede. Gli sorrido, per fortuna gli altri due sono presi dalle ragazze con cui stanno parlando.

«Troppo corti questi calzoncini» mi sussurra all'orecchio.

«Non ti piacciono?» gli chiedo facendo un giro su me stessa.

Annuisce divertito.

«Ragazzi lei è Heisel.»

Merda. Louis sa che odio questo tipo di cose. Lo fulmino con un'occhiata mentre lui ridacchia.

Gli altri due ragazzi, com'è prevedibile, si girano. Sento i loro sguardi bruciare sul mio corpo. Irritante.

«Loro sono Zack ed Harry.»

Zack mi porge la mano.

"Noioso" penso. "Però carino."

L'altro ragazzo invece è tutta un'altra storia. Ha una bella bocca e riccioli che gli cadono disordinati sulla fronte coprendo i suoi occhi verdi. La maglia bianca a maniche lunghe è attillata e segna il fisico, i jeans neri gli stanno davvero bene.

Non mi dà la mano, mi sorride e ripete il suo nome. Faccio lo stesso.

"Non noioso" penso.

Sono le due e mezza e mi sa che ho bevuto troppo.

Alice è andata via con Liam e io sono rimasta da sola. Alla festa c'è ancora un po' di gente ma non ho intenzione di implorare qualcuno perché mi porti a casa.

Afferro la borsa e prendo una sigaretta da un pacchetto lasciato all'ingresso, mi infilo il giubbotto dopo averlo cercato per un'ora ed esco dalla villa.

Non riesco a camminare con questi tacchi altissimi, così li tolgo. Rabbrividisco quando i piedi nudi toccano l'asfalto gelato.

«Heisel?»

La voce ha qualcosa di familiare.

Mugugno mentre mi giro e trovo Harry.

«Dove stai andando?» sorride vedendo lo stato in cui sono ridotta.

Faccio un tiro di sigaretta prima di biascicare: «A casa».

«A piedi? Scalza?»

«Quindi?» chiedo gelida.

«Non dovresti bere così tanto» mi rimprovera. «Dai, ti accompagno.»

«No.» Riprendo a camminare ma quasi cado.

Harry mi afferra e mi carica su una spalla.

«Lasciami!» abbaio.

Ma lui non mi dà ascolto e mi porta fino alla sua macchina.

Harry

La faccio sedere e le lego la cintura. È davvero testarda.

«Hai una sigaretta?» mi chiede rompendo il silenzio che regnava da alcuni minuti.

«No, e comunque, non dovresti fumare.»

Alza gli occhi al cielo per poi riportare lo sguardo completamente spento fuori dal finestrino.

Trema per il freddo, così, al primo semaforo rosso, prendo la mia felpa verde dal sedile posteriore e gliela appoggio sulle gambe.

«Grazie» mormora accennando un sorriso.

Cosa sto facendo? Dovrei andare al bar di Ricky, scegliermi una biondina e finire con lei la serata. Invece continuo a guidare, senza nemmeno sapere dove andare. Non posso di certo lasciarla per strada, sola, al freddo.

«Dove abiti?»

«Non lo so» mugugna.

Non collabora e io mi sto irritando.

Sospiro.

La cosa migliore è chiamare Louis.

3

Harry

Non appena gli spiego la situazione, Louis mi dice l'indirizzo e anche dove Heisel nasconde un altro paio di chiavi per ogni evenienza.

Nel giro di qualche minuto arriviamo davanti al suo palazzo, scendo dalla macchina e la aiuto a fare lo stesso. Devo reggerla, perché c'è il rischio che cada e che si faccia male se cammina da sola.

Recupero le chiavi e raggiungiamo l'ascensore.

«A che piano stai?»

«Terzo» mormora.

Okay.

L'appartamento è carino. Direi che è nel suo stile.

La sto tenendo in braccio perché gli ultimi passi li ha fatti barcollando. Non ci credo che sono le due passate e sto facendo tutto ciò. Mi sento un babysitter o qualcosa del genere.

Apro un paio di porte prima di trovare quella della sua camera da letto. Mi piace.

La stanza intendo, mi piace davvero.

Il letto è intatto, sembra che nessuno ci dorma da anni, mentre la scrivania è nel disordine totale, piena di fogli scritti e penne.

«Harry» mi chiama, è seduta sul bordo del letto. «Fammi un ultimo favore. Prendimi una maglia nell'ultimo cassetto dell'armadio.»

Ne trovo una blu con sopra uno strano disegno e gliela lancio.

Prima di scomparire dietro la porta del bagno, farfuglia un «mm... grazie, credo». Quel "grazie" suona molto come un "adesso puoi andartene" ma non ne ho voglia.

Mi guardo intorno. La stanza è tappezzata di foto. Lei con amici, parenti, ma anche paesaggi.

Su una mensola ci sono vari modelli di macchine fotografiche, sembrano tutte costosissime. C'è perfino una vecchia telecamera, è davvero forte.

Fuori piove e il rumore dell'acqua della doccia è stato sostituito da quello del phon.

«Sei ancora qui?» chiede sorpresa quando esce dal bagno con indosso la maglia che le ho preso io, dei calzini rossi e degli slip neri che si intravedono appena.

Cazzo.

Mi sforzo in tutti i modi di non guardarla mentre attraversa la stanza.

«Caffè?» mi chiede. Annuisco e la seguo in cucina.

Non sembra per niente a disagio a stare così con me, probabilmente perché è ancora un po' ubriaca.

Mi passa la tazza di caffè e si siede davanti a me tirandosi un ginocchio al petto.

A questo punto faccio davvero fatica a non sbirciare tra le sue gambe.

Lei non sembra nemmeno accorgersene.

«Non ti ho mai visto a scuola.»

«Non vengo a scuola» le rispondo trattenendo una risata.

«Oh.» E non aggiunge altro, magari non ha voglia di parlare.

Io la guardo e non so davvero cosa pensare.

È così strana.

«Forse è meglio se adesso vado.»

«Ciao, Harry» mi saluta freddamente.

Esco dall'appartamento e non so che fare.

Forse sarei dovuto restare.

Heisel

È sabato mattina. Stanotte avrò dormito sì e no quattro ore. Non riesco a prendere sonno. Da un po' di tempo è così ogni notte.

Devo assolutamente studiare, non voglio prendere brutti voti e aprire un nuovo argomento di discussione con la mia famiglia.

Alice mi ha scritto un paio di messaggi. Voleva scusarsi per la sua sparizione di ieri sera. Le ho risposto di non preoccuparsi. Era con Liam, e io sono felice per lei. Poi mi propone di andare da Ricky.

Le dico di sì e, dopo aver fatto una lunga doccia, mi metto un paio di jeans neri, gli anfibi, un maglione grigio, preparo giubbotto e borsa. Controllo di aver tutto, o meglio, controllo di avere telefono, chiavi e, soprattutto, sigarette.

Alice passa a prendermi e, mentre andiamo al bar, mi racconta di ieri sera. Io la ascolto con piacere, anche se sono un po' distratta. È davvero bello vederla così serena, se lo merita.

«Hai dormito poco anche stanotte?» mi chiede.

Mi limito ad annuire.

«Non va bene, Heisel. Dovresti prendere dei sonniferi.»

Non rispondo. Non mi servono delle pasticche.

Alice capisce che è meglio chiudere lì la questione e non apre più bocca fino a quando arriviamo al bar.

Davanti all'entrata c'è Niall.

«Bellissima» mi saluta, poi mi sbuffa il fumo della sigaretta in faccia strappandomi una risata.

Al nostro tavolo ci sono anche Zack e... Harry. Oh. Ripensando alla notte scorsa, a me che passo tranquillamente davanti a lui in mutande e maglietta, mi sento un po' a disagio. Imbarazzante.

E ci sono anche alcune ragazze che non conosco.

Merda. Mi sento ancora più fuori luogo.

«Lo so che c'è troppa gente per i tuoi gusti, ma cerca di stare tranquilla» mi sussurra all'orecchio Niall.

Tutti parlano mentre io mi limito ad accendermi una sigaretta via l'altra.

Le ragazze che stanno con noi non fanno che provarci con tutti. L'unico che non considerano è Liam, ma solo perché non si stacca un attimo da Alice.

Più passa il tempo, più mi sento a disagio. Non ho più voglia di stare qua.

«Heisel, possiamo parlare?»

Che palle... Mike. Faccio finta di nulla. Non mi volto nemmeno.

«Dai, Heisel» insiste.

Visto che non ho più voglia di stare qua e voglio fumarmi una sigaretta in pace, mi alzo senza dire una parola, sotto gli occhi dei ragazzi che stanno seguendo attentamente la scena.

«Heisel» dice Louis «io credo che dovresti risederti.»

«Che c'è, Louis, hai paura che porti via la tua amichetta?» lo sfida Mike.

Louis si alza, Niall lo trattiene per un braccio.

«Attento Mike...»

«Andiamo solo a parlare» lo rassicuro.

Mike mi prende per il braccio e mi trascina fuori con un sorrisetto antipatico sul volto. Vedo gli occhi di Louis farsi sempre più piccoli. Niall gli sussurra qualcosa all'orecchio, Harry guarda Mike. C'è qualcosa di strano nel loro silenzio... Perché ce l'hanno così tanto con lui? Qual è il loro problema?

4

Heisel

«Quindi?» gli dico sbuffando il fumo della sigaretta.
«Volevo solo stare un po' con te.»
Mike non è il mio tipo, ma non mi ha mai fatto nulla. Non capisco perché gli altri lo odiano tanto.
«Tutto okay?» mi chiede.
«Sì, tu?»
«Sì. Vedo che hai fatto nuove amicizie.»
«Sto con loro da quando sono arrivata a Londra, Mike. Sono anni ormai.»
Ridacchia. «Intendevo il duo delle meraviglie.»
«Cioè?»
«Harry e Zack.»
Raddrizzo la schiena. Sono curiosa. «Li conosci?»
«Abbastanza.»
«Io direi di no, per niente» interviene una voce da dietro le nostre spalle.
«Ciao Harry, capiti sempre al momento giusto» dice Mike.
Harry si accende una sigaretta. Credevo non fumasse.
«Dovresti stare al tuo posto» gli risponde secco.
«Sai, Harry, è tanto tempo che vado dietro a questa ragazza.»
«Sì?»
«Già.»

«Non ci siamo capiti, comunque. Credo che dovresti tornare dentro dai tuoi amici.»

Mike ride. Si gira verso di me e mi lascia un bacio umido sulla guancia. Orribile. Fingo un sorriso, mentre lui lancia un'occhiata a Harry prima di rientrare nel locale. Io finisco la mia sigaretta, immersa nella curiosità e nella confusione.

«Stavi seriamente parlando con quell'essere?» mi chiede Harry.

Alzo le spalle. «È un ragazzo come un altro.»

«È ripugnante.»

«Be', a me non me ne frega niente se a te sta antipatico.»

«Sta sul cazzo anche al tuo migliore amico, non ti fai due domande?»

«Ci stavo solo parlando! E comunque non devo darti spiegazioni!»

«Mio Dio, che ingenua...»

«Come, scusa?»

«Ho detto che sei un'ingenua.»

«Non credo.» Getto la sigaretta a terra.

«Mike è un coglione. Di questo ne sono sicuro.»

«Cosa ti rende tanto sicuro?»

«Non ti riguarda.»

Faccio per allontanarmi, lasciandolo lì da solo.

«Aspetta» mi dice afferrandomi il polso.

«Che vuoi?» la mia voce esce più fredda di quanto vorrei mentre parlo al ragazzo ricciolo davanti a me. «Perché non torni al bar dalle ragazze che ti stavano sbavando dietro!»

No merda. Cosa ho detto? Adesso sembrerò gelosa o qualcosa del genere, benissimo. Non lo sono affatto. Può farsi chi vuole.

«Non ho voglia di tornare dentro.»

Alzo gli occhi al cielo, ma lo faccio più per scacciare via le lacrime che per altro.

«Mi stai facendo male» gli dico guardando la sua mano che continua con forza a stringermi.

Giuro che in quel momento Harry sbianca. Lascia di colpo la presa e fissa il mio polso arrossato. Dalla sua espressione capisco che non voleva farmi male.

«Ti accompagno a casa.»
«No, non serve.»
Sbuffa sonoramente. «Per una volta non rispondere di no e sali in quella cazzo di macchina.»
Sbuffo anche io ma faccio come mi ha detto. Dopo tutto se mi accompagna è molto meglio per me, così evito di camminare.
«Scusa» dice poco dopo essere saliti in macchina. «Per il polso, intendo.»
«È uguale.»
Sospira, lo sguardo fisso sulla strada. «Tu e Mike stavate insieme?»
«Che? No, assolutamente!» esclamo schifata. Lui sorride.
È carino Harry quando sorride.

Harry

Dopo alcuni minuti in cui sto ciondolando da solo per il salotto, decido di raggiungerla in camera.
Non busso ed entro.
Heisel si sta legando i capelli in una cipolla disordinata e ha indosso una tuta. Sta bene anche così.
È girata di schiena, ma se continuo a fissarla se ne accorgerà. Devo fare qualcosa per distrarmi. Prendo la telecamera dalla mensola, l'accendo. E la inquadro.
«Harry, cosa stai facendo?»
Si mette a ridere quando si gira e mi trova nelle vesti di regista.
Penso che sia la prima volta in cui la vedo ridere in maniera così leggera.
«Ti filmo, sorridi.»
Si copre il volto con le mani e io mi sposto per inquadrarla meglio.
«Davvero Harry, smettila!»
Ride ancora, probabilmente essere al centro dell'attenzione la mette a disagio.
«Okay, okay.»

Spengo la telecamera e la rimetto a posto.
«Ora puoi tornare al bar» mi dice tornando seria.
«No, preferisco stare qua.»
Senza dire nulla va in salotto, io la seguo e mi siedo sul divano.
Lei resta in piedi. «Non c'è molto che possiamo fare.»
«Ci vediamo un film?»
Lei annuisce e si piega per prendere dei DVD.
Così non vale, però...
Distolgo lo sguardo prima che lei si giri.
Scelgo il primo degli Harry Potter, ho sempre amato quei film. Bello che piacciano anche a lei.
«Caffè?» mi chiede.
«È un altro dei tuoi vizi insieme al fumo?» scherzo, però devo aver detto qualcosa di sbagliato perché diventa di nuovo di ghiaccio. Come prima che la filmassi, più o meno.
«Lo vuoi o no?» insiste.
Annuisco.
«Non volevo offenderti o qualcosa del genere» mi scuso affacciandomi in cucina.
«Non mi hai offeso. È che hai ragione e non so cosa risponderti.»
«Wow, stai davvero dicendo che ho ragione?»
Sorride. Di nuovo. Questa ragazza mi fa impazzire.

Heisel

All'uscita da scuola, quasi davanti al cancello, vedo una grande macchina nera lucida. Appoggiato sul cofano, c'è un ragazzo alto, indossa jeans blu scuro e una maglia dello stesso colore, stivali neri come il giubbotto e un cappello grigio a coprirgli i riccioli.
Harry.
Sorride e mi fa cenno di andare da lui.
«Credevo non venissi a scuola tu» gli dico appena lo raggiungo.
Sta benissimo con questo cappello.

«Infatti è così, sono passato a prenderti.»
«Ti piace fare da taxista, per caso?»
«Vuoi che ti porti a casa?» mi chiede.
Alzo le spalle, come per dire che per me è uguale.
Devo cercare di essere meno antipatica.
Perché è qui?
In macchina tutti e due stiamo in silenzio, io in realtà avrei un sacco di domande da fargli.
E alla fine gli chiedo: «Perché sei venuto a prendermi?».
«Non lo so, sinceramente.»
Scoppio a ridere, mi fa piacere che l'abbia fatto.
Ci fermiamo in un posto che è tutto meno che casa mia.
Scende dalla macchina. «Andiamo?»
Lo seguo senza dirgli nulla e, mentre camminiamo, studio il suo profilo. È bellissimo.
«Che c'è?»
«Niente, mi piace come ti sta il cappello.»
Penso di essere arrossita di colpo ed è strano, non mi capita quasi mai.

Mangiare con una persona che conosco a malapena in genere mi imbarazza, ma il pranzo con Harry è stranamente piacevole.
Quando risaliamo in macchina, diretti a casa mia, muoio dalla voglia di sapere qualcosa in più su di lui, ma nessuno dei due parla, o quasi. Poi prendo coraggio: «Ti volevo ringraziare per oggi, e per sabato e per venerdì. Sei stato come un babysitter...».
Rido e lui fa lo stesso.
«No, è stato divertente. E per me è okay» mi dice fermando l'auto davanti al mio palazzo.
Non so se chiedergli di entrare o no.
Si sporge verso di me e afferra la borsa che tengo sulle gambe frugandoci dentro. Lo guardo stupita. Non so perché ma non gliela tolgo dalle mani.
Prende il mio telefono, mi memorizza il suo numero e si registra il mio.
«Va bene?» chiede.

«Sì» sorrido mentre mi riapproprio di borsa e telefono.
Una volta arrivata al portone mi giro, ma lui non c'è già più.

Sono due giorni che non faccio altro che pensare a Harry, ma non come un'innamorata, più come una ragazza curiosa.
Vorrei davvero conoscerlo meglio, è un ragazzo interessante e mi trovo bene con lui. Anche se non parliamo molto, è questo che non capisco.
Neanche con gli altri parlo molto e non desidero nemmeno farlo, ma con lui vorrei. Vorrei dirgli un sacco di cose ma poi non esce mai niente dalle nostre bocche.
Questi due giorni sono stati lunghi e schifosi, come tutti gli altri. Niente di nuovo e io non ho voglia di uscire.
Sono di cattivo umore, scostante e, se sto con i miei amici, rischio solo di offenderli o di trattarli male. Per questo preferisco restare da sola.
Alice la sento solo per messaggio ogni tanto.
Tutto ciò fa schifo.

Harry

Non ha senso.
Penso a Heisel costantemente, penso a come poterla rivedere ma non so se è quello che voglio.
Mi trovo bene insieme a lei, però è talmente fredda. E poi io in queste cose non sono capace.
Di solito con le ragazze ci passo una notte e finisce lì. Con lei sono stato due notti e un intero pomeriggio e, anche se l'idea di scoparci ce l'avevo eccome, non l'ho fatto. E lei non si è comportata con me come fanno le altre.
È incasinata, ma anche io lo sono.
Questo potrebbe essere un grande problema. Un grandissimo problema.
Ma non importa, voglio rivederla. Le scrivo.
"Domani passo a prenderti a scuola, ok?"
Bruttissimo messaggio, ma non mi è venuto altro.

Che coglione che sono. Eppure lei risponde subito.

"Sì, va bene."

Si sente il gelo anche attraverso un cazzo di messaggio.

Tutta questa situazione mi sta stressando.

Prendo il giubbotto ed esco di casa.

Al bar c'è la solita gente, prendo una birra. Vedo Ester che balla per qualche ragazzo, vado da lei e la porto via.

Nessuno osa dire nulla, anzi, mi salutano senza nemmeno guardarmi.

Hanno imparato.

Ester è pazza di me, lo è sempre stata, e a letto è brava. Ho bisogno di distrarmi e lei è la soluzione migliore.

5

Heisel

Ho detto sì a Harry per domani, cioè, per oggi, visto che ormai è passata la mezzanotte. Peccato che quando l'ho fatto ero sovrappensiero. Ero stanca, ero appena uscita dalla doccia, e non sapevo nemmeno che ore fossero. Che giorno.

Adesso lo so.

È mezzanotte e mezza del primo novembre e non ho la forza nemmeno per pensare.

Sono così arrabbiata e triste, mi fa male tutto, ogni osso, ogni centimetro di pelle, ogni organo.

Sono in camera e tutto mi fa schifo.

Schifo.

La vita è totalmente ingiusta.

Ho fatto a pezzi ogni cosa che mi è passata tra le mani. Le foto, le cazzo di lettere che ho scritto a Mattew e non ho mai spedito, tutte quelle cazzo di foto schifose con la mia famiglia quando eravamo felici. Le cose di mia sorella che mi ostino a conservare.

Adesso è tutto rotto, i pezzi sono sparsi per la mia camera.

La cosa più a pezzi in assoluto però sono io.

Non ha senso continuare a fare finta di niente. E per quanto io provi a non piangere, non ci riesco.

Fallisco sempre, fallisco in tutto.

Mi rannicchio in un angolo della stanza a piango come non facevo da tempo. Proprio non riesco a smettere.

"Stronza" è l'unica parola a cui riesco a pensare mentre ignoro la millesima chiamata di mia madre, forse vuole semplicemente dirmi che lei sta bene, come fa ogni anno in questo giorno.

È una stronza.

Lei starà bene, ma io no.

Harry

È mezzogiorno passato ed Heisel non è ancora uscita da scuola.

Vedo Niall e gli vado incontro.

«Ehi, Harry» mi saluta dandomi una pacca sulla spalla e mi offre la sua sigaretta.

Faccio qualche tiro e poi gliela restituisco.

«Heisel non c'è?» gli chiedo.

«No, non è venuta a scuola.»

Lo ringrazio e torno alla macchina.

Resto seduto per alcuni interminabili minuti.

Non so cosa fare, sono furioso con lei. Non risponde alle chiamate e neppure ai messaggi.

Che cazzo succede?

Perché non mi ha avvertito?

Perché non è a scuola?

Non è di certo il tipo che sparisce così, nel nulla. Almeno non sembra.

Do un colpo al volante. In che cazzo di casino mi sono messo?

Dovrei fregarmene di lei, dovrei andare al bar e rilassarmi mentre una ragazza qualunque si occupa di me. Ma non lo faccio, ancora una volta, da quando la conosco, non me ne vado.

Voglio lei.

Che merdata tutta questa storia.

Provo a richiamarla per l'ennesima volta ma non risponde. L'unica soluzione è andare a casa sua, anche se potrei sembrare un fottuto pazzo, non importa.

In parte lo sono.

Ogni secondo che passa, mi convinco che sia successo qualcosa.

Non risponde al citofono.

Magari non c'è.

"O magari sì", penso.

Per fortuna la prima sera in cui l'ho accompagnata a casa Louis mi ha detto dove trovare le chiavi di riserva.

Arrivo al terzo piano e busso.

Magari è in casa, e non funziona il citofono.

Sento dei rumori all'interno, eppure nessuno mi apre.

«Heisel cazzo, apri!» quasi urlo.

Sono davvero incazzato.

Se è in casa, perché non risponde?

Perché mi evita?

Fanculo a tutta questa merda.

Ne ho abbastanza.

Cerco nel mazzo la chiave che apre la porta dell'appartamento e, dopo due o tre tentativi, la trovo.

In casa c'è silenzio, si sentono solo alcuni lamenti dalla camera di Heisel.

Quando entro, quello che mi trovo davanti non è ciò che mi aspettavo.

Ci sono foto, vestiti, fogli strappati, sparsi ovunque.

Il letto è sempre intatto.

Non dorme mai questa ragazza? Cos'ha che non va? Troppe domande, troppa confusione.

Sul pavimento ci sono pezzi di vetro, cornici rotte e fotografie sparse. La prima che noto è una foto di un ragazzo ed è strappata a metà.

Heisel è seduta in un angolo della stanza, le ginocchia al petto e la testa nascosta tra le gambe.

Cosa cazzo sta succedendo?

6

Harry

«Heisel.»

Mi avvicino ma lei non alza nemmeno la testa. Sta tremando.

Le siedo accanto senza sapere che cosa fare. Non so proprio come comportarmi.

Non sono bravo in queste cose. La rabbia che provo verso di lei adesso piano piano sta sparendo, voglio sapere che cosa sta succedendo.

«Heisel, tranquilla» sussurro. Se capisce che sono arrabbiato, non si aprirà mai.

«Vai via» dice tra i singhiozzi.

Riesce a essere irritante anche quando sta male.

«No, sai che non lo farei.»

Le metto un braccio intorno alle spalle. La sento rilassarsi

«Scusa, Harry» sussurra sforzandosi di non piangere più.

Non mi guarda nemmeno, tiene gli occhi arrossati rivolti verso il pavimento, le lacrime scendono lentamente sulle poche lentiggini del suo viso. Ha un'aria così innocente.

Mi piace tantissimo.

Cazzo, se mi soffermo troppo a guardarla non capisco più nulla.

Mi accorgo che sul polso ha ancora il livido della mia stretta e per qualche secondo mi sento mancare. Non volevo farle male.

«Scusa» ripete respirando più lentamente «per non averti avvertito.»
Sono felice che si stia calmando.
«Prima ero arrabbiato, davvero. Ma adesso non più. Voglio solo sapere perché stai male.»

Heisel

Non so se voglio rispondere a Harry, anzi, non penso di volerlo fare. Non so nulla di lui, ma di certo non è un angelo. Però è qui.
Qui mentre piango nel giorno più schifoso di questo mondo.
«È il primo novembre oggi» gli dico.
Lui annuisce con sguardo confuso.
«È il compleanno di mia sorella, Maya.»
Non so davvero se ce la faccio a continuare.
Le lacrime riprendono a scendere e lui mi abbraccia più forte.
Sospiro. «Avrebbe compiuto nove anni, si è fermata ai sei.»
La sua bocca si schiude in un'espressione sorpresa.
«Oh» è tutto quello che riesce a dire.
Non importa, non mi aspetto grandi parole. Preferisco questo suo "oh" alle solite frasi che tutti continuano a ripetermi da tre anni.
Frasi del tipo "lei è ancora qui con te, ti protegge", parole senza senso perché non mi restituiscono mia sorella.
Appoggio la testa sulla sua spalla e lui mi accarezza i capelli.
«Era la bambina più brava di questo mondo, Harry» continuo tra i singhiozzi.
«Il dolore passerà, Heisel.»

Harry

Heisel si è addormentata sulla mia spalla.
L'ho presa in braccio e l'ho portata a dormire sul divano, visto che il letto non sembra piacerle.

Il suo telefono continua a suonare, è sua madre che la chiama ogni cinque minuti. Vedo che ha ignorato molte delle sue chiamate.

La osservo mentre dorme.

Questa ragazza mi sta facendo uscire matto.

Quando sono con lei non sono come sono di solito, insomma, in altre circostanze sarei entrato nella sua stanza e le avrei urlato contro anche se stava piangendo per sua sorella.

Ma non l'ho fatto.

Vederla così a pezzi mi ha fatto solo stare male, credo.

Mi ha messo a disagio.

Mi ha fatto sentire così inutile, perché non posso riportarle sua sorella.

Sono in camera sua a cercare di mettere in ordine, quando la vedo arrivare. Si è lavata il viso ma ha comunque un'aria molto stanca.

«Harry» mi sorride inginocchiandosi per aiutarmi a raccogliere tutte le cose che ha fatto a pezzi.

I vetri delle cornici li ho già buttati io.

«Stai meglio?» le chiedo quando abbiamo finito.

Annuisce appena e io mi sento sollevato.

Non so cosa sto facendo.

È come se la volessi davvero accanto a me, in ogni modo possibile. Non solo a letto.

Ma non può essere, non mi capita mai.

«Grazie per non essertene andato quando te l'ho chiesto» mi dice mentre sistema i fogli sulla scrivania. «Non lo volevo davvero.»

«E io non volevo andarmene.»

Non l'avrei mai fatto.

Lei si gira verso di me, mi sorride senza dirmi nulla.

«Chi era quel ragazzo nella foto?» le chiedo finalmente. Volevo domandarglielo da un po'.

«Mattew, stavamo insieme» mi risponde sedendosi a terra davanti a me.

La guardo per incoraggiarla a continuare.

La sua bocca è bellissima.

«Non ha funzionato.»

«Perché?» Forse non sono fatti miei, ma voglio sapere.

«Perché non era adatto a me e io non ero adatta a lui. Mattew non mi teneva testa, mi dava retta su tutto, non mi contrastava mai. Sembrava che tutto ciò che facevo gli andasse bene, ma non era così. Lo amavo, almeno credo. Non sono stata capace di amare nessun altro dopo che lui se n'è andato, e da allora fa tutto schifo. Mi dà fastidio essere sempre così fredda con tutti, ma non so comportarmi in un altro modo. Non sono brava con le persone, mi capita di trattare male anche gli amici. Io non devo avere debolezze.»

Ascolto attentamente ogni sua parola e mi meraviglio che pensi queste cose di sé.

«Per questo fumi e bevi tanti caffè?» le chiedo.

«Sì» sospira.

Mi alzo dal letto e mi siedo a terra accanto a lei. Sembra così piccola. «Mi dispiace, Heisel.»

«È uguale» dice piano.

Le do un bacio sulla guancia e lei sorride. È bellissima.

7

Heisel

Il cuore a cuore con Harry mi ha sconvolto.

Ma questa mattina devo andare a scuola.

«Heisel» mi saluta Alice.

«Ciao Ali» le sorrido. Cerco di essere più gentile, devo provarci.

«Come stai?»

«Tutto a posto, tu?» mento ma va bene così. In fondo cosa pretendo? Non posso mettermi a fare un cuore a cuore con tutti.

Non voglio nemmeno.

«Bene» dice e poi inizia a raccontarmi di lei e Liam.

Sono in classe e stiamo facendo religione, cioè nulla.

«Heisel, stasera tu e Alice venite alla festa?» mi chiedono Zayn e Louis, seduti uno alla mia destra e uno alla sinistra.

«Non lo so» sospiro mentre i due continuano a stressarmi. Non so davvero se voglio andare o no, ma magari ci sarà Harry.

«Dai, verranno tutti.»

Quando arriviamo alla festa la casa è già strapiena. Mi accendo una sigaretta per rilassarmi. Voglio divertirmi, passare una bella serata, stare tranquilla.

«Tesoro, stai benissimo» mi dice Zayn.

Mi guardo intorno e vedo tutte le persone che avevo voglia di vedere. Harry compreso. È in piedi a pochi metri da me.

Sta con una bionda che si struscia sul cavallo dei suoi pantaloni. Si stanno baciando.

Non so nemmeno perché ma la scena mi dà noia, non voglio guardarla.

Mi sento tirare il braccio e mi giro. È Mike.

«Mike» sorrido e butto giù in un sorso la prima vodka alla ciliegia della serata.

«Ehi, bellissima» biascica. È ubriaco, ma non importa.

Ho bisogno di distrarmi. La testa mi sta scoppiando.

Si avvicina e io non oppongo resistenza mentre poggia le labbra sul mio collo.

La musica rallenta e inizio a muovermi insieme a lui in quello che sembra una specie di ballo. Da quando faccio queste cose?

Mi bacia ai lati della bocca.

Le sue labbra sanno di birra, e scommetto che non sono la prima ragazza che bacia stasera, ma non mi interessa.

Il contatto con lui mi dà fastidio ma non ho voglia di staccarmi.

«Vieni di sopra?» mi sussurra in un orecchio.

Non ho nemmeno il tempo di rispondere perché mi prende per un braccio e mi porta fino alle scale.

«No.»

Non voglio andare di sopra con lui.

Sembra scocciato dal mio rifiuto, allora mi avvicino e lo bacio. Non voglio scenate. Preferisco uno stupido bacio senza emozione, ma qualcuno ci separa, due mani forti mi afferrano per le spalle e mi staccano da Mike.

«Ehi, che cazzo stai facendo?» ringhia Mike, e io riesco a vedere chi è la persona che è intervenuta. Harry.

«Vai a farti un giro, Mike» gli dice con disprezzo.

«E perché dovrei?»

«Perché non le interessi.»

Mike gli si avvicina minaccioso. «Ah sì? E chi lo dice?»

Attorno a noi cala il silenzio. In molti stanno assistendo alla scena. Mike per primo gli dà una spinta ma Harry non indietreggia di un passo. Lo brucia con lo sguardo. «Vai a dormire Mike, lo dico per te.»

«Altrimenti che mi fai?»

Mike mi prende per mano e mi tira a sé, ma io riesco a liberarmi dalla sua stretta e ad allontanarmi. Sono quasi sulla porta di casa quando vedo il pugno di Harry colpire Mike in faccia facendolo volare a terra. Mike si rialza e gli si getta addosso ma a quel punto intervengono due ragazzi a separarli. Io corro fuori. Ne ho avuto abbastanza. Tutta questa storia fa schifo. La mia vita fa schifo. Mi appoggio a un muretto, forse devo vomitare. Rimango lì per non so quanto tempo prima di decidere di andarmene, ma mentre mi sto avviando a piedi mi sento nuovamente afferrare per il polso. Conosco questa stretta, è la stessa che l'ultima volta mi ha lasciato un livido, solo che questa volta è più forte e mi sta facendo più male.

«Lasciami.»

«Cosa cazzo stavi facendo?»

«La stessa cosa che stavi facendo tu, o sbaglio?»

«Tu non hai capito chi è Mike, devi stare lontana da lui.»

«Lasciami il polso, mi stai facendo male di nuovo.»

Questa volta lui toglie immediatamente la mano.

«Quanto hai bevuto?» mi chiede con tono duro.

«Abbastanza, ma sto bene.»

«Devi smetterla di comportarti in questo modo» mi rimprovera mentre cerca di mantenere la calma.

«E tu devi smetterla di dirmi cosa fare.»

«Mike è un bastardo. Cosa vuoi da lui? Lo baci, ti ci strusci addosso, ma non sai chi è, non sai di cosa è capace.»

Mi afferra il braccio e mi spinge contro il muro.

«Mi stai facendo male Harry» mi lamento ma questa volta non si sposta. Fa due respiri profondi e poi mi lascia, indietreggia lentamente e mi inchioda con lo sguardo.

«Scusa, non volevo farti male.»

Ora sembra tranquillo. Accenna pure un sorriso.

Adesso posso iniziare a parlare.

8

Heisel

«Sono venuta qui stasera anche se non ne avevo voglia. Ma pensavo ci saresti stato tu. Non so perché, davvero non lo so, avevo voglia di vederti. Ma quando sono arrivata, ti ho visto che ti strusciavi con una. Poi è arrivato Mike e mi ha baciata e... io avevo bisogno di distrarmi.»

Sospiro esausta sedendomi sul cofano di una delle auto parcheggiate lì davanti. Mi accendo un'altra sigaretta ma Harry me la toglie dalle labbra e la butta a terra.

«Basta fumare quando sei nervosa, smettila.»

Sento il mio sguardo indurirsi e, senza badare a quello che mi ha appena detto, ne accendo un'altra, mi alzo e me ne vado. Lui mi segue.

«Andiamo Heisel, lo stai facendo davvero? Stai davvero cercando di tornare a casa da sola, a piedi? Di nuovo?»

«Sei irritante Harry. Dio santo, smettila» mi giro verso di lui e lo spingo via.

Ha la capacità di farmi cambiare stato d'animo nel giro di pochi minuti.

«Ti accompagno a casa» dice.

Strano, ma è la frase che gli ho sentito dire più spesso da quando lo conosco.

«No Harry, no. Sul serio, torna dentro e scopati quella ragazza. Poi fattene un'altra e un'altra ancora. Quello che vuoi, ma vai via.»

Lui questa volta si ferma e dà un pugno a un albero vicino a noi. Quel gesto mi fa paura, ma almeno sono sollevata dal fatto che non l'abbia dato a me. La sua espressione è cambiata completamente, non ride più, la mandibola è tesa e lo sguardo è gelido. Il pugno è ancora stretto e le nocche sono sporche di sangue.

Mi avvicino a lui e gli poggio una mano sulla spalla.

«Va bene, accompagnami a casa» sussurro.

Il suo corpo si rilassa, mi prende per mano e mi porta fino alla macchina.

Mentre guida è ancora teso e mi accorgo che la ferita sulla mano è piuttosto brutta. Un po' di sangue è colato pure sul volante. Però ha sferrato quel pugno con forza e con una buona tecnica, chissà quante volte l'ha già fatto.

«Ferma la macchina, Harry» gli dico calma. Non risponde nemmeno ma, poco dopo, si ferma in uno spiazzo.

Scendo dall'auto per prendere un po' d'aria e aspetto che lui faccia lo stesso.

Esce con una felpa a me famigliare fra le mani.

Me la infila e me la chiude anche. Ha il suo odore, penso che la terrò.

«Prendi freddo sennò» mi dice e accenna un sorriso. «Perché mi hai fatto fermare?»

«Sei troppo arrabbiato. E alla guida voglio un Harry calmo» gli rispondo. Poi gli prendo la mano ferita e passo il pollice sulle nocche.

«Ti fa male?»

I miei occhi incontrano i suoi. Sono davvero belli.

«No» mi dice quasi divertito.

Stringe la mia mano nella sua e mi attira a sé in quello che sembra un abbraccio. Mi abbandono contro il suo petto. Non me lo aspettavo, ma sono felice che mi abbia abbracciato.

Poco dopo siamo di nuovo sotto il portone di casa mia, ma lui non accenna a slacciarsi la cintura.

«Che pensi di fare?» gli chiedo e la risposta la conosciamo tutti e due.

«Harry, vieni qui» lo chiamo dal bagno dopo che ho recuperato il disinfettante per medicargli i tagli sulle nocche.

Quando arriva ha in mano la mia telecamera. La punta verso di me e io inizio a ridere.
«Harry smettila, dai.»
Ride anche lui e continua a filmare.
«Saluta» mi dice.
Sventolo la mano verso la telecamera. Poi lo faccio sedere sul bordo della vasca e inizio a tamponare le ferite.
«Sei carina mentre fai la dottoressa.»
Mi sento tranquilla ora e questo mi piace.
Non voglio che vada via.
«Scusa per prima, non volevo farti male.»
Sciacquo l'asciugamano sporco di sangue sotto l'acqua del lavandino.
«Non fa niente» sospiro.
«Ti sta bene questo vestito» aggiunge Harry, i suoi occhi viaggiano sul mio corpo.
«È troppo corto.»
«Lo penso anche io...»
«Mi aiuti ad aprire la cerniera?» chiedo con un leggero imbarazzo. Lui sorride, si alza e si mette dietro di me.
Sento il suo respiro caldo sul mio collo e ogni centimetro della mia pelle è percorso da brividi. Le sue lunghe dita fanno scendere lentamente la cerniera, come se volesse vedere fino a che punto resisto senza che mi tremino le ginocchia.
È davvero da tanto tempo che il mio corpo non reagisce così al tocco di un ragazzo. Anzi, ora che ci penso, non mi era mai successo.
Sento il suo sguardo bruciare sulla mia schiena nuda. Per alcuni secondi rimaniamo immobili. Poi prendo la felpa che lui mi aveva dato in macchina, insieme a un paio di leggins neri, e mi chiudo in bagno.

Harry

Quasi tremavo mentre le abbassavo la zip del vestito.
Era così sexy, davvero troppo.
Tutto ciò che è successo stasera è troppo.

Ma con lei le cose sono sempre così inaspettate, diverse.

Sono seduto alla sua scrivania quando esce dal bagno. Ha indosso la mia felpa e dei leggins neri che mi fanno pensare a cose che non dovrei pensare.

«La mia felpa?» le chiedo.

«Profuma» dice tranquillamente. «Posso tenerla?»

«Devi.»

9

Heisel

Ieri sera Harry è restato da me fino a tardi e ha voluto che gli spiegassi come si usano le mie macchine fotografiche.

Ho appena finito di mettere i due brevi video che ha fatto Harry su un DVD.

Harry.

Bussano alla porta. Non aspetto visite ma per fortuna sono già lavata e vestita.

«Harry?»

«Scusa se non ti ho avvertita, non sapevo se venire oppure no» si giustifica imbarazzato. Indossa un capello simile a quello che aveva il giorno in cui è venuto a prendermi a scuola, solo che questo è blu. Gli sta benissimo.

«Hai bisogno di qualcosa?» gli chiedo non appena entra.

Non si toglie nemmeno il giubbotto.

«In realtà no. Però... oggi è sabato e i ragazzi danno una festa nel locale di Ricky. Mi chiedevo se volevi venire. Questa volta potremmo andare... insieme.»

«Va bene.»

Sorride. «Ti passo a prendere alle nove e mezza allora.»

Mi saluta e scompare giù per le scale.

Non poteva mandarmi un semplice messaggio?

Magari si trovava nei paraggi e ha pensato che fosse più carino chiedermelo di persona.

Questa sera c'è davvero troppa gente nel locale, Harry l'ho perso di vista già da un po', mi ha lasciata da sola per andare non so dove. Forse sono stupida io, forse per Harry andare insieme a una festa vuol dire semplicemente fare il tragitto nella stessa macchina.

Butto giù un bicchiere e mi accendo la millesima sigaretta. Sono seduta sulle gambe di Cody, un ragazzo che segue con me il corso di matematica.

Mi offre un altro bicchiere e io lo accetto. Per un secondo penso che vorrei essere seduta sulle gambe di Harry ma me ne pento subito. Non vedo perché dovrei pensare a lui visto che lui non sta pensando a me.

Sul tavolino c'è dell'erba.

«Vuoi?» mi chiede Cody passandomi una canna.

Non faccio nemmeno in tempo a rispondere. Qualcuno lo fa al posto mio.

«No, lei non la vuole.»

Harry.

È davvero arrabbiato. Cody non si scompone, fa un tiro di canna e la passa a un altro amico. Harry mi prende per mano e mi costringe ad alzarmi. Un attimo dopo siamo di nuovo io e lui, soli, fuori dal locale dal quale arrivano la musica e le risate di persone che, al contrario di noi due, sanno come divertirsi.

«Adesso mi devi seriamente dire cosa cazzo stai facendo!» urla ma io non gli rispondo. Non devo giustificarmi con nessuno per le mie azioni, certo non con lui.

«Rispondi, Heisel.»

Mi afferra entrambi i polsi e inchioda i suoi occhi nei miei.

«Niente Harry, non stavo facendo niente» gli dico calma, non lasciando trasparire alcuna emozione.

«Be', fumare erba, bere, stare seduta sulle gambe di un ragazzo che ti mette le mani ovunque a me non sembra niente. Cazzo.»

Dà un calcio al muro e mi guarda aspettando una mia reazione.

«Non ho fumato erba. E se t'importa così tanto di quello che faccio, non dovresti lasciarmi sola.»

«Pensavi che sarei rimasto con te tutta la sera?»

La sua domanda mi ferisce. Era quello che mi aspettavo? Sinceramente, sì.

Lui arriva sempre quando sono con un altro, mi prende, mi porta via e mi fa del male. Lasciamo stare i lividi che mi lascia sui polsi, lui mi ferisce dentro.

Sento gli occhi inumidirsi, non voglio che mi veda piangere, perciò me ne vado.

Questa volta però non mi segue, resta lì.

Mi siedo su una panchina poco distante e mi asciugo le lacrime con il dorso della mano.

Avrei voluto che mi seguisse e che mi convincesse ad accettare un passaggio a casa, ma non l'ha fatto.

Probabilmente è dentro con la ragazza per la quale mi ha lasciato tutta la sera da sola.

Il mio telefono squilla più volte. È lui, ma non rispondo.

Mi fumo una sigaretta.

E poi un'altra, e un'altra ancora, e ancora una. Finisco il pacchetto. In lontananza vedo la gente che comincia ad andare via dal locale. Deve essere tardi.

Vedo uscire anche lui, non riesco a decifrare il suo stato d'animo. Però si gira e mi vede.

Lo sto implorando mentalmente di venire da me. E, quando lo vedo avvicinarsi, non so se vuole farmi una scenata, dare un pugno al muro o cos'altro. Però è qui.

Dà un'occhiata alle sigarette spente attorno a me e sospira.

«Non volevo dire quello che ho detto.»

«Sì Harry, volevi. E hai anche ragione, mi aspettavo davvero che avresti passato la sera con me.»

Sospira di nuovo. Sta facendo del suo meglio per non spazientirsi, anche se in teoria dovrei essere io quella arrabbiata. Non importa.

«Sali in macchina, ne parliamo lì» mi dice, e io obbedisco per il semplice fatto che sto morendo di freddo.

10

Heisel

Siamo di nuovo in macchina ma non stiamo andando verso casa mia.

«Cosa stiamo facendo?» mi chiede Harry dopo qualche minuto di silenzio.

«Non lo so.»

«Devi smetterla Heisel. Con il fumo, l'alcol, i baci dati a dei coglioni e tutte quelle merdate lì.»

«Non puoi capire.»

«Capire cosa? Fare la troia alle feste non mi sembra un atteggiamento da capire...» sbotta per poi fermarsi, non appena si rende conto di quello che ha detto.

Non importa, ovviamente.

A me non importa mai di niente.

Resto in silenzio mentre le parole che ha appena pronunciato si rincorrono nella mia mente.

«Ferma la macchina» gli dico.

«No.»

«Fermati.»

Lui accosta.

Mi slaccio la cintura e mi giro verso di lui.

«Il punto è questo Harry. Io con te ci sto bene. Poi però ci sono queste cazzo di feste dove tu vai in giro a farti tutte e fai bene perché noi due non stiamo insieme, ma tu mi molli lì, da sola, e a qualcosa mi dovrò pure aggrappare. Che sia l'alcol, una sigaretta o un ragazzo. Tu puoi andare in giro a fare quello che vuoi e io no? Questo non è giusto. E non capisco davvero cosa stiamo facendo.»

«Mi ha dato fastidio vederti così con quello, non lo so perché. E se ti dico del fumo o quelle merdate del genere, lo faccio solo per te.»

Harry

Dopo alcuni minuti siamo arrivati. Parcheggio l'auto e scendo. Heisel mi segue in silenzio e, solo quando siamo sotto al mio portone, mi rivolge uno sguardo interrogativo.

«È casa mia» le spiego.

Lei mi segue fino al mio appartamento. Non dice niente, entra e basta.

Si toglie subito le scarpe e le lascia in un angolo della sala.

«Posso restare qui, stanotte?»

Non mi guarda nemmeno mentre me lo chiede. Sembra in imbarazzo e questa cosa mi piace.

Di solito le ragazze non si fermano a casa mia, ma lei potrebbe essere l'eccezione. Anzi lo è.

È la mia eccezione, la mia eccezione a tutto.

«Sì, certo.»

Sorride.

Solo adesso noto il trucco un po' sfatto, i segni di qualche lacrima.

Mi avvicino e lei appoggia la testa sul mio petto.

«Sono un casino» sussurra.

Rido e la stringo più forte. È bello sentirla così vicino.

«Lo sono anche io.»

Mi sto rilassando e anche lei. So che il discorso in macchina non è chiuso qui, ma per adesso preferisco lasciarlo cadere.

Prendo nell'armadio qualcosa che possa andarle bene: una mia maglia nera e un paio di calzoncini da ginnastica. Le mostro il bagno e nel frattempo mi cambio mettendo un paio di calzoncini simili a quelli che ho dato a lei e una felpa.

Heisel esce dal bagno poco dopo. Sta bene con indosso la mia roba.

«Adorabile» la prendo in giro e mi siedo sul letto. «Puoi dormire qui, io vado sul divano.»

«No, no davvero, Harry.»

Le sue guance si tingono di rosso, schiude le labbra ma non riesce a parlare.

«Da quando non sto più con Mattew ho dei problemi a dormire. Faccio fatica a addormentarmi e quando ci riesco è sul divano, non so perché.»

Adesso si spiega il letto intatto.

«Vuoi dormire con me?» le chiedo.

Annuisce.

Penso di non essere mai stato così felice in tutta la mia vita, o magari sto esagerando, ma in questo momento lo sono moltissimo.

Mi sistemo sotto le coperte e lei fa lo stesso.

Probabilmente starà pensando che tutto ciò è folle, è quello che sto pensando io. Ma questo siamo.

Due folli.

Appoggia un braccio sul cuscino e si gira su un lato per guardarmi.

«Non so se riuscirò a dormire» mi dice piano.

«Non è un problema, al massimo starò sveglio con te.»

È bella anche quando è stanca.

Non voglio toccare l'argomento che prima in macchina ci ha fatto discutere, stiamo così bene adesso.

«Heisel» la chiamo.

«Dimmi» si volta verso di me. Studio per qualche istante i suoi lineamenti ed è perfetta.

È bellissima.

Cosa non le farei.

Il mio autocontrollo è ufficialmente finito.

Mi guarda, stesa a pancia in su. Io mi giro sporgendomi lentamente verso di lei.

Faccio scendere una mano sul suo fianco. Merda.

Le bacio il collo per poi salire sulle guance e arrivare agli angoli della bocca.

Le nostre labbra finalmente si incontrano, dopo essersi desiderate a lungo, le chiedo l'accesso con la lingua che poco dopo mi concede.

È come un gioco perfetto.

Giuro di non aver mai baciato così. Il nostro è più di un bacio.

«Harry» geme quando i baci diventano più intensi.

Appoggia le mani sul mio petto e la stringo a me.

«Notte, Heisel.»

«Buona notte, Harry.»

11

Heisel

Mi sveglio ed Harry non è accanto a me.

È assurdo avere passato la notte con lui e ancora di più averlo baciato.

Ma è stato bellissimo, era davvero quello che volevo.

Ho dormito quasi tutta la notte. Mi sono svegliata solo due volte un po' agitata, poi però sono riuscita a calmarmi. Forse questa notte dovrei provare a dormire nel mio letto, magari è passata la paura di addormentarmi da sola.

Sento dei rumori. Scendo dal letto, ancora mezza addormentata, e vado in cucina.

Lui è seduto al tavolo e tiene fra la mani una tazza fumante. Ha gli occhi assonnati e i capelli più in disordine del solito. È adorabile.

«Buongiorno» lo saluto.

«Heisel» mi sorride e mi indica l'altra tazza sul tavolo. «Hai dormito bene?»

«Sì.» La mia voce è ancora impastata e mi strofino gli occhi prima di continuare: «Grazie per avermi fatto restare e tutto il resto».

«Non è niente, tranquilla.»

Magari è così che fa, usa le ragazze per una notte. Qualche giochetto, qualche parola, qualche bacio e poi basta.

Anzi, è sicuramente così.

Fatto sta che sono passati tre giorni dalla nostra notte insieme e lui non si è più fatto sentire.

Cosa mi aspettavo? E poi a me non importa di lui. È un bel ragazzo ma niente di più, giusto? Sì, deve essere così.

Dov'è finita la mia corazza di ghiaccio? Non è possibile che Harry arrivi e nel giro di una settimana butti giù il muro di protezione che mi sono costruita.

Fanculo a tutta questa merda.

In queste sere non ho visto neanche Alice. Lei esce sempre più spesso con Liam e non mi cerca quasi mai. Ogni tanto le mando qualche messaggio e lei risponde. Oggi non è venuta neanche a scuola perché andava a fare un giro in centro con lui.

Io ho passato la giornata con Louis ma la mia testa era altrove.

Non faccio che pensare a Harry.

Bastardo.

È giovedì e sto facendo la borsa per andare dai miei a Manchester. Mi fermo fino a sabato mattina, mi hanno praticamente costretta ad andare lì, ma sono contenta ugualmente perché ci sarà anche Léon.

Di solito non mi piace tornare a casa. Ogni cosa mi ricorda mia sorella.

Non ho neanche avvertito Alice della mia partenza, tanto non serve dirglielo. Ci vedremo quando torno.

Arrivo che è già sera tardi, quasi notte.

Nulla sembra essere cambiato: una casa enorme con le macchine parcheggiate fuori in un quartiere fin troppo per bene.

«Heisel!» urla Lèon correndomi incontro.

Gli bacio ogni centimetro di guancia e lo stringo a me.

«Mi sei mancato» gli dico fra i capelli.

«Anche tu.»

Entriamo in casa dove i miei genitori mi accolgono con le solite domande: come sei dimagrita, ma mangi? Stai bene? A scuola? Bei voti? Devi avere bei voti a scuola, lo sai! E non combinare casini!

Bello essere a casa... già, una bellissima merda.
«Sì» rispondo fredda. Ecco che il muro di ghiaccio è tornato al suo posto. Mi sento più sicura e protetta dietro il mio muro, sono disposta ad abbassarlo solo per mio fratello.
«Lasciali perdere» dice lui mentre entra in camera mia con in mano due coppette piene di gelato.
«Già» sorrido e ci sediamo sul letto.
«Come vanno davvero le cose?»
«Londra è bella, anche la scuola lo è. E le cose vanno come sempre.»
«Alice, Louis e tutti loro, li vedi ancora?»
Rido quando mi chiede di Alice visto che è stato il suo primo bacio. Bei tempi.
«Sì, certo. Poi... ho conosciuto un ragazzo, ma non so ancora cosa pensare di lui.»
Alza un sopracciglio, è sempre stato geloso dei ragazzi che frequento.
«Com'è?»
«Bello e incasinato, quasi quanto me. Ma lo conosco da poco tempo, circa due settimane.»
Lèon appoggia la coppetta sul comodino, si avvicina e mi abbraccia tenendomi stretta a lui.
Per un attimo mi sento bene, le sue braccia sono perfette per stringermi.
«Ti manca?» mi chiede, ma ora non stiamo più parlando di Harry.
«Ogni secondo.»
Lèon era legatissimo alla nostra sorellina. C'è stato male quanto me, se non di più.
Prende il portafoglio dalla tasca dei jeans, lo apre e tira fuori una foto. Siamo noi tre, io lui e Maya. Penso sia una delle ultime foto che abbiamo insieme. Qui siamo in giardino, io sulla sinistra, Maya al centro e Lèon sulla destra. Ci teniamo abbracciati e ridiamo.
È meravigliosa.
L'ha scattata papà, è da lui che ho preso la passione per la fotografia. Era un uomo così sereno prima della morte di

mia sorella. Ci faceva moltissime foto e lo ringrazierò sempre per questo.

«Tienila tu» mi dice Leòn porgendomela.

«Grazie. Per tutto». Lo abbraccio e prendo la foto.

12

Heisel

Mi è dispiaciuto andarmene solo per Lèon. I miei genitori non si sono quasi fatti vedere in questi due giorni. Sono contenta di essere di nuovo a Londra, mi sentivo fuori posto a Manchester.

Mi ha chiamato Alice per chiedermi che fine avessi fatto e, quando le ho detto che sono stata dai miei e che sono appena tornata, ha insistito perché la raggiungessi da Ricky. Ho accettato anche se non ne avevo molta voglia. Peccato che quando arrivo lì, lei non c'è.

In compenso il locale è pieno di gente. Esattamente la situazione che volevo evitare. Da qualche parte ci sarà sicuramente anche Louis, nel bar c'è una tale bolgia che inciampo a ogni passo. A un certo punto, in un angolo, intravedo Harry che parla con una ragazza. Che schifo. È colpa mia però, sono io la stupida. Ogni volta che abbasso la guardia, qualcuno mi ferisce, succede sempre così.

Fanculo. Mi prendo da bere ed esco.

Mi fa un po' male la testa.

Attraverso la vetrata riesco a vedere Harry seduto sul divano, assieme alla ragazza. Perfetto. Mi accendo una sigaretta e finisco in un sorso il cocktail, solo che all'improvviso mi viene da vomitare, non so se per l'alcol o per aver visto Harry.

Tossisco due o tre volte prima di iniziare a vomitare.

Non dico niente e quando ho finito mi accascio a terra a

qualche passo dal mio vomito, incastrando la testa in mezzo alle gambe mentre le lacrime scendono inarrestabili.

Non sono lacrime di tristezza, forse di stress.

«Mi dovrei incazzare con te adesso.»

Harry.

Mi alzo e mi metto davanti a lui. «Vai via Harry.»

Non voglio che continui a vedermi sempre così vulnerabile.

Ma aspetta, cosa ha appena detto? Che dovrebbe arrabbiarsi con me? Fanculo, davvero.

«Hai bevuto?» mi chiede.

«Dici?»

«Dove sei stata in questi giorni?»

«Fuori città.»

«Hai baciato qualcuno o cose del genere?»

«È per caso un interrogatorio? Seriamente Harry, mi stai prendendo in giro? E comunque, no. Non ho baciato nessuno, non sono come te.»

Lo spingo via ma lui mi afferra.

«Davvero? Non ci hai messo tanto a baciarmi l'altra sera.»

Ora sono davvero incazzata.

Incazzata e ferita da questo figlio di puttana.

Non gli rispondo nemmeno e mi divincolo dalla stretta, voglio tornare a casa. Me ne vado e questa volta non mi giro, spengo anche il cellullare, non voglio sentire nessuno, non voglio vedere nessuno. A casa però, dopo che mi sono fatta una doccia, mi ritrovo tra le mani la felpa di Harry e penso che non importa quanto sia incasinato, bastardo e lunatico, questa felpa mi piace. E anche lui.

Sono le due di notte e io non riesco a dormire. Sto camminando per tutto l'appartamento da ore quando sento bussare forte alla porta.

Davanti a me c'è un ragazzo dai capelli riccioli e dagli occhi iniettati di sangue. È ubriaco, lo capisco dall'odore di alcol che emana. E, se non è ubriaco, ha comunque bevuto parecchio.

In più il suo labbro sanguina. Fantastico.

«Heisel» piagnucola e io mi sposto per farlo entrare.

«Harry, che è successo?»

«Sei così bella Heisel» sussurra.

«Cosa è successo, Harry?»

Sospira prima di iniziare a parlare.

«Hai presente quando tu mi hai detto che non sai amare o qualche merdata del genere? Nemmeno io sono capace. Non che io ti ami, però sei così diversa Heisel. Cazzo. L'altra sera non mi hai baciato tu, ti ho baciata io e mi sono spaventato perché quel bacio è stato così tanto, è stato troppo. Insomma sarei andato avanti. Io ho un autocontrollo davvero scarso, e faccio male alle persone. Non solo psicologicamente intendo. Non volevo farti male. Io non lo so. Non so niente. Ma sono di nuovo in questo fottutissimo appartamento e sto facendo un'eccezione a un'altra delle mie regole: "Non andare a casa delle ragazze". È vero Heisel, ero con quella ragazza e, se vuoi saperla tutta, in questa settimana che non ci siamo visti sono stato con una ragazza diversa ogni sera, ma io non penso a loro, non penso a loro nemmeno mentre me le sto scopando. E adesso siamo punto a capo, tu sei di nuovo così fredda da far congelare tutto. Scusa davvero per tutta questa merda, ma non voglio che bevi. Diventi più vulnerabile. Poi i ragazzi ti baciano, ti toccano, e non voglio. Solo se, magari, ci provassimo?»

Finisce il suo discorso con il respiro affannato e farfugliando. Mi sono dovuta davvero sforzare per cercare di capire cosa stava cercando di dirmi.

«A me non importa di baciare un ragazzo diverso ogni sera, Harry. Ma come non posso io, non puoi nemmeno tu» gli dico calma.

«Lo so, lo so e hai ragione. Non farò più queste merdate, però, ti prego, proviamoci perché ho davvero bisogno di sapere come possono andare le cose fra noi due.»

Sospiro mentre lui mi prende il viso fra le mani e inchioda i nostri sguardi.

«Heisel» quasi mi supplica.

«Domani mattina magari non lo vorrai più, ci ripenserai e io resterò sola.»

«No, no e no. Non dire stronzate, sai che non lo farò» si agita togliendo le mani dal mio viso e passandosele fra i capelli.

Appoggio le mie mani sulle sue e gliele abbasso sulle gambe. A quel contatto sembra tranquillizzarsi.

«Non posso saperlo Harry. Io non ti conosco per niente.»

«Ci vorrà del tempo, ci conosceremo con calma, col tempo. Però voglio conoscerti standoti accanto, non mentre continuo a scopare con le altre e però ho te in testa.»

Sobbalzo a quelle parole.

«Ma io sono davvero un casino, lo sai questo?»

«Lo sono anche io, ma non importa. Vuol dire che ci lavoreremo.»

Porto l'indice sul suo labbro ferito e lui mi appoggia le mani sui fianchi.

«Okay» sussurro «però, niente più ragazze, davvero.»

Annuisce. Sembra felice.

Forse lo sono anche io, ma ho anche molta paura, non so a cosa sto andando incontro.

Mi avvicino piano e gli lascio un bacio sulle labbra. Non premo per paura di fargli male, ma lui mi stringe a sé e amplifica il bacio.

Sorrido sulle sue labbra.

È così bello.

Harry

Mi ha dato un'occasione e io ne ho davvero bisogno.

Non m'importa di andare a letto con altre ragazze adesso.

Lei è così diversa.

E non m'importa se è incasinata, lo sono anch'io.

Se andasse bene?

Sarebbe stupendo.

13

Heisel

Non sento Harry da quando ha lasciato il mio appartamento questa mattina, sono passate solo poche ore. Stiamo appena iniziando, non stiamo nemmeno insieme, diciamo che ci stiamo provando. Stiamo provando ad avere qualcosa. Dopo Mattew non sono più stata con nessuno e questa situazione mi spaventa tantissimo, ma non posso continuare a chiudermi in me stessa, e poi Harry è così diverso. È diverso dagli altri ragazzi che sono entrati nella mia vita. Insomma, lo conosco ancora poco, però con lui ci sto bene. Da una parte penso che io e lui ci assomigliamo; dall'altra parte, forse non ci assomigliamo per niente. Come se abitassimo nella stessa città e allo stesso tempo in due continenti diversi. Harry è strano, non posso dire di no. Insomma, ancora non capisco perché quella sera, dopo poche ore che ci eravamo conosciuti, ha insistito così tanto per portarmi a casa, penso che prima o poi me lo farò spiegare. Meglio poi. Penso che non sappia gestire certe sue reazioni e che non abbia il controllo della sua forza. Probabilmente è abituato a comportarsi così. Non ho fretta di sapere di più su di lui, almeno non per ora. L'ha detto lui stesso che mi vuole conoscere meglio, lo faremo mentre staremo l'uno accanto all'altra. Magari le cose andranno bene o magari sarà un disastro.

Inizio a mettere a posto la stanza. Sulla scrivania ci sono un sacco di fogli. Mi limito a raccoglierli e a raggrupparli in un angolo. Questa sera non ho bisogno di scrivere, sono serena. Tranquilla. Raccolgo anche i vestiti sporchi in giro per la camera e li ammucchio sulla sedia. Passo alle fotografie sparse ovunque, si rovineranno se continuo a tenerle in questo modo, così le prendo e le chiudo dentro una scatola. Prima o poi le metterò in un album. L'unica foto che lascio fuori è quella che mi ha regalato mio fratello, la mia foto preferita. Quelle attaccate al muro prima o poi le dovrò sostituire, iniziano a essere un po' vecchie, ne ho di più belle. Passo alla libreria, quella è abbastanza in ordine, c'è solo qualche libro fuori posto. È mia madre che mi ha trasmesso la passione per i libri. Lei leggeva sempre a me e a mia sorella, ma adesso non legge più. Non le importa più. Penso che abbia smesso di credere nella magia, nell'illusione che solo certi libri riescono a dare. Ma io no, io ci credo ancora. Infine, la mensola dove ci sono le mie macchine fotografiche preferite, dalle più vecchie alle più nuove.

Mi accorgo però che la telecamera non è nella posizione in cui la lascio io di solito, strano.

È ancora accesa. Impossibile. La prendo in mano e la collego velocemente al computer, c'è un nuovo video.

Harry. Lo ucciderò per aver usato la telecamera per la millesima volta, senza il mio permesso e, in più, per avermi ripreso mentre dormivo. Ma il video è bello. Sono rannicchiata contro il suo corpo e dormo tranquilla. Si nota pure la sua bocca sorridente mentre mi guarda. In un altro pezzo si sente la sua risata trattenuta mentre io mi agito nel letto. È ufficialmente il mio video preferito.

È quasi l'ora di cena quando suonano alla porta.

Alice ha gli occhi lucidi, in una mano due pizze e nell'altra due sacchetti del McDonald's. Non il massimo per la dieta, ma non importa. Dev'essere successo qualcosa di grave.

Posa il cibo sul tavolo della cucina e mi getta le braccia al collo. La stringo forte a me per poi farla sedere sulla sedia davanti alla mia. Sembra sconvolta. Ha bisogno di me.

Io e Alice ci conosciamo da quando siamo piccole, eravamo due pesti. Giocavamo insieme alle bambole, ci arrampicavamo sugli alberi, lei dormiva a casa mia e io da lei. Aveva tantissimi pupazzi di Winnie The Pooh. Era fissata. Qualche volta siamo anche andate in vacanza insieme. Quando avevamo dodici anni, ogni tanto saltavamo la scuola. Magari per fare cose stupide, come passare la notte a guardare film polizieschi o andare al parco con i ragazzi più grandi. Abbiamo sempre avuto tantissime avventure da raccontare. Quando è morta mia sorella e quando Mattew è uscito dalla mia vita lei mi è stata vicina. Quando i miei genitori mi hanno mandata a Londra, lei mi ha seguita. È venuta con me. Crescendo, è maturata tanto ed è molto più responsabile di me, lo è sempre stata.

«Io non so cosa fare con Liam» mi dice piangendo.

«Perché?»

Beve un sorso d'acqua mentre cerca di calmarsi. Era un bel po' di tempo che non la vedevo così.

«Io sono innamorata, giuro. Ma lui no, ne sono sempre più sicura.»

«Ma è successo qualcosa?»

«Io, cioè noi, abbiamo fatto sesso. Due giorni fa, e lui non si è più fatto sentire. Sono stata così stupida.»

Si tiene la testa fra le mani e le lacrime bagnano il tavolo della cucina.

«Cosa? No! Alice, ci deve essere una spiegazione!»

Non so cosa pensare, Liam non è quel tipo di ragazzo. Insomma, ogni tanto si atteggia da stronzo, lui e i suoi amici sono fatti così ma Liam, al di là delle apparenze, è sempre stato un ragazzo d'oro, o almeno così credevo.

I pensieri peggiori mi passano per la testa mentre immagino di essere al posto di Alice e di subire lo stesso trattamento da parte di Harry.

Niall e Louis lo fanno sempre. Usano le ragazze per una notte, ma non lei. Insomma, Alice è diversa da quelle ragazze. Spero davvero che non sia così, spero che sia solo un malinteso. E spero con tutto il cuore che anche Harry sia diverso.

Non sono arrabbiata con Liam, non posso esserlo se non so come siano andate esattamente le cose. E sono anche un po' stupita che lui e Alice abbiano fatto sesso così presto per il semplice motivo che Alice non è il tipo. È stata a letto solo con altri due ragazzi e prima che succedesse erano passati mesi.

«Liam» lo fermo nel cortile della scuola.

È teso e le sue occhiaie dicono chiaramente che non ha dormito molto negli ultimi giorni.

«Volevo parlarti di Alice.»

Annuisce piano.

«Mi ha detto quello che è successo fra voi due.»

«Intendi che abbiamo fatto sesso?»

«Perché dopo sei sparito? Insomma, lo so che di solito voi vi comportate così: fate sesso e poi la storia finisce lì. Ma so anche che di Alice ti importa, e non dirmi di no.»

Sospira, prende una sigaretta e se la accende. «Alice mi interessa, le voglio davvero bene. Ma non so se posso darle quello che cerca.»

«Devi parlarne con lei, Liam. Non puoi dire che non sai cosa puoi darle se non sai cosa vuole. Pensaci e cercala, rimedia prima che sia troppo tardi.»

Lo guardo mentre si strofina le mani sul volto per poi sorridermi e attirarmi a lui in quello che più o meno è un abbraccio.

«Grazie, sei un'amica.»

Lo lascio lì da solo con i suoi pensieri, tutta questa storia è destinata a risolversi, è solo uno sciocco malinteso ma, quando esco da scuola e vedo Harry che mi sta aspettando, le mie convinzioni iniziano a vacillare. Il pensiero di come lui e i suoi amici trattano le ragazze mi torna prepotente in mente e io non voglio davvero essere una delle mille di una notte.

14

Harry

È tutto in ordine. La pizza è sul tavolo. Manca solo Heisel. Solo lei.

E, giorno dopo giorno, ogni cosa è un po' più brutta quando manca lei.

Non appena apro la porta, me la ritrovo davanti con un paio di jeans neri aderenti che le stanno benissimo, un maglione grigio che si intravede sotto la giacca e scarpe col tacco. I capelli castani sono legati in una coda. Sorride con quel sorriso stanco che l'accompagna ovunque. È bellissima.

Fa un passo verso di me e mi dà un bacio sulla guancia.

«Ho portato del gelato, spero di avere indovinato con i gusti.»

Si leva il giubbotto mentre io prendo la vaschetta e la metto in frigo.

«Hai preso la menta?» chiedo.

«Scherzi? Fa schifo.»

«Farò finta di non aver sentito...»

Ride.

Quando ci sediamo a mangiare la pizza, mi racconta che ha visto *Blow* e ha fatto un po' di ricerche sulla storia. Deve averla davvero colpita quel film. Io l'ho visto mille volte, lei lo scopre adesso. Mi piace questa cosa. Mi piace che siamo diversi.

«Cosa mi suoni?» mi chiede dopo mangiato, quando vede la chitarra appoggiata a terra.

«Quello che vuoi.»

«Vieni, forza.» L'aiuto ad alzarsi in piedi, visto che, in modo molto romantico, com'è mia abitudine, abbiamo mangiato con due cartoni di pizza seduti sul pavimento davanti alla televisione. Mi segue in camera.

La mia stanza è sempre in ordine. Mi piace tenerla a posto, così posso trovare le cose più facilmente. Sono troppo pigro per cercare in continuazione affetti che perdo in un piccolo spazio.

Si siede sul letto con le gambe incrociate. Io accanto a lei con la chitarra sulle gambe.

Heisel riesce a essere sempre annebbiante.

Quando inizio a suonare, mi concentro sulle note, sulla melodia che mi riporta indietro nel tempo. Che mi ferisce. Riaccende il dolore causato da tutti i miei errori. Le note si legano fra loro creando quella musica a cui sono tanto affezionato e che non ho mai suonato per nessuno, se non per me stesso. Qualcosa che mi appartiene, che non sono disposto a condividere. Ma Heisel può capire. Io so che Heisel è capace di sentire il dolore e la malinconia attraverso le note. Che lei sa vedere oltre le apparenze. Che non sono solo. Almeno non completamente.

«È bellissima, Harry» sussurra.

La chitarra è ora ferma tra le mie mani. Le corde immobili. Mi mancava suonare.

«La suonavo a Rose, mia sorella.»

Indico la foto sul comodino. «Non la vedo più da tanto tempo ormai.»

Appoggio a terra la chitarra e mi sdraio sul letto. Heisel si stende accanto a me a pancia in giù.

«Ti va di raccontarmi?»

Mi giro verso di lei. I suoi occhi mi guardano attentamente.

«Eravamo una bella famiglia. Ma poi mio padre ha iniziato a bere e io sono entrato nella classica fase da adolescente ribelle. Mia mamma lo amava troppo per affrontarlo. Io, invece, lo odiavo. Se non mi stava bene qualcosa, lo dicevo. Se non volevo tornare a casa la sera, non tornavo. Una volta sono rientrato anch'io ubriaco. Avevo bevuto veramente troppo, ma mio padre era l'ultimo a potermi dire qualcosa. Invece, da gran bastardo, si è incazzato come un pazzo. E la cosa assurda è che era ubriaco pure lui. Alla fine se la stava prendendo anche con mia sorella, dannazione. Era solo una bambina...»

Mi agito. La mano di Heisel mi accarezza il braccio, la sua testa si appoggia lentamente sul mio petto.

«E niente, ho perso il controllo e gli ho tirato un pugno forte in faccia. Mia mamma si è spaventata, mia sorella anche. Anche io, in realtà. Mio padre, il giorno dopo, mi ha cacciato di casa. Mia madre ha cercato di fargli cambiare idea, ma forse era troppo innamorata per riuscirci. Io me ne sono andato senza troppe storie, convinto che non mi servisse una famiglia... e magari era anche così. Ma adesso vorrei cambiare tantissime cose. Sono andato a vedere Rose all'uscita da scuola un paio di volte, invio soldi a mia madre e le ho anche parlato al telefono, alcune volte, ma non è la stessa cosa.»

Gli occhi di Heisel sono lucidi mentre mi guarda. Lascia un bacio sulla mia maglia. Io accenno un sorriso.

«Tranquilla» le dico. «È che non ne parlo mai.»

Lei annuisce. Sono felice che non abbia iniziato con grandi discorsi. Odio i grandi discorsi.

Mi giro verso di lei. Con un braccio le cingo la vita. Le scosto i capelli dal viso e non riesco a staccare gli occhi dalla sua bocca, è così bella. Fin troppo. La mia immaginazione va in punti in cui non dovrebbe andare e mi maledico per non riuscire a non pensare a lei anche in quel senso. Se continua così, andrà a finire che farò qualche cazzata.

Le mie mani scivolano sotto il suo maglione, sulla sua schiena e sento la sua pelle rabbrividire. Ha una pelle così morbida e liscia.

Sorride e io annullo la distanza fra noi. Le sue labbra sono morbide contro le mie e si muovono in modo perfetto, non voglio pensare agli altri ragazzi che ha baciato con questa bocca. Non posso se no rischio di diventare matto.

Chiedo l'accesso con la lingua e dopo poco me lo concede mentre gioca con il mio labbro inferiore e io succhio dolcemente il suo. Non so perché questo bacio è così dolce. Era un po' che un semplice bacio non mi dava così tanto, anzi, probabilmente non era mai successo. Il bacio non finisce e sembra che nessuno dei due abbia intenzione di smettere. È lei a chiuderlo lentamente staccandosi da me. La attiro subito al mio corpo, la voglio vicina. Sorride contro le mie labbra, anche se nei suoi occhi leggo un po' di incertezza.

Non capisco perché faccio tutto questo, forse perché lei è diversa. Non mi comporto così con le altre ragazze.

Poi lei si stacca da me.

«Cosa succede?» le chiedo e la vedo titubante nel cercare una risposta.

«Nulla» farfuglia. Oh, andiamo.

«No Heisel, non mentirmi.»

Mi irrito. Non può mentirmi, sono sempre stato circondato da persone che non mi dicevano la verità, non voglio un'altra situazione simile. Non con lei.

«Dimmi, voglio sapere» insisto.

Sembra che le dia noia parlare di qualunque cosa lei stia pensando. Non so, magari è davvero turbata ma a me non piace aspettare.

«Heisel.»

Finalmente inizia a parlare.

Heisel

Si è infastidito dopo che ho provato a dirgli che non avevo niente. Sinceramente non pensavo se ne accorgesse, nessuno si accorge quando c'è qualcosa che non va, devo essere peggiorata come attrice. Ora vorrei solo scappare piuttosto che affrontare questo momento. Io con Harry ci sto bene ma, da quando ho parlato con Alice, ho un pensiero fisso e non so se posso condividerlo con lui. Mi guarda con durezza mentre aspetta che io mi decida ad aprir bocca.

«Ieri sera da me è venuta Alice» gli spiego. «Era triste per Liam.»

«Quindi?»

«Loro hanno fatto sesso e dopo lui non l'ha più chiamata.» Le parole escono dalla bocca in modo veloce e schietto, forse anche troppo.

«Noi non abbiamo fatto sesso» dice Harry e mi guarda confuso.

«No, non abbiamo fatto sesso. Ma magari è quello che vuoi, insomma, voi ragazzi fate così e...»

Non mi lascia nemmeno il tempo di finire che mi afferra entrambi i fianchi facendo troppa pressione. Mi sta facendo male ma non mi sembra il caso di dirglielo.

«Seriamente, Heisel? Ti ho accompagnata a casa diverse volte ed eri più o meno ubriaca, ho dormito con te più di una volta, pensi davvero che se ti avessi voluta scopare e basta non l'avrei già fatto?»

Non so che dire, in effetti ha ragione, ha avuto diverse occasioni per approfittarsi di me ma non l'ha mai fatto. Magari non sono abbastanza bella o non gli piaccio in quel senso.

«Okay» mi limito a dire.

«Okay?»

«Okay, hai ragione» sospiro e lascio stare. Ho imparato con gli anni che è meglio lasciar perdere anche se in questo momento non vorrei.

«No! Non è quello che mi dovresti dire. Cazzo, Heisel. Non serve che mi dici che ho ragione quando poi nella tua testa ti sei già creata altri mille problemi. Non dire okay quando non è così. Non con me.»

È agitato. Si passa le mani fra i capelli. Lo guardo e mi rendo sempre più conto di quanto è maledettamente bello.

«Non ti piaccio abbastanza?»

«Cosa? Scherzi spero. No! Non è questo. È che... Oddio Heisel, perché devi fare così. Sei bella, sei bellissima, okay? Non è per questo, ti vorrei scopare in ogni momento, anche adesso sinceramente, e anche se il mio autocontrollo è scarso e sono abituato a farmi una ragazza appena ne ho voglia, con te sto provando a essere diverso. Le altre non le porto a casa mia e non sto con loro a chiacchierare o merdate simili, e non so perché con te lo faccio, ma è così e basta.»

È sincero, credo.

Gli metto le mani intorno al collo e porto le sue sulla mia schiena.

«Scusa» gli sussurro in un orecchio e lui mi stringe.

Gli accarezzo la mascella con le labbra per poi scendere lungo il collo e lasciare baci umidi sulla pelle. Lo sento rabbrividire.

«Non ti approfittare del fatto che cerco di controllarmi, potrei sempre cambiare idea» scherza mentre le sue mani si muovono lungo la mia schiena. Lui si china e mi lascia tanti baci veloci sulle labbra.

«Non ha senso» gli dico fra un bacio e l'altro «un secondo litighiamo e il secondo dopo siamo così.»

Ridiamo insieme.

«Siamo incasinati.»

Mi poggia le mani sui fianchi nel punto in cui poco fa mi ha stretto con quella forza che non riesce a controllare. Sussulto leggermente a quel contatto. Spero che non se ne accorga, ma non è così.

Harry

«Harry?» mi chiede sussurrando, ma io non le rispondo e porto le mani sull'orlo del suo maglione alzandolo appena un po'. Non guardo la pelle scoperta, ho paura di vedere cosa le ho fatto, quindi continuo a fissarla sperando che dica qualcosa. Sposta le mie mani dal maglione e lo riabbassa.

«No» dico duramente mentre rialzo il maglione. Sui fianchi ha due grandi arrossamenti che presto diventeranno lividi, ne sono sicuro.

Prende il mio viso fra le mani e mi costringe a guardarla, ha degli occhi stupendi.

«Perché non mi hai detto che ti stavo facendo male?» le chiedo alzandole ancora di più il maglione. Lei solleva le braccia sopra la testa e io glielo tolgo. Sembra a disagio e cerca in qualche modo di coprirsi, ma è bellissima. Porta un reggiseno di pizzo bianco che è al confine fra l'illegalità e l'innocenza. Tutto questo è troppo per me, ma devo controllarmi.

Vado in bagno, prendo un asciugamano e lo inumidisco con l'acqua calda.

«Sdraiati» le dico quando torno in camera e vedo che lei si è seduta sul bordo del letto.

«No, non c'è bisogno.»

«Heisel, per favore, sdraiati.»

Non si deve sentire a disagio con me.

«Okay» sospira e si stende sul letto. È davvero scopabile.

Non so quanto possa servire passarle un asciugamano bagnato sulle parti arrossate ma non saprei che altro fare. Il suo corpo piano piano si rilassa sotto il mio tocco e la sua pelle rabbrividisce. Inizio a disegnare con le dita dei cerchi sulla pancia mentre lei mi accarezza i capelli. È una sensazione davvero bella.

Appoggio il mento vicino all'ombelico e guardo in alto per incontrare i suoi occhi.

«Hai paura di me?» le chiedo, distratto dal fatto che la pelle della sua pancia nuda è così eccitante.

«No.»

«Non devi avere paura di me» la rassicuro e mi sdraio accanto a lei. Annuisce.

«Lo so, solo, dovresti imparare a gestire di più la tua forza» mi dice calma mettendomi una mano sul petto.

Chiudo gli occhi e respiro profondamente, ha ragione.

Mi alzo e le porgo una mia maglia, non so per quale motivo ma vorrei che la indossasse.

«Mettiti il giubbotto che usciamo» le dico, e lei questa volta non fa domande e obbedisce. Perfetto.

15

Heisel

Harry ferma la macchina davanti a una specie di palestra e mi fa scendere dall'auto.

«Perché siamo qui?» gli chiedo mentre mi guardo intorno.

«Ci lavoro» mi dice rispondendo a molte domande che mi ero fatta in questi giorni.

«Sei un... personal trainer?»

Lui scuote la testa e ride. Mi prende la mano e mi accompagna dentro. Le luci sono spente e c'è odore di sudore e sangue.

Accende le luci e mi rendo conto di essere in una sala per la boxe o qualcosa del genere, c'è anche il ring.

Ora si spiega il pugno di Harry contro l'albero sferrato con una tecnica praticamente perfetta. E si spiega il fatto che non gli facessero poi tanto male le nocche o il labbro spaccato.

«Per calmarmi, per sfogarmi, imparare a gestire la mia forza, faccio questo» mi spiega indicando il ring.

«Non è pericoloso?»

Ride e il suo sguardo fa su e giù sul mio corpo più volte.

Mi prende in braccio e mi fa sedere sul bordo del ring, poi sale anche lui e si mette in ginocchio davanti a me.

«Baciami» sussurra.

Mi sporgo verso il suo viso mentre lui mi appoggia una mano sulla pancia. A quel contatto, ogni centimetro della mia pelle brucia e rabbrividisce. Sorride quando se ne accorge. Mi lascia dei baci sulla guancia per spostarsi verso l'orecchio, soffermandosi su un punto preciso del collo che inizia a torturare con baci e morsi. Chissà quante volte l'ha già fatto. Fa tutto con una tale naturalezza. Inumidisce la parte sensibile con la lingua per poi riprendere a tormentarla ancora e ancora. È una sensazione meravigliosa.

Il mio respiro si affanna leggermente quando abbandona il collo e si posiziona sulla bocca iniziando a giocare con il labbro inferiore. Anche il mio autocontrollo sta diventando scarso.

Interrompo il bacio e scendo dal ring lasciandolo spiazzato ma, dopo poco, mi sorride. Solo Dio sa la fatica che ho fatto per staccarmi dalle labbra di Harry, creano dipendenza. Lui è così tanto, è troppo. In ogni cosa che fa. Oggi era stupendo, mentre mangiavamo, e pure quando discutevamo e anche quando mi passava l'asciugamano sulla pancia. Ora però ho bisogno di rimanere sola e, questa volta, senza bisogno di spiegazioni, lui lo ha capito.

«Ti porto a casa, Heisel» mi dice.

«Grazie, ricciolo.»

Non ho sentito Harry per tutta la giornata. Lui non mi ha scritto e io nemmeno, ma la verità è che non vedo l'ora di stare con lui. Ho visto Alice invece. Si è chiarita con Liam e ora stanno ufficialmente insieme. Sono contenta per loro. Le ho parlato di me e di Harry, ma non l'ho detto a nessun altro. In fondo, non si capisce cosa siamo. Di certo più che amici.

Ora è notte e come sempre non riesco a dormire. Così mi sono messa a scrivere. Ho preso un foglio e ho lasciato liberi i pensieri. È così bello scrivere. È come svuotare la mente, ma senza perdere nulla, perché tutto si fissa con l'inchiostro.

A un tratto suonano alla porta.

Chi può essere la persona malata che suona a casa di una ragazza alle tre del mattino?

Harry.

Entra in casa, si toglie il giubbotto e mi guarda. Indossa i pantaloni della tuta e un'enorme felpa rossa. In testa porta uno di quei cappelli che mi piacciono tantissimo.

«Scusa» si affretta a dire.

Lo guardo confusa mentre mi prende le mani. Controllo

che non sia ubriaco e che non abbia labbra spaccate o nocche tagliate. Niente di tutto questo, sta bene.

«Ti volevo scrivere o chiamare, ma tu non l'hai fatto e, non so perché, non l'ho fatto neppure io.»

È venuto fin qui alle tre di notte per dirmi questo? È matto.

«Non riuscivo a dormire quindi sono venuto qua» mi dice calmo accarezzandomi i fianchi.

«Puoi venire quando vuoi, credo.»

«Non dire "credo", lo dici quando stai pensando il contrario» mi riprende, e io rido.

«Non è vero. Puoi anche dormire da me quando vuoi» ribatto e mi trasferisco in camera. Lui mi segue, mi prende per le spalle e mi abbraccia, baciandomi il collo. Io mi giro e mi ritrovo le sue labbra sulle mie.

«Mi piacciono i tuoi capelli» gli dico mentre gli passo una mano tra i riccioli.

«Posso?» mi chiede e prende la telecamera. In un attimo l'ha già accesa e mi sta filmando.

«Parla» mi dice sottovoce e ride. Io mi butto sul letto e nascondo il volto nel cuscino.

«Dai, parla» insiste lui sdraiandosi accanto a me.

«Penso che tu sia matto perché sono le tre passate e sei venuto a casa mia.»

«Durante i video non puoi insultarmi.»

«Dì qualcosa tu» ribatto riappropriandomi della mia telecamera. Questa volta è lui a coprirsi.

«Sei più bello senza cuscino sul viso» gli faccio notare e lui lo lascia cadere di colpo.

«Sono bello?» mi domanda facendo delle smorfie verso l'obiettivo.

Rido del suo tentativo di sembrare meno bello. Impossibile.

«Sì, lo sei.»

A quel punto prende la telecamera e la mette di fronte a noi per riprenderci nella stessa inquadratura. Non riesco nemmeno a chiedergli cosa stia facendo che inizia a baciarmi.

«Diventerà il mio video preferito» sussurra.

«No, quello dove dormo accanto a te sarà sempre più bello.»

Lui mi attira a sé e mi abbraccia. Tutto questo è folle, ma

stupendo. Per qualche secondo la mia testa vaga in posti in cui non dovrebbe andare e mi ritrovo a pensare a Harry sopra di me. Cerco di scacciare via quell'immagine dalla mente.

«A cosa pensi?»

«A niente.»

«Non è vero.»

Sospiro e sento che le guance stanno diventando di fuoco.

«Non so come dirlo. È imbarazzante.»

«Con me non devi essere imbarazzata.»

«A noi due» ammetto restando vaga.

«A noi due mentre mangiamo un gelato?» mi chiede e scoppia a ridere. Poi mi appoggia una mano sul fianco mezzo scoperto e io sussulto.

«La tua pelle è bollente» sussurra.

«Colpa tua.»

«Sono io che ti faccio questo effetto?»

Annuisco, gli poso le labbra sul collo, tirando leggermente e iniziando a succhiare. Voglio segnare anche io la sua pelle, proprio come lui ha fatto con la mia.

«Oppure stavi solo pensando a noi che facevamo sesso» dice e io rido contro la sua pelle.

«Penso che domani dovrai mettere una sciarpa.»

«No, penso di no, così tutti possono vedere.»

16

Harry

Saranno circa le undici quando mi sveglio. Nel letto accanto a me non c'è Heisel ma un biglietto.

"Sono a scuola, ci sentiamo dopo. Ciao ricciolo."

Sul comodino c'è una polaroid. L'avrà scattata questa mattina mentre dormivo. Accanto c'è una foto che la ritrae assieme a suo fratello e a sua sorella. Le assomiglia davvero moltissimo. Chissà com'è dura per lei questa situazione.

Mi alzo e vado in cucina, sul tavolo trovo la colazione pronta.

Heisel è meravigliosa. Non vedo l'ora di rivederla.

Vado in bagno e mi faccio una doccia. Poi mi vesto e mi guardo allo specchio. Il segno rosso sul collo è ben evidente, ne sono contento.

Quando arrivo a scuola, le lezioni devono essere appena finite perché il marciapiede davanti al cancello è affollato di studenti.

La vedo subito. Non è da sola. Sta parlando con un ragazzo che riconosco solo dopo qualche secondo.

Mike. Fanculo. Che cazzo vuole da lei?

Le si avvicina, le dà un bacio veloce sulla guancia e si allontana. In quel momento Heisel si accorge di me. Mi sorride e io cerco di ricambiare anche se dentro sto ancora bruciando per il fatto che Mike le ha dato un bacio. Non deve. Nessuno deve. Ma soprattutto lui.

Heisel

Vado da Harry passando in mezzo a un gruppo di ragazze che lo stanno guardando da quando è arrivato e continuano a fare commenti su di lui. Non faccio in tempo a salutarlo che una voce stridula si mette in mezzo a noi.

«Heisel!»

Taylor.

«Domani ci sei agli allenamenti?» mi chiede.

Taylor è con me nella squadra delle cheerleader ma non siamo mai state grandi amiche. Quello che vuole non è sapere se domani sarò agli allenamenti, ma fare in modo che Harry la noti, come si capisce chiaramente dalla sua postura: sedere e petto in fuori, testa alta e sorriso ammiccante. Irritante, davvero irritante.

«Sì, certo» rispondo fredda.

«Lui è un tuo nuovo amico?» mi chiede indicando Harry che assiste in silenzio.

«Già.»

«Non me lo presenti?» insiste con tono scherzoso. La uccido, giuro che la uccido.

«Harry Taylor, Taylor Harry» dico velocemente, mentre lei lo guarda con occhi illuminati. Oh, fanculo.

«Be', allora ci vediamo domani, ciao!» trilla e si allontana sculettando.

Finalmente rimaniamo soli. Non dico niente e salgo in macchina.

«Allenamenti?» mi chiede Harry mettendo in moto l'auto.

«Sì, sono una cheerleader.»

«Veramente?»

«Che c'è? Lo so, non sono abbastanza carina per fare la cheerleader, non sono come Taylor.»

«Ma che stai dicendo? Ero solo stupito che una come te facesse la cheerleader.»

Alzo le spalle e decido di non dire più nulla fino a quando arriviamo a casa mia, ma mi accorgo che c'è tensione tra noi.

«Che cosa voleva da te Mike?» mi chiede mentre entriamo in casa mia.

«Niente.»
«Ti ha baciata sulla guancia.»
«Lo so, dovevo tirargli un pugno?» chiedo fredda.
«Voglio solo che stia lontano da te. Se ti si avvicina di nuovo me lo devi dire, okay?»
«Okay. E tu avvisami se Taylor fa lo stesso con te» lo provoco.
«Sei gelosa?»
«No.»
«Io sì. Molto.»
«E allora lo sono anche io. Hai visto come ti guardava Taylor?»
«Uhm, ero impegnato a guardare te.»
«Non sembrava» gli dico e il mio tono di voce risulta più irritato di quanto volessi.
«Non mi importa di lei, Heisel.»
«È molto bella, è normale che ti interessi.»
«Basta! Cazzo. Perché devi sempre insistere e avere ragione?» quasi urla mentre serra i pugni. Sembra davvero arrabbiato e non ne capisco il motivo. Mi avvicino piano e gli prendo una mano.
«Scusa» farfuglio. «Sono una stupida.»
Vorrei fargli capire che mi dispiace davvero, che non volevo litigare, ma lui sembra non volerne sapere. Prende il suo giubbotto, se lo infila e va verso la porta.
«Devo andare a lavorare, ci vediamo questa sera alla festa, se ci sei» dice con tono gelido. Non aspetta una mia risposta ed esce semplicemente da casa mia.

17

Harry

Quello che ho fatto è sbagliato. Non sarei dovuto andare da Ester giusto per sfogare la mia rabbia. Avevo bisogno di scopare e basta. E adesso come cazzo faccio? Non voglio perderla. Anche in palestra ho esagerato, ho quasi ammazzato un poveretto sul ring, ma non è servito a niente. Sto peggio di prima.

Sono stato alla festa meno di un'ora aspettando che lei arrivasse. Alla fine me ne sono andato e adesso sono qui, davanti a casa sua, con in mano le chiavi di riserva del suo appartamento.

Apro la porta. C'è un terribile odore di fumo, sento il rumore dell'acqua che scorre.

Apro una finestra. Deve aver passato il pomeriggio a fumare e a torturarsi per quella nostra discussione.

Un attimo dopo lei esce dal bagno con indosso solo un asciugamano cortissimo, merda. È bellissima. Sussulta leggermente quando mi vede. «Mi vesto e arrivo» dice come se non fosse poi così stupita di vedermi. Quando esce dalla camera non indossa la mia felpa come speravo. Ha un paio di calzoncini giro coscia stretti e neri e una grande felpa grigia di Oxford. È fottutamente bella. Dovrebbe essere illegale. Più la guardo più mi sento in colpa per quello che ho fatto qualche ora fa. Dovrei dirglielo? Sì, dovrei.

Le sistemo una ciocca di capelli castani dietro l'orecchio e sospiro. Profuma di albicocca, come sempre. Ha un'aria così innocente.

Mi prende le mani e se le porta sui fianchi. Finalmente mi guarda, odio quando non lo fa. Mi piace che voglia le mie mani sul suo corpo. La toccherei per ore.

«Ero gelosa» sono le sue prime parole.

«Tranquilla, è tutto a posto.»

Mi sorride e mi porta nella sua stanza.

«Scusa» mi decido a dirle. «Non dovevo andarmene così.»

«Non fa niente, però, per favore, rimani questa sera.»

«Certo che rimango.»

Mi siedo sul letto. Lei si siede su una mia gamba e mi mette una mano tra i riccioli mentre con l'altra mi accarezza i tatuaggi sulle braccia. Fa attenzione a segnare con l'indice ogni punto che l'inchiostro ha segnato. Mi prende l'orlo della maglietta e me la sfila. Il suo tocco mi fa rabbrividire, mi godo ogni singolo istante in cui le sue mani entrano in contatto con la mia pelle. Quando scende sul fondo della pancia, è quasi un suicidio per me. Le fermo la mano prima di perdere completamente l'autocontrollo.

Lei ride e mi bacia vincendo la mia resistenza. Con le dita scende fino all'elastico dei boxer, per poi passare delicatamente al tessuto grigio sotto i pantaloni.

«Heisel» sussurro.

Sono eccitatissimo.

«Sì?» chiede in modo malizioso mentre mi stuzzica il collo con la lingua e inizia a succhiare. È troppo.

Poi mi slaccia la cintura e mi sfila i pantaloni. Credo di impazzire. Mi sfila anche i boxer e mi guarda negli occhi timidamente. Per qualche istante torna a essere la Heisel innocente. Ma è anche la Heisel testarda e sfacciata di sempre.

«Non devi farlo per forza» le dico ma lei mi zittisce con un bacio.

«Faccio solo quello che voglio.»

Afferra la mia lunghezza nella mano, inizia a massaggiarla lentamente e piano piano si abbassa in mezzo alle mie gambe.

Guardo verso di lei perché voglio vedere la sua bocca intorno a me, è dalla prima volta in cui l'ho vista che lo voglio.

Succhia lentamente e io le stringo i capelli forte per cercare di avere di più.

«Più veloce piccola» riesco a dirle quando sono più padrone del mio respiro.

Lei si interrompe un attimo e riprende la mia lunghezza nella mano, passando il pollice sulla punta e pompando con più velocità di prima.

«Cazzo, Heisel» le dico perché sento di essere vicino ma la sua mano rallenta e mi riprende in bocca.

Heisel è ufficialmente illegale.

Mi lascia baci bagnati sulla mia lunghezza e, dopo aver stuzzicato la punta con le dita, mi riprende nella sua bocca calda e rosea. Merda. Non posso non fissarla. È troppo bella.

«Guardami» le dico e lei alza gli occhi verso di me mentre continua a succhiare, adesso con più ritmo.

Mi lascio andare nella sua bocca sussurrando piano il suo nome e lei ingoia il mio liquido caldo.

Mi lascio cadere all'indietro nel letto.

Lei si alza e sparisce in bagno per qualche secondo. Quando torna, si sdraia accanto a me.

«Sono andata abbastanza bene?» mi chiede.

«È stato incredibile. Però perché?»

Sospira e si alza, mettendosi seduta a gambe incrociate.

«Oggi dopo che te ne sei andato via, dopo circa un'ora, ti sono venuta a cercare.»

A quelle parole mi si gela il sangue nelle vene.

«Sono venuta a casa tua ma non c'eri, e nemmeno in palestra, come avevi detto.»

«Così sono andata da Ricky, e lì mi hanno detto che eri passato ed eri andato via con Ester.»

Cazzo. No. I suoi occhi ora sono lucidi e io non riesco a muovere nemmeno un muscolo.

«Ho chiesto chi fosse Ester, e mi hanno spiegato. Non penso che ti importi davvero di lei perché sennò questa sera non saresti tornato da me. Non voglio perderti, Harry. Anche se mi hai ferito davvero tanto e anche se non ti meriteresti questo ora come ora, sei tornato da me. E non mi hai obbligato a farti un pompino, sono stata io a volerlo. Non devi andare da una puttana per avere quello che vuoi.»

Colpito e affondato, Harry.

Rielaboro nella mente il suo discorso e finalmente mi decido a parlare.

«Non ti merito. E questo è sicuro, ma sono troppo egoista per lasciarti andare via. Ti voglio nella mia vita e lo so che ho sbagliato, ho davvero sbagliato. Sono un idiota, ma tu sei l'eccezione a quello che io sono sempre stato.»

Lei sta zitta. Mi guarda e basta.

«Non succederà mai più niente del genere, te lo prometto.»

Si stende di nuovo accanto a me e poggia la testa sul cuscino. «Domani mattina sarò più lucida. E più arrabbiata.»

«L'importante è che sarai ancora con me.»

18

Heisel

Harry è bellissimo mentre dorme. Cosa ho fatto ieri sera? Avrei dovuto urlargli contro, mandarlo via e non volerlo più vedere invece ho fatto tutt'altro. L'ho tenuto vicino a me perché la verità è che ho paura che se ne vada, che mi lasci sola. Ho paura che vada via.

Ieri sera, quando è tornato da me, mi sono sentita come se tutto quello che lui aveva distrutto si fosse riaggiustato e sono stata malissimo perché, per quanto lui mi abbia ferito, volevo solo che stesse con me.

Ha sbagliato, ha sbagliato in pieno, e mi fa impazzire pensare che ieri sia stato con un'altra ragazza. Ha sbagliato davvero e dovrei odiarlo perché gli sto dando moltissima fiducia e lui l'ha già tradita ma non posso non volerlo accanto a me. Voglio essere io quella da cui si rifugia quando ha bisogno di qualcosa, anche se in quel momento sta fuggendo da me. Siamo davvero incasinati.

«Heisel» mormora mettendosi seduto e strofinandosi più volte le mani sugli occhi. Terribilmente bello. Gli sorrido e mi avvicino.

Mi mette una mano sul fianco e cerca i miei occhi, ma io evito il suo sguardo. Non so se ce la faccio a reggerlo, mi sento anche leggermente in imbarazzo dopo quello che è successo ieri sera.

Sospira mentre avvicina il suo viso al mio.

«Guardami, ti prego» sussurra, e questa volta cedo.

I miei occhi nei suoi. Basta questo. I suoi occhi. Oh merda, in cosa cazzo mi sono messa?

«Io... scusa. Scusa» dice piano. Non voglio discutere con lui, se discutiamo, lui se ne andrà e non voglio.

«È uguale, tutto okay» mormoro e la mia voce esce fuori più provata di quanto mi aspettassi ma non gli do il tempo di rispondere perché appoggio le labbra sulle sue.

Arrivo alla palestra della scuola pronta per l'allenamento. Spero sia il primo e ultimo che mi mettono il sabato pomeriggio perché sennò potrei pensare di lasciare la squadra. Ho indosso i calzoncini blu giro coscia fin troppo corti per i miei gusti, la canottiera bianca attillata e le All Star dello stesso colore, i capelli legati in una coda alta.

Dall'altro lato della palestra sta giocando la squadra di basket. Odio allenarmi quando ci sono anche loro perché ci guardano e ci provano spudoratamente con noi.

Questa volta però gli unici occhi che mi sento addosso sono quelli di Harry che è venuto a vedermi. Mi sembra di essere nuda di fronte a lui, ma non mi vergogno. Vorrei che ci fosse solo lui però, come quando siamo a casa.

Alla fine dell'allenamento resto in palestra per mettere a posto i tappetini. Ed è a quel punto che Tom mi si avvicina. È il capitano della squadra di basket, molesto come sempre.

«È un po' che non ci vediamo» mi dice con un sorrisetto idiota sulle labbra.

«Sparisci.»

«Io e te abbiamo ancora un'uscita in sospeso.»

«Io non penso» dice Harry anticipando quella che sarebbe stata anche la mia risposta.

«Hai finalmente sostituito Mattew» ringhia Tom, e mi viene voglia di picchiarlo al suono di quella parola.

«Smettila» quasi urlo mentre lo spingo per le spalle. «Lui non c'entra niente con Mattew, non è la sostituzione di nessuno.»

Devono piantarla di mettere in mezzo Harry. Non lo sanno cosa è lui per me.

«Smettila.»

«Che ho detto di male?»

«Ancora niente» interviene Harry. «Ma è meglio se stai zitto ora.»

Tom ed Harry si guardano con odio per alcuni secondi e temo che la situazione possa degenerare. Invece Harry mi prende per mano e mi tira a sé. Mi accompagna senza parlare fino agli spogliatoi, dove non c'è più nessuno. Non dice niente, così io inizio a prendere i vestiti nel mio armadietto.

«Così io sarei la sostituzione di Mattew?»

«Non sei la sostituzione di nessuno» sussurro mentre mi avvicino a lui mettendogli una mano sulla spalla e l'altra sul petto. I suoi muscoli si rilassano, socchiude gli occhi e mi bacia la fronte.

«Lo spero.»

Mi acciglio e cerco il suo sguardo. Mi fissa attentamente e io faccio lo stesso con lui. Non voglio che si senta come se fosse un rimpiazzo o qualcosa del genere, lui non è come Mattew o come gli altri. Lui è terribilmente e spaventosamente diverso dagli altri ragazzi.

«Devi essere sicuro di questo, Harry» gli dico piano, e lui accenna un sorriso prima di portare le labbra sulle mie in un bacio veloce che vorrei davvero continuare ma non posso perché devo cambiarmi.

«Girati» gli dico.

«Perché?» mi chiede sorpreso.

«Devo cambiarmi» gli spiego nell'imbarazzo assoluto. Lui ride e fa come gli ho detto.

«Sai, in questo momento sembri quasi innocente» scherza mentre resta di spalle.

«Cosa intendi?»

«Che non sembri la Heisel che l'altra sera...» lo interrompo coprendogli la bocca con la mano, senza curarmi del fatto che sono in mutande e reggiseno.

Ride e si gira verso di me.

«Non dirlo» lo minaccio. Il suo sguardo brucia sul mio corpo. Ed è davvero strano, ma ora non mi sento in imbarazzo, sono tranquilla. Con lui, io sono tranquilla.

«Sei illegale» sussurra.

Sento le guance andarmi in fiamme e nascondo il viso sul suo petto per non farmi vedere.

Ride ancora per quel mio gesto e mi stringe i fianchi con possesso. Non penso che mi abbia mai toccata in questo modo.

«Vestiti perché potrei non rispondere delle mie azioni» mi dice e mi dà un ultimo bacio sulla fronte.

Harry

Probabilmente, se non ci fosse stata lei, avrei ucciso Tom, o comunque lo avrei picchiato fino a fargli uscire tutto il sangue che ha in corpo.

Quando eravamo soli nello spogliatoio, Dio solo sa cosa avrei voluto farle. Era così bella che mi venivano i brividi, aveva i calzoncini blu che le segnavano perfettamente il sedere. Merda.

Mi fa impazzire il fatto che sia stata così timida con me, che alcune volte ancora si imbarazzi e nasconda il suo viso anche se odio quando lo fa. Voglio che mi guardi, amo che mi guardi. E amo il fatto che passi dal sentirsi imbarazzata al sentirsi a suo agio in un istante.

Lo ripeterò all'infinito che è illegale. Non so come gestire il fatto che lei sia così tanto per me, non mi è mai successo. E non voglio nemmeno ammetterlo, non saprei come fare. Non so nemmeno cosa sia tutto ciò. Insomma, stiamo insieme? Penso di sì, ma non ce lo siamo mai detto davvero.

Heisel

Non so davvero descrivere quello che siamo io ed Harry. Siamo incasinati e folli. Lui è incasinato e io di più, ma poi lo vedo e qualsiasi dubbio va via. Scompare. Quando c'è lui accanto a me non m'importa di niente.

Entro in casa, mi tolgo le scarpe e vado dritta in camera da letto. Lui mi segue e mi abbraccia da dietro.

«Sei bellissima, sai?»

Una mano corre lungo i miei fianchi fino al sedere. Sento il corpo accaldarsi in un secondo.

Gli appoggio la testa sulla spalla mentre lui porta le labbra sul collo mordendomi piano. Con l'altra mano mi accarezza il seno. Il suo tocco mi fa sussultare.

«Devo ripagarti di un favore» sussurra.

La sua voce, roca e seducente, vince ogni mia resistenza. Chiudo gli occhi e mi lascio andare. Il respiro diventa irregolare e l'aria nella stanza sembra finire del tutto quando porta le sue dita sulla mia intimità e la stuzzica attraverso i jeans.

«Harry» mi lamento per la tortura che mi sta infliggendo.

«Dimmi Heisel, cosa vuoi che ti faccia?»

È troppo, tutto questo è troppo.

«Dimmelo, Heisel.»

Ferma le sue mani e mi gira verso di lui vedendo che non gli rispondo.

«Dimmelo» ripete guardandomi negli occhi.

In quel momento non sono padrona delle mie azioni e non so davvero perché ma prendo la sua mano e la riporto sulla mia intimità facendola strusciare sul tessuto dei miei jeans.

«Va bene» mormora, slacciandomeli lentamente e facendomeli scivolare lungo le gambe. Mi sfila anche la maglia, lasciandomi solo il reggiseno.

«Cazzo Heisel, sei così bella.»

Sorrido contro le sue labbra mentre lui mi accompagna fino al letto.

«Stenditi.»

Faccio come mi dice.

Mi lascia dei baci umidi sulla pancia prima di abbassarmi lentamente le mutandine. I suoi occhi sono pieni di desiderio. Porta le dita in mezzo alle mie gambe stuzzicando il clitoride.

«Harry...»

Non ce la faccio più.

«Sei bagnata» sussurra. Alzo il bacino e accorcio la distanza fra i nostri corpi, ma lui mi tiene ferma per i fianchi.

«Impaziente, piccola?»

Tiro leggermente i suoi riccioli quando sento il suo dito entrare. Porto la mano sulla sua ma non voglio che si fermi e non lo fa. Inserisce un altro dito e inizia a pompare più velocemente. Sono completamente sotto il suo controllo.

«Guardami, voglio che mi guardi mentre ti faccio godere. Ti piace?»

«Sì, Harry. Mi piace» gli dico fra i gemiti. Sta facendo durare tutta questa storia troppo a lungo ma mi piace terribilmente.

«Sono l'unico che può farlo. Sono l'unico.»

Si abbassa piano e mette la testa in mezzo alle mie gambe. Inizia a lavorare con la lingua cercando il punto che mi provochi più piacere.

«Harry» gemo rendendomi conto che sono vicina.

Solleva la testa e sostituisce la lingua con le mani. Le sue dita pompano velocemente, sono in preda ai gemiti e tutto ciò che riesco a fare è sussurrare il suo nome.

«Voglio che mi guardi mentre vieni, Heisel.»

Con la mano libera inizia a torturarmi il seno giocando con il capezzolo. È troppo.

Mi lascio andare completamente sotto di lui.

«Sei appena venuta per me piccola.»

«Sei l'unico.»

Affogo nei suoi occhi, mi manca l'aria.

«Sei l'unica.»

Harry

È l'unica e lo è sul serio.

Si infila sotto le coperte per recuperare le sue mutandine e, dopo che se le è rimesse, si avvicina nascondendosi fra le mie braccia.

«Potrei filmarti in post-orgasmo» scherzo indicandole la telecamera.

«Non se ne parla nemmeno.»

«Una foto potremmo farla, però.»

Mi alzo dal letto e prendo la polaroid.

Voglio davvero immortalare questo momento.

La stringo forte e lei mi bacia il collo. I miei capelli sono più scompigliati del solito e le guance di Heisel sono arrossate. È in questo momento che scatto la foto.

«È stupenda» dice Heisel mentre gliela mostro.

«Sì, la porterò sempre con me.»

«Non penso proprio, la voglio io.»

«Facciamone un'altra» propongo.

Heisel prende la mia guancia fra i denti, scattando la foto per immortalare la mia smorfia di dolore e piacere.

«Adesso ne abbiamo una a testa.»

La bacio perché sento davvero il bisogno di farlo.

«Non lasciarmi» sussurra così piano che quasi non la sento.

Non la lascerei per niente in questa merda di mondo. Niente.

19

Harry

Ieri sera è stata una delle serate più belle della mia vita, senza dubbio. Ed Heisel è la cosa più bella che mi sia mai capitata. Vorrei solo essere stato il primo, vorrei che non ci fosse stato nessuno prima di me. Oh, Mattew. Vorrei picchiarlo, perché lui l'ha avuta e anche il solo pensiero mi fa impazzire. Ma non voglio pensare a lui. Penso solo a lei, alla sua testardaggine che è stata una delle prime cose che mi sono piaciute, anche se alcune volte le impedisce di pensare lucidamente. Così come la sua ironia e il suo voler sempre avere l'ultima parola. È irritante, sì, ma non per me. E, anche quando lo è, non importa.

Mi sono messo in un fottutissimo casino.

Penso al giorno in cui l'ho trovata in camera a piangere per sua sorella. Lei era così indifesa: non c'era nessun muro di ghiaccio a proteggerla in quel momento. Era a pezzi, distrutta. Volevo farla stare meglio e magari farla ridere, e così mi sono accorto che c'era qualcosa di diverso tra noi, perché a me non importa far ridere le ragazze. Alcune volte non mi importava nemmeno di farle venire mentre le scopavo.

Oh, poi c'è stata quella sera, quando sono tornato da lei per chiederle di darmi una possibilità. Pensavo che non mi avrebbe nemmeno ascoltato. Ho messo in gioco tutto me stesso senza neanche rendermene conto. E lei lo ha capito.

È davvero incasinata, forse anche più di me e me l'ha sempre detto.

Lei mi aiuta. Anche se non lo sa, anche se non ne ha la più pallida idea. Mi fa sentire bene, come se non avessi niente di cui preoccuparmi, tranne lei ovviamente. Mi devo occupare di lei. "Quello che trascuri diventa di qualcun altro". Non so chi l'ha detto, ma è vero. E lei non deve essere di nessun altro. Ho bisogno di sentirla mia, non solo col sesso. Anche se non l'abbiamo ancora fatto, la sento comunque mia, lo è.

Non volevo farle del male quando l'ho presa bruscamente per i polsi. Merda. Sono un completo idiota. Alcune volte non so come calmarmi, ma lei mi aiuta anche in questo.

Penso di non essere mai stato così eccitato come lo sono con Heisel. Mi basta uno sguardo. Come quando sono andato a vederla agli allenamenti. Be', era tremendamente bella. Bella e sexy. Una cosa illegale.

La sua innocenza sparisce quando indossa quei calzoncini e quella maglia. Non riesco nemmeno a paragonarla con le altre ragazze. Insomma, mi è capitato di pensare che una ragazza fosse particolarmente bella, ma mai come con lei.

Amo riprenderla con la telecamera, è bello vederla arrossire. Ed è bello vederla serena, anche se è raro. Sembra non esserlo mai completamente. Ci deve essere un inferno dentro di lei. Insomma, per sua sorella e tutto il resto.

Mi piace il fatto che scriva. Vorrei tanto leggere alcune delle sue cose, ma non me lo ha ancora permesso. Mi piacerebbe anche guardarla mentre scrive. Magari coi capelli legati e i fogli sparsi ovunque. Sarebbe bello. Lei sarebbe bella.

Oh, merda.

Voglio davvero guardare una ragazza che scrive? Sì, lo voglio.

Se quella ragazza è lei, lo voglio davvero. Voglio vederla mentre scrive, fa le foto e ride. Quando mi morde e quando mi bacia.

E poi lei è l'unica che guarda me. Forse è questo che fa la differenza.

Non che le altre non lo facciano, ma è l'unica che lo fa in quel modo. Studia i miei lineamenti ogni volta che ne ha la possibilità e questa cosa mi piace. Lei riesce a vedere quello che sono davvero.

Fanculo, mi sta fottendo la testa.

Quando ha preso il controllo di me e del mio corpo è stato veramente troppo. Si è messa in mezzo alle mie gambe e mi ha fatto venire per lei come se fosse la cosa più naturale del mondo, è stata attenta e provocante in ogni suo movimento. L'ha fatto perché non voleva più che me ne andassi da lei, perché è quello che avevo fatto. Mi sono scopato una ragazza qualsiasi dopo aver discusso con lei.

La verità è che per alcuni aspetti sono debole e tutte quelle discussioni mi hanno mandato in confusione.

Ma lei mi ha perdonato, senza esitazione. Forse perché ha davvero paura di perdermi o che la lasci sola, di nuovo.

Per me ha sciolto il suo muro di ghiaccio. Nei suoi occhi ora ci sono io. C'è lei. C'è il gelato, la pizza del sabato sera, gli amici. C'è la scintilla. E questa è una grande conquista.

Lei è una conquista. Ogni volta che parliamo, ci tocchiamo o ci baciamo. Tutto.

L'altra sera è stata troppo. Sentire la sua pelle morbida e liscia. I suoi gemiti sotto il mio tocco. Il modo in cui ha preso la mia mano implorandomi di andare più veloce.

Era meravigliosa mentre veniva per me, lasciandosi andare sotto le mie dita. Era così eccitante.

L'ho stretta a me tutta la notte e pensavo a quanto fosse bello quello che abbiamo. Anche se si muove in continuazione durante la notte, scalcia, si rigira, i suoi capelli vanno ovunque e ogni tanto parla perfino. Ma è bellissima quando dorme. Anche se non le piace dormire nel suo letto da quando Mattew non c'è più.

Oh, Mattew. Bastardo.

Non voglio che questo finisca, ho bisogno di lei, ne ho bisogno da quando l'ho conosciuta a quella merda di festa.

L'ho voluta subito accanto a me perché so che, se avessi aspettato, lei avrebbe conosciuto troppo bene chi sono, avrebbe saputo troppe cose e sicuramente non si sarebbe mai voluta legare a me.

Non l'ho fatto solo per quello, ovviamente. L'ho fatto perché era tutto quello che il mio cuore mi diceva di fare.

Ho paura che appena saprà di più, se ne andrà. Sarà lei a lasciarmi.

Dovrei cercare di farmi coinvolgere il meno possibile ma ormai ci sono troppo dentro.

Heisel

Quando suona la campanella, la maggior parte dei miei compagni si affretta a raggiungere l'uscita. Non è il mio caso, io faccio con calma.

«Ti accompagno» mi dice Mike prendendomi sotto braccio.

In cortile siamo rimasti praticamente solo noi due.

«Non ce n'è bisogno.»

«Ma mi fa piacere» insiste lui. «Heisel, io pensavo che potremmo uscire insieme qualche volta.»

Vedo Harry appoggiato alla sua auto che ci guarda.

«Mike, scusa ma ecco, io sto con lui.»

«Cosa? Spero che tu stia scherzando! Non puoi stare con quello. Ti porterà a letto e non si farà più vedere. Non sai chi è.»

«E invece tu lo sai?»

«Fai quello che vuoi. Io ti ho avvertita.»

Non so chi è?

Fanculo.

«Stanne fuori» ringhio e mi allontano, ma lui mi trattiene per la mano. A quel punto Harry si mette in mezzo.

«Penso che dovresti davvero lasciarla.»

Mike ridacchia. «Eccolo il tuo salvatore.»

«Non ti avvicinare più a lei.»

Il biondo annuisce divertito e poi si allontana senza alcuna fretta. Il ricciolo mi fulmina con lo sguardo e praticamente mi trascina fino alla macchina.

«Cosa cazzo stavate facendo?» urla stringendo i pugni.

«Mi ha chiesto di uscire.»

«E tu che gli hai detto?»

«Gli ho detto di no. Ho detto di no, Harry! Ti viene anche il dubbio?»

«Non lo so, okay?» ringhia. «Non devi parlarci. È un bastardo.»
«Calmati, Harry. Devi calmarti.»
Ma lui sbatte violentemente la mano sul volante facendomi sobbalzare.
«Seriamente, Heisel? Un bastardo ci prova con la mia ragazza e io dovrei stare calmo? No, col cazzo. Cosa ti ha detto? Dimmi quale merdata ha detto.»
La mia ragazza? Sono la sua ragazza? Davvero? Lo spero.
«Niente di importante.»
«Dimmi cosa ti ha detto quel bastardo.»
«Cose che non mi importano.»
«Heisel, per l'ultima volta, dimmi cosa cazzo ti ha detto. Importa a me.»
Fa un respiro profondo e si passa nervosamente le mani fra i capelli.
«Mi ha detto che non so chi sei» ammetto rassegnata. «Che verrai a letto con me e che poi mi lascerai.»
Harry stringe ancora di più i pugni, ma questa volta distoglie lo sguardo.
Non ci sto capendo più niente.
Magari Mike ha centrato in pieno il punto. Magari ha ragione.
«È così?» chiedo in un sussurro.
«No. E sì.»
«Non è una risposta.»
«In parte ha ragione. Non sai tante cose di me, Heisel. Ma quello che ti posso dire è che non intendo lasciarti andare via. Anche se può darsi che io non sia la persona giusta per te.»
«Anche tu non sai molte cose di me.»
«Con gli altri non sono come sono con te.»
«Con me menti?»
Scuote la testa e mi guarda. Oh, i suoi occhi.
«Con gli altri, Heisel, mento con gli altri.»
Le sue parole suscitano nuovi pensieri dentro di me. Mi chiedo se in fondo anche io sia proprio come lui, se la mia vita, almeno fino a questo momento, non sia stata una montagna di bugie.

«A Manchester ero una matta» gli dico. Solo raccontandogli com'ero, come sono, mi dirà com'è lui. Com'era. «Facevo casini su casini. Ho venduto droga e una volta ho pure aiutato degli amici a incendiare l'auto di uno che ci provava con la ragazza di un amico. Una sera poi mi sono anche trovata a ballare a uno strip club perché non volevo tornare a casa. Non so perché facevo così, ma non m'importava di niente. È per questo che i miei mi hanno spedita a Londra... e non è che qui la mia vita sia perfetta, quindi forse nemmeno io sono la persona giusta.»

Accenna un sorriso che subito si spegne in un sospiro. Oh, è così bello.

«Non so da che parte iniziare» confessa mentre si passa le mani fra i capelli. È agitato.

«Inizia da dove vuoi. Non mi aspetto che tu mi dica tutto.»

«Le cose sono cambiate da quando mio padre mi ha cacciato. Da lì è iniziata la storia del "fottere e andare via", insomma il sesso era una buona distrazione. Non trattavo bene quelle ragazze, non le ho mai trattate bene, nemmeno una. A meno che non fossero mie amiche. Poi alcune volte aiuto Louis e gli altri ma niente di che, gliel'ho spiegato che non voglio entrare in quella merda. Ma ormai le persone mi conoscono e molti hanno paura di me. Nell'ultimo periodo sono migliorato e poi, maledizione, sei arrivata tu!»

Alza finalmente lo sguardo. Sembra preoccupato di quello che potrei dirgli.

«E con quel tuo essere così fottutamente irritante e saccente mi hai, più o meno, colpito? Anche se non era programmato che mi sentissi così coinvolto da te, è successo. Heisel, io sono incasinato e capisco se tu non vuoi continuare a stare con...»

Non lo lascio finire. «Smettila di parlare e ascoltami. Sì, sei un casino. E tu sai che lo sono anch'io. Ma non ho intenzione di lasciarti andare via per qualcosa che sei stato, che hai fatto.»

«Ho paura di poter tornare a essere così, Heisel.»

«Te lo impedirò io. Per tutto il resto avremo tempo.»

20

Heisel

Harry sferra i pugni sul sacco da boxe, i suoi muscoli sono tesi, le vene ben evidenti sulle braccia. È bellissimo. Porta una canottiera con un grande scollo, che lascia vedere quasi tutti i tatuaggi, e calzoncini grigi. È terribilmente sexy.

Lo osservo da lontano perché non si accorga di me.

Penso che sia un modo perfetto per passare la mia mattinata. Prendo la macchina fotografica dalla borsa e gli scatto diverse foto. In alcune si vede il viso, in parte coperto dai guantoni, con goccioline di sudore che gli scendono lungo i lineamenti perfetti. In testa ha una fascetta per tenere fermi i capelli, ma dopo qualche minuto se la toglie, permettendomi di scattare immagini del suo volto coperto dai riccioli disordinati.

Quando mi accorgo che sta rallentando i suoi movimenti, mi affretto a ritirare la macchina fotografica. Avrò fatto più di cento foto ma, prima di mostrargliele, voglio vederle io, a casa, con calma.

Lascio la borsa a terra e cammino verso di lui battendo le mani. Lui mi vede e sorride.

«Da quant'è che sei qui?»

«Un'ora, credo.»

«Mi hai guardato per un'ora mentre tiravo pugni?»

Lo abbraccio. «Esatto.»

«Aspetta, sono sudato.»
«Non m'importa.»
Mi stringe fra le sue braccia muscolose e mi solleva da terra. Per quale motivo è così tremendamente bello?
Lo seguo negli spogliatoi. Mi giro mentre si spoglia e lui mi abbraccia da dietro. Sento il suo respiro sul collo e il suo corpo, coperto solo da un paio di mutande, premuto contro la mia schiena. Potrei anche morirci così.
«Magari potresti aiutarmi a fare la doccia» sussurra.
Serro gli occhi per evitare che la mia mente sia offuscata da questa proposta.
«Oppure potrei aspettarti qui» suggerisco. Mi morde il lobo continuando poi a baciarmi sul collo. Se non la smette non so come andrà a finire.
«Vai a lavarti.»
Sfuggo alla sua presa e lo sento ridere prima di sparire nella doccia. Non so dove ho trovato la forza per levarmi dalle sue braccia.
Esce dopo alcuni minuti con indosso solo un asciugamano legato in vita. È bello come sempre. I capelli bagnati e il petto ricoperto di piccole gocce che quasi brillano nella penombra della stanza.
Mi giro di nuovo aspettando che si cambi, insomma, l'ho già visto nudo, ma ora è diverso.
«Puoi girarti» dice ridendo.
Mi volto. Ora è vestito. Jeans e felpa nera sopra la maglia bianca.
Scuote la testa passandosi le mani tra i riccioli bagnati.
«Li asciugo io» gli dico.
Lui prende il phon nella sua borsa e me lo porge.
Si siede sulla panchina e io alle sue spalle. I capelli cadono in tutte le direzioni e lui ride mentre glieli sistemo con la mano.
Accendo il phon e inizio a passarglielo fra le ciocche ribelli, lui ogni tanto inclina la testa verso l'alto per guardarmi e ride. Mi piace quando ride, senza un apparente motivo come in questo momento.

«Ecco» dico spegnendo il phon e finendo di sistemargli i capelli con le mani.

Mi sorride e si gira verso di me. «Grazie.»

Quando usciamo dalla palestra decidiamo di ordinare il pranzo da McDonald's. Lungo il tragitto in auto, alzo il volume della radio e mi metto a cantare, cosa che non facevo da non so quanto tempo.

«Sei davvero stonata» mi prende in giro Harry e io rido.

«Fammi vedere cosa sai fare tu allora.»

Lui scuote la testa ma poi inizia a cantare.

«Adesso sai anche cantare?»

Alza le spalle come per dire "so fare tutto" ed è bello vederlo così. Vederlo mentre scherza ed è tranquillo, mentre ride e mi porta al McDonald's.

Mangiamo seduti al tavolo della cucina, uno davanti all'altro.

«La prima sera in cui ti ho portata qua, tu eri mezza nuda ed eri in questa stessa posizione e ti si vedevano bene le mutandine e io non sapevo cosa fare» mi dice e scoppia a ridere.

«Ero ubriaca.»

«No, eri solo un po' allegra. E irritante.»

«E tu insistente.»

Sorride divertito per questo nostro finto battibecco.

«Eri bellissima, questo lo ricordo bene.»

Il mio cuore cresce nel petto al suono di quelle parole. La sua voce le rende ancora più belle.

«Ricordo che, quando ci siamo presentati e tu non mi hai stretto la mano, ho pensato che fossi un tipo okay.»

«Un tipo okay?»

«Non avevi ancora iniziato a parlare, era solo l'impressione che davi.»

Mi prende la mano e mi tira a sé in modo che io mi sieda sulle sue gambe.

«Eri okay anche tu.»

Sorride. Mi bacia. E io credo di impazzire.

«Cosa fai domani?» mi chiede.

«Quello che vuoi tu.»

Harry

Oggi sono tranquillo. Mi sento felice, o quasi. Forse perché mi è venuta a prendere in palestra, perché mi ha scattato delle foto. O forse perché anche solo vederla è terribilmente bello. Mi piace passare del tempo con lei. Insomma, tutto questo mi sta facendo diventare davvero matto. Non è possibile che *io* mi stia affezionando così tanto a *lei*, eppure sta succedendo. Anzi, è già successo. E non me ne sono nemmeno reso conto, e continuo a essere una completa testa di cazzo.

Oh, Heisel. Cosa mi stai facendo?

Heisel

Harry.

Harry Harry Harry.

Non c'è un secondo in cui non lo penso. Non mi ero mai sentita così. Lui però ha la capacità di riempirmi e di svuotarmi in pochi istanti. È irritante, ma meraviglioso.

Adoro il suo carattere nonostante tutto. È intrigante.

Ma ho sempre paura che questa cosa che c'è fra me e lui possa finire.

Insomma cosa siamo? Niente di definito. Ecco cosa siamo, indefiniti. Non abbiamo contorni, possiamo finire in un secondo o durare per sempre.

Per sempre? No. Nulla è per sempre. Non ha senso credere nel "per sempre". Non più, non per me.

Appena sono sola, tutto il muro di ghiaccio torna a proteggere il mio corpo e la mia anima, mi rende tranquilla. Sono così incasinata. E, da quando è arrivato Harry, lo sono ancora di più, ma con lui è meglio. Anche se ogni giorno c'è un ostacolo, e chissà quanti ancora ce ne saranno, ho voglia di vedere cosa succederà.

Harry mi passa a prendere in macchina fuori da scuola, ma questa volta non andiamo né a casa mia né a casa sua. Lui ha detto che mi vuole fare una sorpresa e così non ha risposto a nessuna delle mie domande, nemmeno quando siamo usciti da Londra e abbiamo imboccato una strada minore in mezzo alla campagna. Finalmente, dopo quasi mezz'ora, l'auto si ferma e scendiamo.

«Dove siamo?» chiedo.

«Uhm, vivevo qui.»

Oh.

«E... perché mi ci hai portata?»

Ride. «Non ho intenzione di dirtelo.»

Entriamo in una piccola caffetteria dove alcune ragazze lo guardano. Avranno circa la nostra età, magari lo conoscono.

Ci sediamo a un tavolino. La cameriera si avvicina, avrà solo qualche anno in più di noi. Formosa e tinta. Grandioso.

«Harry?» lo saluta sorpresa.

«Ehi, Samantha. Come stai?»

«Sei tornato?» gli chiede mentre si passa la lingua sul labbro inferiore. Lui scuote la testa.

«No, solo per oggi.»

«Ah, okay» dice lei rivolgendomi un'occhiataccia, dalla quale deduco che loro due devono aver avuto qualche trascorso insieme. Poi prende le nostre ordinazioni e si allontana.

«Mi devi ancora dire perché siamo qui» gli ricordo quando siamo soli.

«Lo vedrai.»

Dopo mangiato mi porta in un parco, al centro del quale c'è un piccolo lago. L'acqua è limpida e quasi ci si può specchiare dentro.

«Venivo in questo posto, quando volevo stare tranquillo» mi racconta «da bambino ci giocavo con i miei amici.»

Sorrido immaginandomi un Harry bambino che corre e gioca con i suoi coetanei.

«Prima di tutto quello che è successo, io e mio padre andavamo d'accordo. E mi portava qua. È un posto speciale per me, e volevo che io e te fossimo in un posto speciale per quello che devo chiederti.»

Lo guardo con curiosità mista a meraviglia.

«Non voglio chiederti di sposarmi» si affretta a dire e io rido.

«Cosa vuoi chiedermi?»

«Vuoi essere la mia ragazza? Okay, suona stupido e da ragazzini di undici anni. Non sapevo come dirtelo.»

«Sì» gli rispondo. «Te lo posso dire a voce o devo crocettare la risposta "sì" sul bigliettino?»

Ride. Ridiamo. Si avvicina e mi bacia.

Dei singhiozzi interrompono però il nostro momento. Una bambina, seduta su una panchina a pochi metri da noi, si copre il volto con le mani piangendo disperatamente.

Per un momento mi viene in mente Maya. Quella bambina avrà più o meno la stessa età. È magra, i capelli mori e gli occhi verdi. Come Harry.

«Rose» sussurra lui.

Lei alza il volto spaventata, ha un labbro rotto e un occhio nero.

«Cos'è successo?»

La bambina si getta tra le sue braccia e il suo volto si illumina. Sembra così felice di vederlo.

«Rose. Non piangere. Ci sono qua io ora. Dimmi cos'è successo.»

«È stato papà» confessa Rose.

Sobbalzo a quelle parole. Come può un padre picchiare così sua figlia?

Gli occhi di Harry si gelano all'istante.

«Ha picchiato anche la mamma. Lo fa sempre...»

«Perché? Da quanto va avanti questa storia?»

«Perché è cattivo. Il giorno dopo che ti ha mandato via, la mamma voleva che tornavi a casa ma lui no. Lei lo dice sempre e lui si arrabbia.»

Harry stringe i pugni, freme di rabbia.

«Mi manchi, Harry... e manchi anche alla mamma.»

Harry

Sono a pezzi, distrutto. Non vedevo mia sorella da anni e non era questo l'incontro che mi aspettavo. Mio padre è un grandissimo pezzo di merda. Come può fare una cosa del genere?

«Ho freddo» dice Rose. La prendo in braccio e la porto fino alla macchina. Apro la portiera e la faccio sedere sul sedile posteriore. Heisel si mette accanto a lei, le fa appoggiare la testa sulle gambe e le accarezza il viso.

Metto in moto e ingrano la marcia.

«Dove andiamo?» mi chiede piano Heisel per non svegliare Rose che si è subito addormentata.

«Non lo so, non ho la fottutissima idea di cosa diavolo fare.»

«Tua madre la starà cercando.»

Ha ragione, sarà disperata. E con un occhio nero, probabilmente. Stringo le mani intorno al volante per cercare di trattenere la rabbia, non posso perdere il controllo. Non adesso.

Quando mi fermo davanti alla mia vecchia casa, la paura torna a galla. Non mi piace sentirmi così, sono abituato a non avere paura di nulla. Sento gli occhi inumidirsi al ricordo di tutto ciò che ho passato in quel posto. Porca puttana. Non posso di certo mettermi a piangere. Ovvio che no.

Scendo dall'auto e prendo Rose che continua a dormire. È così bello rivederla. Mi dispiace essermi perso parte della sua vita, averle lasciate. Penso sia il più grande vuoto che mi porto dentro. Maledizione. Faccio davvero schifo.

Se facessi schifo come fidanzato così come figlio e fratello? Probabilmente è così.

Heisel suona il campanello. Sembra tesa quasi quanto me, ma quando la guardo mi sorride per darmi sicurezza. Quasi ci riesce.

La porta si apre lentamente e compare mia madre. I suoi occhi sono lucidi, segno che ha pianto molto, ma sul viso non ci sono segni di violenza.

Appena vede Rose tra le mie braccia, scoppia a piangere.

«Sta bene» mormoro.

«Harry...» sussurra avvicinandosi a me e accarezzandomi la guancia con il dorso della mano. Chiudo gli occhi a quel contatto, mi è mancata mia madre.

Entro in casa e appoggio delicatamente Rose sul divano.

«L'abbiamo trovata al parco che piangeva... Papà l'ha picchiata, vi ha picchiate?»

Annuisce con un movimento impercettibile del capo.
Oh mamma, mi sei mancata tantissimo.
«Perché non sei tornato, Harry?»
«Pensavo che fosse meglio per tutti... Dopo quella sera, mi sbagliavo...»
«Tu stai bene?»
«Sì.»
«Mi sei mancato ogni giorno.»
«Anche tu.»
Sorride. È bello vederla sorridere. Credevo che mi odiasse.
«Mi dispiace per quello che ho fatto» le dico.
«Non è stata colpa tua. Non sarebbe mai successo se lui... lo sai.»
«Dov'è adesso?»
«È andato via.»
«Dove?»
«Ci ha lasciate Harry. In tutto questo tempo non volevo che andasse via perché io avevo paura di restare sola, è stata colpa mia se ha continuato a farci del male. Oggi ha superato ogni limite: ha avuto un trasferimento in Spagna, io e Rose non volevamo andare. Da quando gliel'ho detto era sempre nervoso e aggressivo, questa mattina ha perso il controllo. L'ho mandato via, questa volta non tornerà.»
Cosa? No! Fanculo. Quel bastardo la dovrebbe pagare, dovrei riempirlo di botte per tutto ciò che ha fatto.
«Io lo amo ancora» ammette mia madre.
Lo ama? Be', ormai non conta più. L'amore non vince sempre. Questa volta ha perso miseramente. Ecco perché non mi è mai piaciuto l'amore, finisce sempre male. Ti distrugge.
L'amore che provo per Heisel mi distruggerà? Aspetta, io amo Heisel?
Non lo so.
No.
Può darsi.
Maledizione.

Heisel

Siamo di nuovo in macchina. Direzione: Londra.

«Cos'hai intenzione di fare adesso?» gli chiedo.

«Cosa dovrei fare?»

«Forse tornare da loro... qualche volta.»

«Stanne fuori, Heisel. È meglio.»

«Ti voglio solo aiutare.»

Per tutto il viaggio non dice una parola e, quando arriviamo a casa, è agitatissimo. Si passa freneticamente le mani tra i capelli e sul volto. Ci sediamo sul divano e alla fine è lui a rompere il ghiaccio.

«Non erano questi i miei programmi per oggi...»

«Lo so.»

«Grazie, Heisel.»

Gli accarezzo i riccioli. Mio Dio, quanto è bello.

«Vorrà dire che faremo altri programmi. Abbiamo sempre domani, o dopo domani o fra una settimana.»

«Abbiamo tutto il tempo del mondo.»

21

Heisel

È passata una settimana da quando abbiamo visto sua sorella e non abbiamo più parlato di quello che è successo. In realtà, non abbiamo quasi più parlato.

Harry non c'è, non c'è da una settimana e io mi sento fragile e sola. A scuola il tempo scorre lentamente. Non ci sono neppure i ragazzi. Sono andati via, non so dove, né perché.

Il ricciolo è con loro e questa cosa mi sta facendo impazzire. Sono tre giorni che non riesco a dormire. Mi sento come anni fa, quando le cose andavano a rotoli e io vagavo sola fra le strade di Manchester.

Io ed Harry ci sentiamo tutte le sere al telefono ma per pochi minuti, mi dice solo che non vede l'ora di vedermi e che sta bene.

L'ultima ricaduta di questo genere l'ho avuta tanto tempo fa, ma riesco a ricordare ancora ogni singolo dettaglio: come mi sentivo, cosa provavo, ogni cosa.

Mi manca da morire. Sono passati solo sette giorni dopo tutto. Odio essere così vulnerabile.

Chissà cosa sta facendo. Non dovrei essere così paranoica, dovrei stare tranquilla. Mi devo fidare di Harry, devo farlo se voglio che le cose funzionino.

Il telefono squilla mentre sto cercando di mangiare qualcosa. Non ho la forza di parlare con lui ora. Ignoro le sue chiamate finché non cado in un sonno profondo.

La mattina vengo svegliata dal telefono.
È Harry.
«Sei impazzita, per caso?»
«Scusa, dormivo» mento.
«Non è vero» replica «su WhatsApp sei entrata dopo che ti avevo chiamato.»
«Mi controlli?»
«Ero preoccupato, okay? Ora dimmi perché non hai risposto.»
«Non lo so, ero solo stanca» mento di nuovo.
«Non hai ancora capito che a me le bugie non devi dirle» il suo tono è arrabbiato. In sottofondo sento delle voci femminili. Grandioso, delle ragazze.
«Torna a fare il tuo lavoro» dico lasciando intendere tutti i doppi sensi possibili.
«Smettila di fare così!»
«Okay.»
«Cosa succede, Heisel?»
«Niente, sono solo stanca, te l'ho detto» ripeto, la mia voce ora è più tranquilla e lui se ne accorge.
«Mi manchi» dice.
«Anche tu.»
«Ora devo andare, ma questa sera ti chiamo» mi dice «e tu vedi di rispondere. Altrimenti ti vengo a prendere a casa.»
A scuola parlo con Alice. Mi dice che le manca Liam, ma loro si sentono almeno tre o quattro volte al giorno e lei non sembra preoccupata. Probabilmente sono io che esagero. Liam però non è Harry. Harry è irrequieto, scalmanato, perde la pazienza in un attimo e non mi stupirei se mi dicessero che in questi giorni ha picchiato qualcuno o cose simili. Spero che non si sia fatto male, e che non si sia fatto nessuna.
La sera, quando mi chiama, rispondo al primo squillo.
«Come stai?» gli chiedo.
«Io bene» dice. «Ma tu no, o sbaglio?»
«Perché?»
«Liam ha sentito Alice, gli ha detto che stai male e che non dormi.»

«Quando torni, Harry?» chiedo e sento gli occhi inumidirsi per qualche strana e maledettissima ragione.
«Presto.»
«Basta che non torni a casa con un proiettile in corpo» sdrammatizzo e lo sento ridere.
«E tu promettimi solo che questa sera dormirai.»
«Ci proverò.»
«E non fumare.»
«E tu stai lontano dalle ragazze, sento le voci in sottofondo.»
«Non preoccuparti. Sono tutte più brutte di te» mi dice e scoppiamo a ridere insieme. Ecco, queste cose mi fanno stare meglio.
«Mi assicuri che stai bene?» mi chiede ancora una volta.
«Sì.»
«Buona notte, Heisel.»
«Buona notte, Harry.»
Chiudo la telefonata e mi strofino il volto con le mani. Non sto bene, non sto affatto bene.

C'è stato un periodo, poco prima di partire per Londra, in cui vedevo mia sorella ovunque, avevo delle vere e proprie allucinazioni e sentivo sempre delle voci.
Harry non sa niente di tutta questa storia. Penserebbe che sono matta sul serio.
Perché proprio adesso devo iniziare a stare male di nuovo? Il dottore mi ha sempre detto che non è una cosa che io posso controllare, non posso farci nulla, viene quando vuole e va via quando più gli piace. Come i mostri che ti vengono a trovare la notte quando sei bambino.
Vorrei che quei mostri se ne andassero per sempre.
Ho passato tutta la giornata chiusa in casa e non so proprio come farò, questa sera, a dire a Harry che sto bene, come farò a mentirgli di nuovo.
Accendo un'altra sigaretta e vado in bagno per sciacquarmi il viso. Ho gli occhi arrossati, indosso solo una maglia grigia che mi arriva a metà coscia. Devo avere un aspetto terribile.
Prendo una pillola per calmarmi e la butto giù con un sorso d'acqua. Nel momento esatto in cui poso il bicchiere, sen-

to bussare alla porta. Rimango immobile, non voglio vedere nessuno ma, dopo nemmeno un minuto, sento il rumore della chiave nella serratura.

La porta dell'appartamento si apre lasciando entrare l'ultima persona che volevo vedere in questo momento.

Maledizione.

Vorrei scomparire, o svenire, qualsiasi cosa pur di non affrontare questa situazione.

Se ne andrà, dopo tutta questa merda, se ne andrà sicuramente.

Il sorriso che aveva sulla faccia è già svanito.

Si guarda intorno per poi sbattere la mano con violenza sul mobile dell'ingresso, esattamente accanto al portacenere dove ci sono quasi tutte le sigarette che ho fumato. Sono davvero troppe.

«Cos'è tutta questa merda, Heisel?» urla.

Non gli rispondo.

Mi afferra per il polso con violenza. «Non giocare al gioco del silenzio e rispondimi!»

Non ho intenzione di raccontargli le cose come stanno. Non ho intenzione di rovinare tutto.

«Fanculo, Heisel! Maledizione, che schifo. Puzzi di alcol e sigarette e guarda in mezzo a che merda sei! Non mi hai detto niente! E adesso cosa stai facendo? Porca puttana, cosa cazzo stai facendo?»

Mi strattona e io non faccio nulla, non ho la forza di reagire. Le lacrime continuano a scendere sulle guance.

«Non stai dicendo nulla, ti va bene così. Renditene conto, cazzo. Sai cosa? È finita, Heisel. Continua a distruggerti da sola.»

L'ultimo rumore che sento è quello della porta che sbatte violentemente, coprendo per un attimo i miei singhiozzi disperati.

Se n'è andato, lo sapevo. Le persone si spaventano quando si rendono conto che non siamo perfetti. Ognuno ha i propri mostri, io ne ho molti, troppi. Finché stanno dentro di me, va tutto bene, quando decidono di saltare fuori, le cose precipitano sempre.

Continuo a piangere. Non servirà a nulla, ma almeno mi sfogo.

L'unica soluzione per fuggire da ciò che sto vivendo è scrivere ma, per la prima volta nella mia vita, l'unica cosa che esce dalla mia mente sofferente è la data di oggi. Forse è questa la verità. Il bianco. Il vuoto. Non mi è rimasto niente, esattamente come non c'è niente sul foglio bianco davanti a me. Sospiro sconfitta e rimango in uno stato catatonico per non so quanto tempo finché il sonno, quasi per miracolo, si impossessa del mio corpo.

Non si può dormire per un giorno intero, eppure io l'ho fatto. Forse sto un po' meglio. Il caos che avevo nella testa sembra essersi leggermente calmato, ma non è sparito. Non sparisce mai.

Andrò a scuola oggi, per forza. Non posso saltare altre ore di lezione. Ho cercato di rendermi presentabile abbondando con il trucco ma non so se ci sono riuscita. E sono due giorni che non mangio. Ho lo stomaco completamente chiuso in una morsa dolorosa. Dov'è Harry? Avrei voluto che chiamasse, che tornasse. Che mi filmasse e che si scusasse. Non è successo e non succederà. Non voglio che vada a finire così, non può. Avevo appena iniziato a dargli tutta me stessa.

È solo ora che mi rendo conto che Harry ci è riuscito: mi è entrato sotto la pelle, nelle vene, nella mente, nel cuore.

«Heisel, ciao» mi saluta Alice raggiungendomi davanti al portone di casa.

Ovviamente non sa nulla, forse le dovrei dire qualcosa, insomma, lei c'era quando sono stata parecchio male e sapeva benissimo cosa mi era successo, ma non voglio farla preoccupare.

Fingo un sorriso. Ecco il mio amato muro di ghiaccio che mi difende come farebbe il più nobile dei cavalieri. A scuola cerco di evitare chiunque mi si avvicini, chiunque tenti di scambiare con me più di due parole.

Durante matematica, però, Taylor mi si siede accanto.

«Come stai?» squittisce ma io la ignoro.

«Non te la fai più con Harry, eh?»

Come fa lei a saperlo? Fanculo a tutto questo schifo.

«No» rispondo secca.
La uccido, giuro che la uccido.
«L'altra sera l'ho visto da Ricky. Abbiamo passato una bella serata. Siamo stati anche a casa mia...»
Sento la rabbia, il disgusto e la tristezza crescere dentro di me. Dovrei sentirmi tradita? No, non dovrei perché lui mi ha lasciata, ma mi sento comunque tradita.
Cosa mi aspettavo che facesse? Maledizione. I ragazzi normali dopo aver litigato con la propria ragazza la chiamano o cercano di chiarire, lui invece va a letto con la ragazza più terribile della scuola dalla quale, oltretutto, mi aveva promesso di stare lontano. Ma adesso non siamo più "noi", lui è lui e io sono io, quindi tutte le promesse e le cose che ci eravamo detti non contano più. Eppure, a me, importa ancora.
«Spero che non ti dispiaccia. Non sarai... gelosa?» mi stuzzica e si avvicina di più a me.
«Di una puttana? Non credo.»
«Dici così solo perché ho passato una meravigliosa notte di sesso con il ragazzo per cui tu hai perso la testa.»
«Da ubriaco avrebbe potuto portarsi a letto anche un cestino.»
Diventa rossa in viso mentre cerca un modo per rispondere.
«Quanto ci ha messo invece a stancarsi di te?» mi provoca.
«Ti avevo detto di starne fuori» ringhio e la spingo contro i banchi. Lei per poco non cade a terra.
Louis interviene immediatamente mettendosi in mezzo a noi. Mi porta fuori, nel cortile deserto, dove ci sediamo su una panchina.
«Cosa è successo?» mi chiede Louis.
Abbasso lo sguardo e, senza nemmeno accorgermene, inizio a piangere sulla spalla del mio amico. Poi gli racconto che io ed Harry abbiamo rotto, ma tralascio ovviamente molti particolari. Lui cerca di consolarmi in ogni modo e un po' ci riesce, è un ragazzo davvero speciale.
«Dai, questa sera esci con me. Perché non andiamo alla festa?» mi propone alla fine.
«No, grazie Louis. Sarà per la prossima.»
«Sei sicura?»

«Certo.»
«Va bene. Ma chiamami per qualsiasi cosa, mi raccomando.»
«Grazie, ora è meglio che vada.»

Lascio la panchina della scuola e ripenso a ciò che mi ha detto Taylor. Non posso crederci. Di tutte le ragazze, perché proprio lei?

Oh, fanculo.

È vero quello che mi ha detto Taylor? Ovvio che è vero.

Perché mi fa così male? Non lo so. Magari ci sono cascata e mi sono innamorata di lui, è probabile. Come può essere andato a letto con Taylor, insomma, proprio lei?

Vorrei che tornasse. Anche se in questo momento lo odio, non importa. Perché so che domani mattina lo cercherò ancora, e anche domani pomeriggio. E magari domenica, lunedì, martedì. Magari anche fra un mese.

Dopo quello che è successo dovrei prendere una gomma gigante e cancellarlo dai miei pensieri, strappare la fotografia che ho con lui. Invece me ne sto qua a pensare a come sarebbero potute andare le cose.

Lo vorrei qui adesso.

Ecco cosa succede quando abbasso il mio muro. Maledizione.

Dove sono finita? Dov'è andata la Heisel di ghiaccio che ho costruito in questi anni?

Appena entro in casa, mi accorgo di come sia vuota, i momenti meravigliosi che ho passato con Harry si materializzano nella mia mente come un flashback ogni volta che mi guardo intorno.

"Sai cosa? È finita, Heisel. Continua a distruggerti da sola."

Quelle parole mi bruciano dentro.

Ma funziona così, giusto?

"Trova ciò che ami e lascia che ti distrugga" penso, ma poi sento la porta di casa che si apre. Solo Harry e Alice hanno le chiavi. Non voglio vedere Alice ma nello stesso tempo non so che farei se si trattasse di Harry.

22

Heisel

Si avvicina senza dire una parola e si ferma a un passo da me. Sento le lacrime pizzicare i miei occhi ma non intendo farle scendere.

«Perché sei qua?»

Il mio tono è freddo e distaccato.

«Non è finita, non è finito nulla.»

Il mio cuore fa un salto nel vuoto al suono di quelle parole. Si strofina le mani sul viso pallido e segnato dalla stanchezza. È messo male, quasi quanto me.

Vorrei corrergli incontro, abbracciarlo, stringerlo a me, chiedergli scusa, spiegargli tutto, ma non posso. L'immagine di lui e Taylor invade la mia mente e mi oscura i pensieri.

«Sei andato a letto con Taylor, Harry. Quale modo migliore per farmi capire che è finita?»

Fa più male di quanto pensassi pronunciare quelle parole.

«Ero teso, lei era lì. E io... non lo so, okay? Non lo so. Volevo solo dimenticare, non pensarti per una maledettissima sera. Non significa niente.»

«Qualcosa significa, per forza, se il tuo primo impulso è stato quello di andare a scopare con la prima che capita.»

«Tu cosa avresti fatto? Cosa avresti fatto se mi avessi trovato in mezzo a sigarette, vodka, pillole e merdate varie dopo più di una settimana che non ci vedevamo?»

«Non me ne sarei andata! Avrei cercato di capire!»

Allunga un braccio verso il mio viso spostandomi una ciocca di capelli dietro all'orecchio ma io mi sottraggo.
«Non mi parlavi, io ti chiedevo come stavi e tu non rispondevi. Perché, Heisel? Se avessi detto anche solo una parola, giuro che sarei rimasto, ma non l'hai fatto. Sono qua questa sera per sapere se è quello che vuoi, se quello che vuoi è lasciarmi scappare. Cosa vuoi, Heisel?»
Mi guarda aspettando una mia risposta ma tutto ciò che riesco a fare è scoppiare a piangere. Come faccio a dirgli tutto quanto?
«Okay» mormora piano. «Ho capito.»
Si gira e va verso la porta, prende la giacca ed esce.
L'immagine di lui che lascia di nuovo casa mia senza nemmeno un saluto mi distrugge. È questo quello che voglio? Voglio che lui se ne vada via? No, maledizione. Voglio Harry, anche se è sbagliato e non è giusto, non posso lasciarlo andare. Non di nuovo.
Mi infilo velocemente le scarpe e corro giù per le scale fino al parcheggio. Lui è lì, fermo davanti alla sua macchina. E io ho addosso solo una maglia e una felpa, ho freddo, ma non è questo il problema adesso. Corro verso di lui, lo afferro per il braccio con la stessa forza che lui ha sempre usato con me.
«Non te ne andare. Non voglio questo, non voglio che scappi da me» quasi piango mentre gli stringo forte il polso.
Faccio scivolare la mano cercando la sua.
«Ti odio, te lo giuro. Ti odio perché te ne sei andato e per come mi hai trattato, e ti odio perché hai fatto sesso con Taylor. E anche perché in questi giorni non riuscivo a non pensare a te. Maledizione. Ti pensavo in ogni momento, ti cercavo nello sguardo di ogni persona e non ti trovavo mai. Era una tortura. Te lo giuro, ti odio e ti picchierei adesso, se solo ne fossi capace. Ti odio perché per qualche strana ragione mi sei entrato fin dentro le vene e non mi era mai capitato. Io invece no. Io non sono entrata dentro di te come tu hai fatto con me.»
«Ti odio anche io» dice fissandomi. «Ti odio perché dici sempre tantissime stronzate e perché non credi in te. Perché sei fottutamente testarda e orgogliosa e perché, cazzo, perché

sei così. Sei fragile e non lasci che io ti aiuti. Ti odio perché non è vero un cazzo che non sei entrata dentro di me. Ci sei entrata più di qualsiasi altra persona. Non ti ho nelle vene, ti ho ovunque, in ogni fottutissima parte della mia giornata. E ti odio perché adesso sei davanti a me e stai prendendo freddo, e come sempre stiamo litigando. E so che dentro di te i tuoi pensieri stanno facendo la guerra. Però sei qua. Perché sei qua, Heisel?»

«Per dirti che non mi importa. Non importa se sei testardo, impulsivo, aggressivo e alcune volte anche totalmente stupido. A me non importa perché a te non è mai importato che io sia così maledettamente orgogliosa, così strana e così lunatica. A me non importa se un giorno andiamo d'accordo e l'altro no, se un minuto mi parli e il minuto dopo troviamo qualcosa su cui discutere. Perché io ho bisogno di discutere con te. Io ho bisogno di qualcuno che mi ascolti, che mi contraddica e che mi faccia capire come stanno le cose. E quel qualcuno sei tu. Qualcuno che è peggio di me quando si tratta di voler aver ragione. Non m'importa del fatto che con te "amare" è sempre così difficile e doloroso. Sono qua davanti a te per dirti che non importa se sei giorni su sette litighiamo, mi fai arrabbiare, mi fai diventare matta. Mi piace perdere la testa per te! A me non importa di niente quando sono con te, è questo il punto. È qui che ho ragione, su di te. Perché nonostante i litigi e tutto quanto, sono qua per dirti che a me non importa nulla di quello che ci succede attorno, a me importa solo di te. Tu sarai un gran bastardo, ma io sono matta, lo sai? Sì, lo sono. E spero che non ti importerà, perché comunque sia io ho scelto te.»

Mi guarda. Sorride, ma è un sorriso sofferto, pieno di dolore. Poi parla.

«Scusa se non posso sempre essere giusto per te, Heisel. E non m'importa neanche se sei matta. Al massimo ti curerò io. Vorrei solo che tu mi spiegassi cosa ti è successo.»

Mi prende anche l'altra mano facendomi avvicinare a lui. Sospiro e cerco di organizzare i pensieri.

«Ho avuto una specie di ricaduta. Tu eri lontano, la situazione era strana e io non sapevo cosa fare. Basta un po' più di stress che mi sento male, era un sacco di tempo che non stavo così. Sento delle strane voci, Harry. Era cominciato quando mia sorella è morta, poi mi è successo altre volte e adesso è semplicemente tornato. Non volevo che tu fossi schifato da me.»

Si acciglia a quelle mie ultime parole. «Non sarei mai schifato da te, Heisel. Okay, magari sei un po' matta, e allora? Come si chiama quel film che dice che "tutti i migliori sono matti"?»

«È *Alice nel paese delle meraviglie*?»

«Esatto, quello. Ti aiuterò io, Heisel. Te lo prometto, da oggi in poi ci penso io a te, a tutta questa merda che ti sta intorno.»

A quelle parole non resisto e lo stringo forte a me. Mi è mancato terribilmente.

«Ricominciamo tutto da capo, ti prego» mormora contro i miei capelli. Aspettavo questo abbraccio da troppo tempo. Per quanto questo ragazzo mi ferisca, riesce sempre a curare quelle ferite. Non posso stare senza di lui, anche se i nostri caratteri sono due fuochi che bruciano in continuazione. Amo il nostro calore.

«Sì, tutto da capo.»

Apro gli occhi. Sono nel mio letto e, sdraiato accanto a me, c'è Harry. Questa notte mi sono svegliata un centinaio di volte ma, quando vedevo che lui era con me, mi riaddormentavo tranquilla. Mi alzo presto e vado a preparare la colazione.

«Buongiorno» mi dice piano comparendo sulla porta.

«Buongiorno» rispondo. La voce ancora impastata dal sonno.

Ci sediamo ai soliti posti, uno davanti all'altro, come la prima volta, solo che nessuno dei due parla.

«Ci hai... ripensato?» mi chiede con una sottile ironia che nasconde però un timore vero.

«No... solo che, ecco. Non è semplice, Harry. Se io fossi andata a letto con Zack o con Niall o con qualsiasi altro ragazzo in questi giorni, tu cosa faresti?»

«Hai ragione» ammette e non aggiunge altro.

«La mattina, te ne sei andato? Intendo, la mattina dopo la serata con Taylor.»

Finalmente glielo chiedo. Potrà sembrare stupido, ma ho bisogno di saperlo.

«Me ne sono andato subito.»

«Okay.»

«Okay?»

«Sì.»

Si alza, scompare per qualche minuto in bagno e quando torna è già vestito e pronto per uscire.

«Ho un incontro in palestra. Vuoi venire?»

In un altro momento penso che sarei corsa in macchina e saremmo andati dritti in palestra ma quel momento non è oggi. Mi dispiace ma non me la sento.

«Uhm, io... ecco non penso che sia il caso.»

«Ho provato a disdire ma ormai era fissato.»

«Non sono arrabbiata, anzi, fai bene ad andare e dovresti anche vincere» lo rassicuro cercando di alleggerire la conversazione.

«Quindi... io vado, ma tu come starai?» mi domanda mentre si mette il giubbotto. Per un secondo mi chiedo se stia davvero andando in palestra ma poi mi maledico e insulto da sola per averlo pensato. Certo che sta andando in palestra, mi ha pure chiesto se voglio accompagnarlo.

«Normale, non ti preoccupare.»

«Facciamo che invece mi preoccuperò e ti chiamerò spesso. E tu mi dirai la verità.»

Sorrido. «Va bene.»

Apre la porta di casa ed esce ma si gira subito verso di me.

«Heisel, ascolta» mi dice ma lo interrompo.

«Harry, ascoltami tu. Le cose che ti ho detto ieri sera, le penso tutte. Non è cambiato nulla, quello che provo per te non è cambiato. Anzi, cresce ogni secondo. La situazione non è facile, ma sono la nostra specialità, giusto? Le situazioni complicate.»

Sembra più afflitto lui di me. Probabilmente si fa schifo per il suo comportamento.

«Se potessi tornare indietro, non farei nulla di quello che ho fatto, Heisel. Avevo bevuto davvero tanto e...»

«Vai a vincere l'incontro e questa sera torna qua con due pizze, può essere un buon inizio.»

Sospiro profondamente quando chiudo la porta. Prendo carta e penna e mi siedo alla scrivania. Inizio a scrivere, inondata dalle emozioni, scrivo sul foglio tutto quello che penso, che provo, che vivo.

23

Heisel

Sono da poco passate le otto di sera quando mi trovo davanti un Harry a dir poco bellissimo. Indossa jeans blu scuro, un'ampia felpa rossa e un cappello grigio dal quale spuntano i riccioli. In mano ha due cartoni di pizza.

«Com'è andata?» gli chiedo.

«Ho vinto, ovviamente.»

Ci sediamo al tavolo e cominciamo a mangiare. C'è una bella atmosfera tra noi questa sera, sembriamo quasi tranquilli.

«Hai mai pensato di avere figli?» mi chiede a un tratto, cogliendomi completamente di sorpresa.

«Sono questi i tuoi progetti per la serata?» gli rispondo scherzosamente.

Ride. «È solo una cosa che stavo pensando. Cioè non hai mai pensato a te sull'altare o a te come mamma?»

«No, non in modo concreto.»

«Tutte le ragazze lo pensano.»

«Dovresti saperlo che non sono come tutte le ragazze» gli dico ironica. «Tu ci pensi invece?»

«Mi è capitato, qualche volta. Penso che sarebbe bello.»

Finiamo di mangiare parlando d'altro, non so nemmeno perché mi abbia fatto quelle domande ma è stato bello, sembrava veramente che stesse pensando a un futuro con me.

«Come stai?» mi chiede poco dopo quando ci sediamo sul divano.

«Normale, tranquilla» lo rassicuro mentre mi nascondo tra le sue braccia.

«Posso baciarti?» mi chiede. Il mio stomaco fa una capriola e non posso che sorridere.

«Baciami.»

Non se lo fa ripetere due volte. Porta le labbra sulle mie ma quello che inizia come un semplice bacio diventa subito qualcosa di più passionale. Il fuoco brucia dentro di me quando le lingue iniziano a giocare ed Harry succhia leggermente il mio labbro inferiore. Mi sono mancati i suoi baci.

«Resta con me» quasi sussurro mentre lo bacio sul collo. Lui mi stringe, mi accarezza la schiena ma poi si ferma, assorto.

«Ho una proposta» mi dice. «Ma è una follia.»

«Dimmela.»

«Non voglio che tu domani stia in casa a marcire, ma non puoi nemmeno andare a scuola se non stai tanto bene, poi ci sarà... Taylor e altri problemi e...»

«E?»

«So che è una follia, d'accordo? Però io ho una casa in campagna qua vicino. Potremmo scappare lì per qualche giorno. Saremmo solo noi due. Tipo tu adesso vai di là, prepari la valigia, domani mattina passiamo da casa mia, prendiamo le mie cose e partiamo.»

L'idea di passare qualche giorno lontano da tutto questo schifo mi piace davvero tanto e, magari, in un posto tranquillo, riuscirei davvero a stare meglio.

«Va bene» dico. I suoi occhi si spalancano e un sorriso bellissimo si apre sul suo volto.

«Davvero?»

«Sì.»

Stampo un bacio sulle sue labbra e mi alzo dal divano.

Harry

Quando saliamo in macchina, sembra un po' agitata. Credo sia normale, dopo tutto quello che è successo. Però è qui, e questo vuol dire che lo vuole anche lei.

«Perché hai una casa in campagna?» mi chiede.

«Non lo so, sinceramente. L'abbiamo sempre avuta. Era dei miei nonni, credo. Ti piacerà. Non è molto grande, però è accogliente. C'è il camino.»

«Ci porti spesso amiche e amici?»

So benissimo cosa vuole sapere.

«No, tranquilla. Ci sono stato solo con Louis e altri amici, maschi» preciso, e lei mi sorride ancora.

«Posso mettere la musica?»

«Certo.»

Parte *Fix You* dei Coldplay e un sorriso enorme si apre sul suo volto.

«Ti piacciono i Coldplay?» mi chiede, quasi sorpresa.

«Ovvio, anche a te?»

Annuisce contenta e comincia a canticchiare la canzone. «Potremmo andare a un loro concerto.»

«Certo che potremmo.»

Si allunga verso i sedili posteriori e io non posso fare a meno di ammirare il suo fondoschiena perfetto, maledizione. Resta in quella posizione per qualche minuto per frugare in una delle borse. Quando si rimette al suo posto, fra le mani tiene la telecamera.

L'appoggia sopra l'impianto stereo e l'accende.

«È tipo il primo viaggio o qualcosa di simile» dice guardando l'obiettivo divertita.

«Sì, e stiamo scappando per farti essere meno matta» scherzo e lei mi fa la linguaccia.

«E a Harry piacciono i Coldplay.»

Alza la musica e inizia di nuovo a cantare. Mi unisco a lei e scoppiamo a ridere.

Più tardi, mentre stiamo attraversando la campagna inglese, Heisel si addormenta. In questo momento, la adoro. O, forse, mi sono innamorato di lei.

È buio quando fermo la macchina davanti alla casa sulla cima di una collina innevata. Sembra quasi che ci siamo solo io e lei.

Io e te, Heisel.

Heisel

Harry mi sveglia dolcemente quando siamo fermi davanti a una piccola casa in mattoni, circondata da una distesa di neve. È meraviglioso. La luce della luna illumina il volto perfetto di Harry e nel cielo ci sono tantissime stelle. A Londra non c'è un cielo così.

La casa è stupenda, un classico cottage di campagna. In salotto c'è un camino e un mobile pieno di libri. La cucina è tutta in legno e l'unica stanza da letto è spaziosa. In bagno la vasca antica di ceramica ha i piedi dorati. Adoro questo posto.

«È stupendo» dico a Harry. Siamo in camera, distesi sul letto, uno accanto all'altra.

«Sono felice che ti piaccia. Di cosa hai voglia ora?»

«Non lo so, sono contenta così» dico ed è vero, ma poi penso che c'è qualcosa di cui avrei veramente voglia.

Harry

È fottutamente meravigliosa. Perfetta. Il castano dei suoi capelli è in contrasto con la vasca bianca e i suoi occhi sono più scuri del solito. Sta benissimo con i capelli raccolti, che le lasciano il collo scoperto così come le pochissime ma stupende lentiggini sulle spalle.

Amo i suoi lineamenti. Il naso sembra disegnato col pennello. La bocca piena è piegata in un sorriso. I suoi seni sono ben visibili in mezzo alla schiuma.

Dio, Heisel. Che incantesimo mi hai fatto?

Allungo una mano verso il viso accarezzandole dolcemente la guancia. Apre gli occhi sotto il mio tocco e mi sorride ancora. Poi comincia a insaponarsi le gambe e le braccia. Giro la testa perché, se continuo a guardarla, potrei non rispondere di ciò che faccio.

«Ti aspetto di là» dico e torno in camera dove lei mi raggiunge poco dopo con indosso solo l'asciugamano stretto intorno al seno.

«Girati» mi dice.

«Oh, andiamo. Ti ho già visto.»
«Non del tutto, girati» insiste e io obbedisco mentre lei si mette il pigiama e si infila sotto le coperte.
È da qui che bisogna ricominciare. Da qui dobbiamo riniziare a costruire ciò che ho distrutto. Un mattone alla volta.
I giorni lontano da Heisel sono stati una vera e propria tortura. La vedevo ovunque, ma lei non c'era mai. La volevo accanto a me e, quando ero in macchina, mi giravo sperando di trovarla intenta a guardare fuori dal finestrino, ma lei non c'era. La verità è che ho anche chiamato Taylor col suo nome da quanto speravo che fosse Heisel. Ero distrutto quella sera. Non ho mai bevuto così tanto ed ero anche arrabbiato con Heisel per avermi fatto ridurre così, ma ho sbagliato. Io più di lei. So che la situazione è complicata, che Heisel avrà bisogno di attenzione e di aiuto, anche se lei non lo ammette, ma io voglio farlo. Voglio starle accanto e capire come fare perché stia meglio, e voglio essere l'unico a saperlo fare. Sarà durissima, lo so. Ma non mi arrendo. Non ho intenzione di soffrire come quando ero lontano da lei, e non ho intenzione di vederla mentre si distrugge lentamente. Non avevo idea di questo lato di Heisel e mi sono spaventato a morte quando ho capito quanto fosse fragile in realtà. Avevo capito che stava male mentre piangeva per sua sorella, ma mai mi sarei aspettato tutto questo. Sarà una scoperta ogni giorno, come lo è da quando l'ho conosciuta.
Ogni giorno una scoperta, una conquista e penso sia una delle cose che mi piacciono di più di lei.
Il problema è che lei non sa ancora quanto fragile sono io. Ho paura che quando crollerò, lei verrà giù con me. Penso sia la persona più forte e più debole che conosco. Quella ragazza è tutta una contraddizione.
Certe volte mi sembra che si sforzi di tenere tutto il mondo fuori, ma non ci riesce. Non vuole farsi ferire dalla vita ma alla fine ne viene travolta completamente.
Quando la stringo fra le braccia è bello perché è come se lei non potesse essere ferita. Quando ci abbracciamo, tutto è perfetto. Sembriamo quelle coppie delle pubblicità ed è bello sentirsi così alcune volte.

Non conosco ancora tutto di Heisel, certe sfumature nelle sue espressioni non riesco ancora a decifrarle, ma sono sicuro che, prima o poi, arriverò in fondo ai suoi occhi. Quegli occhi che tanto amo.

«Ehi» mi dice per richiamare la mia attenzione mentre sventola una mano davanti al viso. Mi giro. Ha un'aria davvero stanca.

«Ehi.»

«A cosa pensi?» mi chiede.

«A troppe cose.»

«Tipo?»

«Tipo ai tuoi occhi.»

«Anche prima, in bagno, pensavi ai miei occhi?» mi prende in giro.

«Non sai cosa avrei voluto far...»

«No, non dirlo, ti prego.»

«Come vuoi, ma la prossima volta entrerò nella vasca con te.»

Le sue guance si infuocano.

«Scordatelo.»

«Dormi, piccola» le dico mentre le accarezzo i capelli.

«A domani, buona notte.»

Sì, a domani Heisel. A domani e a dopodomani. E se fosse per me, in questo momento, vorrei addormentarmi così per il resto della vita.

24

Heisel

La luce che entra dalla finestra è fredda e fioca. Apro gli occhi e li strofino più volte per schiarirmi la vista. Harry è sdraiato accanto a me. I suoi lineamenti sono distesi, il viso sereno. Gli accarezzo i capelli lasciandogli dei baci sulla fronte.

«Buongiorno» sussurro. Lui apre lentamente gli occhi. Mi chiedo che aspetto abbia io in questo momento, vorrei essere bella sempre, come lui.

«Ehi, buongiorno.»

Ci alziamo ed Harry accende il camino. Io invece mi improvviso cuoca e comincio a preparare una ricca colazione con bacon e uova.

Dalla finestra sopra i fornelli si vede la campagna innevata.

«Non sei così male in cucina» mi prende in giro quando siamo a tavola.

«Se mi impegno, sono brava.»

«Come stai?» mi chiede.

«Meglio.»

I suoi occhi brillano.

«Se non te ne vai, starò bene.»

Finito di mangiare, ci laviamo e ci copriamo bene per uscire all'aperto dove cominciamo a giocare come due bambini, inseguendoci e tirandoci palle di neve. A un certo punto lui mi salta praticamente addosso facendomi cadere nella neve fresca.

«Harry, ti prego basta» lo imploro, ma lui continua a farmi il solletico e a filmare la scena.

Poi si allontana ridendo e appoggia la telecamera sul davanzale della finestra. Non gli do il tempo di spegnerla e gli salto sulle spalle da dietro, tirandolo a terra dove rotoliamo scoppiando a ridere.

È in mezzo alle mie gambe, la sua testa sul mio petto.

«Ti lascio vincere» dice facendomi la linguaccia.

Poi si solleva da terra e mi porge una mano per aiutarmi. Mi alzo e mi scrollo la neve di dosso. Lui appoggia la sua fronte sulla mia ma, prima che possa baciarmi, lo fermo.

«Grazie, grazie davvero. Per tutto questo.»

«Non mi devi ringraziare, Heisel.»

«Sei meraviglioso» sussurro contro le sue labbra prima di baciarlo. Lui mi stringe forte e in quel momento penso che non importa quante volte ci baceremo, parleremo, staremo insieme, io di lui non ne avrò mai abbastanza.

La giornata vola senza che nemmeno ce ne accorgiamo, se non fosse per la stanchezza. Il cielo è scurissimo quando ci infiliamo sotto le coperte, ma non è tardi, non è nemmeno mezzanotte. Se fossi a Londra sarei ancora sveglia.

«Mi devi fare una copia del CD con i nostri video» mi dice interrompendo il silenzio.

«Te la farò.»

«Tra poco sarà Natale» dice ancora.

«Come mai ti è venuto in mente?»

«Così. Non lo so?»

«Ti piace il Natale?»

«Sì, credo.»

«Potremmo andare a trovare tua mamma e tua sorella.»

«Potremmo» sospira «c'è tempo per pensarci.»

«Ci penseremo, allora.»

«Mi piace quando parli al plurale.»

«Io e te siamo in due, devo parlare al plurale per forza» lo prendo in giro.

«Hai capito cosa volevo dire.»

«Certo che l'ho capito.»

«Buona notte, Heisel.»

«Buona notte, Harry.»

«Harry, svegliati!»

È già mezzogiorno. Io sono sveglia dalle dieci e sono pure riuscita ad accendere il camino, anche se è stata un'impresa.

Mormora qualcosa, si gira nel letto e apre gli occhi.

«Perché sei vestita? Vuoi tornare a casa?» chiede preoccupato.

«No, ma è mezzogiorno.»

«Di già? In effetti ho fame» commenta scendendo dal letto.

«Come mai hai dormito così tanto?»

«Sono stato sveglio fino a tardi. Ti ho guardata dormire per un po', volevo assicurarmi che stessi bene. Poi però eri troppo bella e non sono riuscito a smettere.»

Arrossisco e lui si avvicina a me per baciarmi.

«Sai di essere bella, vero?»

«No, ma se me lo dici un'altra volta probabilmente inizierò a crederci.»

Lo abbraccio e lui mi stringe a sé. Oh, amore mio. È così bello sentirti vicino.

«Cosa vuoi fare oggi?» mi chiede.

«Decidi tu.»

«Ti porto in un posto bello qua vicino» mi dice e scatta in piedi. «Faccio una doccia e mi preparo al volo.»

Mi lascia un rapido bacio sulla fronte per poi scappare in bagno.

Mezz'ora più tardi siamo in macchina. Direzione: un posto bello qui vicino. Non ho idea di dove mi voglia portare.

Le canzoni dei Coldplay ci tengono compagnia. Cantiamo e sembriamo una di quelle coppie senza pensieri alle quali va tutto bene. Harry ferma l'auto in un paesino adornato di luci e addobbi natalizi.

«È bellissimo» dico. Harry sorride raggiante. Sembra così felice e tranquillo. Resterei qua solo per vederlo così tutti i giorni e anche perché in questo luogo, lontano dalla confusione e dai disastri della mia vita quotidiana, mi sento meglio anche io. I miglioramenti stanno nelle piccole cose, me l'ha sempre detto lo psicologo.

Passiamo la giornata a esplorare le stradine di ciottoli in

parte coperte dalla neve, fermandoci di tanto in tanto, per riscaldarci dentro qualche vecchio negozio o caffetteria.

Harry mi spiega che questo è il posto in cui viene quando scappa perché non ce la fa più di tutta la merda che lo circonda, ma che non ci aveva mai portato nessuno.

«Sei stanca?» mi chiede a un certo punto, vedendomi in effetti un po' affaticata.

«No, cioè sì, ma non importa.»

«Vieni, ti porto in spalla.»

Si gira e si inginocchia.

«Forza, sali Heisel. Niente storie» insiste e io rido mentre faccio ciò che mi ordina.

«Allora, come è sentirsi alti per una volta, Heisel?»

Rido e gli copro gli occhi con le mani.

«Ti consiglio di non provarci più, potrei sempre farti cadere da un momento all'altro» mi minaccia.

«Mi sei mancato ogni secondo Harry» gli dico appoggiando la testa tra i suoi riccioli.

«Anche tu» sussurra lui e mi fa scendere. Ora siamo uno di fronte all'altro e io sento che ho bisogno di dirgli quello che penso.

«Ascolta, Harry, magari ci sarà un periodo, nel futuro, in cui starò peggio, starò proprio male e magari sarò matta da legare...»

Non mi fa finire di parlare. «Non mi fa più paura questa storia, ti aiuterò io. Scapperemo ancora. Scapperemo ogni volta che ce ne sarà bisogno.»

Sorrido per le sue parole. Per la prima volta in vita mia mi sento amata davvero.

«Non sarà facile» ammetto portando di nuovo i miei occhi nei suoi.

«No, maledizione! Non sarà facile, non ci sarà un giorno in cui le cose saranno facili, ma saremo io e te. D'accordo? Non ti sono mai piaciute le cose semplici, Heisel. E noi non siamo una cosa semplice, tutt'altro. Non posso dirti che andrà sempre tutto bene perché non sarà così, ma possiamo provarci. Possiamo provare a limitare le discussioni su che sugo usare per condire la pasta, o che film guardare, anche se dubito che ci riusciremo perché siamo fatti così.»

«D'accordo. Tu sceglierai il sugo, io i film» scherzo e lui ride.

«Visto? Non siamo tanto male.»

«Non siamo male per niente. Harry, io...»

«Ti amo, io ti amo» dice. I suoi occhi nei miei, di nuovo. «È un casino lo so, ma ti amo.»

Sento gli occhi riempirsi di lacrime. Lo stringo più forte a me mentre mi avvicino alle sue labbra.

«Ti amo anche io, davvero» sussurro per poi iniziare un bacio che sembra non voler finire mai.

25

Harry

Le ho detto davvero che la amo? Sì, l'ho fatto. Tutto ciò non può che essere amore.

Sembrerò matto, ma è così. Io la amo terribilmente. È così strana tutta questa situazione e odio il fatto che io non riesca a gestire ciò che lei è per me, non riesco a gestire questo amore. Penso di non averle nemmeno preparate quelle parole, mi sono uscite fuori dalla bocca. Avrei potuto rovinare tutto, mi sono messo in gioco, di nuovo. Per lei. Ma penso che per lei farei qualsiasi cosa. Ormai non serve fingere o provare a reprimere ciò che sento, è inutile. Giochiamo entrambi a carte scoperte e possiamo scottarci da un momento all'altro. Ma penso sia un'altra delle cose belle di me e di Heisel. Siamo così matti che ci mettiamo in gioco, ci buttiamo nelle cose, al di là del dolore, delle difficoltà. Noi tentiamo.

I suoi occhi sono nei miei mentre interrompiamo quel bacio perfetto. Mi sorride. Per me quel sorriso è tutto.

«Mi mandi in confusione» dice all'improvviso spezzando il silenzio che si era creato.

«Che ho fatto adesso?»

«Io ero convita di amare Mattew, lo ero davvero. Insomma, provavo qualcosa di grande per lui, ma non è niente in confronto a quello che provo per te. Lui è capitato in un momento orrendo della mia vita e io avevo bisogno di sentirmi amata.»

Le sue parole mi spiazzano. Non voglio pensare al fatto che lei stesse così male. E odio pensare che ci fosse lui ad aiutarla e non io. Maledetta gelosia.

«È probabile» mormoro.

«Tu non hai mai amato nessuno?»

«No» le rispondo. «Non ho mai amato nessuna prima di te.»

«Proverò ad amarti nel migliore dei modi, te lo prometto» sussurra, gli occhi fissi sulle nostre mani intrecciate.

«Amami come sai fare tu. È questo l'importante.»

La bacio con urgenza. Le sue labbra calde e morbide sembrano essere fatte apposta per incontrare le mie.

Mi chiedo se anche quando baciava Mattew era così. Se lo baciava in questo modo mentre facevano sesso. Dalla sera in cui abbiamo avuto la nostra prima esperienza, ci penso sempre. Ricordo come si sapeva muovere anche se era agitata. Da quella sera la curiosità mi divora.

«Heisel, raccontami della tua prima volta.»

«Perché?»

«Vorrei sapere com'è stata.»

Arrossisce. È ancora più bella quando è in imbarazzo.

«Eravamo in campeggio con altri amici. Gli volevo bene, ma non so nemmeno se io fossi pronta. Comunque è successo. Insomma eravamo nella tenda io e lui, mi ha baciata e mi ha slacciato la cintura dei pantaloni. Mi sentivo come se non avessi altra scelta, e in più c'era il fatto che, appunto, gli volevo bene.»

«Ed è stato... come te lo immaginavi?»

«No» ammette «però non posso cambiare le cose.»

«Vorrei che tu fossi vergine» ammetto.

Mi guarda un po' stupita per questa mia affermazione. «Tutti i ragazzi sperano di trovare la ragazza non vergine per non dover far loro il "lavoro sporco".»

«Io no, vorrei essere il primo ad averti toccata.»

Le passo una mano sulla guancia.

«Potresti sempre essere l'ultimo.»

Heisel

Harry entra in casa qualche istante dopo di me. Mi guarda attentamente e io gli faccio cenno di seguirmi in camera. Indietreggio fino al bordo del letto. Lui mi abbraccia e sorride maliziosamente mentre gli lascio baci umidi lungo il collo. Le sue mani scendono sul mio sedere per poi infilarsi sotto i jeans. Slaccia abilmente il bottone e io lo libero dalla maglia, guardo i muscoli perfetti, i tatuaggi che ricoprono la sua pelle. Non è mai stato bello come in questo momento.

Mi attira a lui premendomi una mano contro la schiena mentre con l'altra mi abbassa i jeans. Me ne libero definitivamente rimanendo in mutandine davanti a lui. Deglutisce rumorosamente mentre gli occhi scendono sul tessuto in mezzo alle gambe. Lo accarezza delicatamente e il calore cresce ancora di più nel mio corpo.

«Heisel» ansima e riprende a baciarmi con più foga. Le sue mani corrono sotto la maglietta soffermandosi sul seno coperto dal reggiseno. Lo stringe per poi allontanarmi da lui. Mi sfilo la maglia sotto il suo sguardo attento. Non si muove, sembra quasi incantato.

«Non è niente che tu non abbia già visto» dico sorridendo.

«Sei diversa da tutte le altre» mi sussurra mentre la sua lingua vaga sul mio collo. Sento brividi ovunque. Le mie mani tracciano i suoi addominali tesi fino ad arrivare ai jeans. Li sbottono e lui se ne libera in un secondo.

I nostri respiri sono già affannati. Le sue labbra su di me. Mi tempesta di baci. È meraviglioso. Le mani scivolano di nuovo sul mio sedere, palpandolo leggermente. Sussulto e lui ride. Gioca con il bordo delle mie mutandine e intanto mi spinge sul letto. Cado goffamente trascinandolo sopra di me.

È così diverso con Harry. Voglio memorizzare ogni gesto, ogni dettaglio. Sono tesa perché voglio che sia perfetto. Non voglio rovinare nulla.

Mi bacia con foga e io cingo il suo bacino con le gambe.

Inarco la schiena e lui mi slaccia il reggiseno. Il mio seno nudo esposto davanti a lui. Mi fissa per istanti che sembrano ore. Lo sguardo brucia così tanto che cerco di coprirmi goffamente, ma lui leva il braccio che ho usato come scudo.

«Non ti coprire, sei bellissima» mi dice abbassandosi di nuovo sul mio viso. Traccia una scia di baci dalla guancia, al collo, alla spalla per poi arrivare al seno. Uno lo stringe delicatamente nella mano e l'altro inizia a baciarlo e morderlo dolcemente. Perdo il controllo di me stessa e mi lascio sfuggire qualche gemito, è una sensazione bellissima.

Lascia dei baci a stampo sul mio petto arrossato prima di spostare lo sguardo verso il basso. Vedo l'erezione soffocata nei suoi boxer.

Stuzzica il tessuto delle mie mutandine e poi me le sfila. Chiudo gli occhi, ansimando. Adesso sono davvero nuda davanti a lui.

Non ce la faccio a resistere ancora. Voglio di più. Alzo il bacino contro il suo e porto le mani sui suoi boxer grigi. Li abbasso velocemente spogliandolo del tutto. Lui sospira quando le mutande raggiungono il pavimento.

Sono nervosa. Non voglio rovinare tutto.

Si allunga velocemente sul comodino ed estrae un preservativo dal portafoglio.

Glielo levo dalle mani e apro la bustina.

«Metti tu?» chiede sorridendo. La sua voce è affannata e penso che si stia trattenendo. Non ce la fa più, mi vuole almeno quanto io voglio lui.

Annuisco.

Trattengo un respiro mentre si sistema meglio fra le mie gambe, aprendo le cosce con le mani. Poi cerca i miei occhi e mi guarda perplesso.

«Che succede?» chiede.

Io lo ignoro. Alzo di nuovo il bacino verso il suo cercando di deviare l'argomento ma lui mi blocca i fianchi con la mano.

«Voglio che sia tutto perfetto» mormoro.

«Lo sarà, ti voglio davvero tanto. Dal primo giorno in cui ci siamo visti» mi dice cercando di infondermi la serenità di cui ho bisogno e ci riesce.

Gli sorrido per poi portare le labbra sulle sue in un bacio pieno di passione. Mi stringe il fianco ed entra in me.

I suoi movimenti iniziano lenti e una sensazione di piacere mi riempie.

«Heisel» ansima. L'altra mano si sposta sul seno che accarezza dolcemente. La mia bocca è sul suo collo, gli lascio dei morsi e lui geme.

Un gemito particolarmente forte esce dalle mie labbra quando spinge più in fondo. È una sensazione paradisiaca.

«Così?» mi chiede ripetendo lo stesso movimento più forte, circolare e profondo colpendo il punto che ha toccato un istante prima. Lo stringo più forte a me graffiandogli la schiena.

«Harry» ansimo. Il mio petto contro il suo. Amo il fatto che non abbia mai levato la mano dal mio fianco, come per tenermi saldamente attaccata al suo corpo.

«Ti amo» mi dice spingendo di nuovo dentro di me nello stesso modo che mi provoca così tanto piacere. È la prima volta che provo un piacere così.

«Sei l'unico Harry» dico fra i gemiti mentre i nostri respiri si fanno ancora più affannati.

Le spinte diventano più forti e mi scappa un urlo perché penso che sia troppo.

«Scusa» si affretta a dire Harry.

«Continua» gli dico sorridendogli dolcemente. Le nostre lingue giocano e lui mi avvolge con le braccia, lasciando il fianco per la prima volta da quando abbiamo iniziato.

«Sei l'unica» mi dice entrando per l'ultima volta in me e portandomi all'apice del piacere. Qualche istante dopo viene anche lui.

Piego la testa all'indietro, chiudo gli occhi e sussurro il nome del ragazzo che amo.

Mi giro su un lato coprendo il mio corpo nudo con le coperte pesanti di quel letto che sarà per sempre parte di me e in cui ho senza dubbio passato la notte più bella della mia vita. Lo guardo sorridere.

«È stato perfetto» mi dice. Allunga un braccio verso di me stringendomi forte a sé.

«Non è mai stato così, con nessuno» gli dico. So perfettamente che non ama il fatto che sono stata con altri ragazzi e magari così si sentirà meglio.

«Ti amo» sorride.

«Ti amo.»

«Ora che abbiamo fatto sesso non te ne andare» il mio tono sembra quasi di supplica. In effetti ho questa paura, che se ne vada.

«Sarei pazzo» bacia il mio petto facendomi rabbrividire.

«L'amore, Heisel. Abbiamo fatto l'amore. E questa è sicuramente la prima volta che faccio l'amore.»

Dal comodino prende la telecamera e inizia a filmarmi.

«Ti amo» dico guardando l'obiettivo. Inquadra poi il letto, le lenzuola scompigliate, i vestiti per terra. Poi prende la polaroid.

«Sei diventato peggio di me con queste cose» scherzo e lui ride.

«È una serata importante, ho questa scusa.»

Mi appoggio al suo petto e lui scatta la foto. Assomiglia vagamente a una di quelle che ci facemmo ormai un po' di tempo fa. È bellissima e dolcissima. Sorride soddisfatto del risultato.

«Adesso possiamo dormire, amore» mi dice lasciando un bacio sulla mia fronte.

Sono le dieci di mattina quando mi sveglio. Erano secoli che non dormivo così bene, mi sento quasi rinata e sorrido ripensando a ciò che è successo ieri sera. È stato tutto perfetto.

Harry accanto a me dorme ancora, la bocca socchiusa, i capelli scompigliati. Prendo la sua felpa e me la infilo. Il tessuto è caldo contro la mia pelle nuda. Vado in bagno per darmi una sistemata e, quando rientro in camera, lui si è svegliato.

Mi sorride. Ha graffi sulle braccia e sulla schiena. Il collo e le spalle sono coperti di fiori rossi lasciati dai miei morsi.

«Buongiorno, Heisel» mi dice e allunga le braccia verso di me. Mi lascia un dolce bacio sulle labbra e m'infila le mani sotto la felpa.

«Buongiorno, Harry» gli dico passando le dita lungo i graffi. Non posso trattenermi dal sorridere.

«Uh, la mia piccola lottatrice» mi prende in giro scherzosamente.

«Tu non sei stato da meno» dico alzando la felpa e lasciandogli vedere il mio corpo.

«Come stai?»

Il suo tono, improvvisamente serio, mi spiazza un po'. Dopo ieri sera, non ho più nemmeno pensato a come mi sentissi.

«Sto bene» dico e, per la prima volta dopo tanto tempo, sono sincera.

«Anche io. Mi sento... uhm... innocente?»

Rido per la parola che ha usato, perché non capisco ciò che intende.

«Nel senso che mi sento come se tutto questo fosse giusto» continua cercando di spiegarsi meglio.

«È giusto per forza, tutto questo. Perché non sono mai stata così bene.»

Mi avvicino a lui. Ho bisogno delle sue labbra. Ho bisogno di lui.

Harry

Si avvicina a me baciandomi con quelle sue labbra perfette, maledizione. Ora so perfettamente che ha bisogno di non pensare e che mi vuole accanto a lei.

Porto le mani sul suo sedere. Il bacio si amplifica diventando qualcosa di molto più intenso. Sento il desiderio che cresce ogni volta che le nostre labbra si toccano.

Le sfilo la felpa velocemente. Lei fa lo stesso con la mia. Il suo petto si alza e si abbassa in un respiro affannato. La tengo stretta a me e con una mano gioco col bordo dei suoi leggins. Le sue dita affondano nei miei riccioli che tira facendo crescere l'eccitazione. Non posso evitare di fermarmi a osservarla per qualche secondo: ha i capelli scompigliati e le guance arrossate. Il reggiseno è nero, di pizzo, oh Dio, è bellissima. Il seno, la pelle, lei. È tutta meravigliosa.

Levo la mano dalla schiena per portarla sul collo, rincorrendo con le dita il percorso che fanno le lentiggini. Conosco a memoria la loro posizione. Mi fanno impazzire. Le donano quel tocco da bambina per cui letteralmente impazzisco.

Mi mordo le labbra mentre lei mi bacia il collo nel punto in cui sa bene di procurarmi più piacere. Le sue piccole mani si spostano dai riccioli giù lungo le spalle e il petto fino alla vita. Si diverte a toccare il cavallo dei pantaloni tirati dall'erezione. Si decide ad abbassarmeli e con la lingua continua a stuzzicarmi il collo. Merda, Heisel.

Brividi si espandono su tutto il mio corpo. Le sfilo i leggins e guardo il suo fondoschiena perfetto.

Le afferro le cosce e le porto in mezzo alle mie gambe.

«Cosa ti farei, Heisel» ansimo fra un bacio e l'altro, poi la libero dal reggiseno. Geme quando le labbra raggiungono il capezzolo.

«Sono tua, Harry. Puoi farmi ciò che vuoi» sussurra, la voce spezzata dall'eccitazione. Non resisto più.

«Ridillo» praticamente la supplico infilandole la mano sotto gli slip. Chiude gli occhi quando inizio a massaggiare la sua entrata per poi inserire un dito e un altro ancora.

«Sono tua» geme e porta le mani sull'elastico dei boxer che sono ormai diventati davvero troppo stretti. Finalmente me li toglie. Le mie mani tornano sui fianchi lasciando incompleto il lavoro. Lei sussulta e non posso fare altro se non sorridere. Mi spinge indietro e si disfa da sola delle mutandine. Mi fa sdraiare sul letto e si mette sopra di me.

È perfetta. La aiuto a sistemarsi meglio sopra di me tenendola per i fianchi. Prendo i pantaloni, sfilo il portafoglio dalla tasca e prendo un preservativo che m'infilo sotto lo sguardo attento di Heisel.

Entro in lei lentamente, facendola gemere. Mi alzo per avvicinarmi. Mi piace averla sopra di me. Non era mai successo, con le altre ragazze decidevo tutto io, adesso è lei che ha in mano la situazione.

Inizia a muoversi sollevandosi ritmicamente. Affondo le mani nei suoi fianchi e cerco disperatamente la sua bocca. Iniziamo a baciarci in quello che è il bacio più passionale che io abbia mai dato a qualcuno. C'è così tanto calore che potremmo incendiare questa stanza in un secondo. È bello il calore che si forma quando sto con Heisel.

«Piccola» gemo nascondendo la faccia nel suo collo. Tocco

uno dei seni con la mano e inizio a massaggiarlo. Il suo respiro si fa più affannoso.

«Harry!» quasi urla. Non ha mai urlato il mio nome. Ripeto il movimento e lei si muove più velocemente sopra di me.

«Toccami» sussurra.

Merda, Heisel.

«Tu baciami.»

Inizio a far scorrere le mani sulla sua schiena, sui fianchi. Il collo, le spalle, il seno, la pancia. Il suo sedere. Le tocco ogni centimetro del corpo e la cosa mi fa impazzire. Cerco di memorizzare la sensazione che procura la sua pelle contro la mia: non credo che riuscirei mai a dimenticarla.

Nel frattempo le labbra continuano a muoversi in un bacio confuso e spezzato dai troppi gemiti.

Amo fare l'amore con lei.

La stringo più forte a me quando la sento irrigidirsi. La sua testa si piega all'indietro lasciando liberi i capelli che cadono sulla schiena. Ripete il mio nome più volte. Qualche istante dopo, vengo pure io.

Una sensazione paradisiaca invade mente e corpo mentre la tengo ancora fra le braccia. Mi lascio cadere ormai stanco sul letto.

La nostra pelle è sudata e sento ancora ogni parte del corpo bruciare. Mai mi ero sentito così in vita mia.

Lei si stende su di me e con una coperta avvolge entrambi. Appoggia dolcemente la testa sul mio petto.

«Io ti amo, io davvero ti amo. Anche se mi irriti, io ti amo» mi dice.

Sorrido. Le nostre conversazioni post-orgasmo sono sempre molto interessanti.

«Penso davvero che uno dei motivi per cui ti amo è questo: mi dici che ti irrito dopo una scopata perfetta e dopo giorni che non discutiamo.»

Rido ancora e lei con me.

«Non dire scopata quando si tratta del sesso fatto con me» si finge offesa. Le tiro dolcemente una ciocca di capelli per farle alzare il viso.

«Mi scusi, principessa» le dico mentre le mie mani scendono sul sedere. Sussulta.

Mi fa una linguaccia per poi lasciarmi un bacio a stampo sulle labbra. Riporta la testa sul petto.

Chiudo gli occhi. Penso che per questa sera non avrò bisogno di mangiare. Heisel è tutto ciò di cui ho bisogno.

26

Harry

Siamo in macchina, stiamo tornando a Londra, i Coldplay ci fanno da colonna sonora. Amo la musica alta ed Heisel sembra pensarla come me. Canta quasi tutte le canzoni e, anche se è stonata, amo sentirla cantare.

«Ti sarebbe piaciuta, Maya» dice Heisel a un tratto e senza nessuna logica apparente. «Era una bambina in gamba, molto più di me.»

Nei suoi occhi non c'è la tristezza che vi avevo visto il primo novembre, mentre piangeva nella sua stanza. Sembra che abbia qualcos'altro in mente.

«Non ne dubito, sono sicuro che era una bambina meravigliosa.»

«Per questo devi darmi retta, Harry. Io ho perso mia sorella, me l'hanno portata via e farei di tutto per riaverla con me. Tu no, tu hai Rose, lei ti sta solo aspettando. È una bambina e ha bisogno di te, ora più che mai.»

«Non adesso, Heisel.»

«Adesso, invece» insiste. Eccola, la ragazza insistente e determinata per cui ho perso la testa.

«Senti, se hai intenzione di litigare con me, giro la macchina e torniamo in quella fottutissima casetta dove non c'erano problemi.»

«Però i problemi esistono, Harry! Maledizione, ascoltami. Sto solo provando a farti ragionare.»

«Non ho intenzione di ascoltarti se vuoi parlare di questo.»

«E allora fermati.»
«Cosa?»
«Puoi fare quello che ti ho detto? Tanto non scappo.»
La strada è deserta e ai lati ci sono solo campi di neve. Accosto e spengo il motore. Lei scende velocemente stringendosi nel suo giubbotto.
«E questo cosa significa?» le chiedo scendendo a mia volta dall'auto.
«Io ho bisogno di te, Harry. Ma sai di quale altra persona ho bisogno?»
«Di chi?»
«Di mio fratello. Senza di lui sarei persa.»
«Ho capito. Ma non penso che Rose abbia bisogno di me.»
«Non ha più nemmeno un padre, si merita almeno suo fratello» dice e poi risale in macchina.
Per il resto del viaggio ce ne stiamo in silenzio. Così, quando alla fine arriviamo a casa sua, dopo che l'ho aiutata a portare su le valigie, non so se vuole che io resti o me ne vada. Non so nemmeno cosa voglio io.
«Penso che dovrei andare» dico infine, rassegnato a questa conclusione.
«Ciao» è la sua risposta.
«Heisel, per favore» la supplico. «Mi odi?»
Le porto le mani sui fianchi e la attiro a me. Non si ribella. Si limita a sbuffare.
«Magari potessi odiarti, Harry. Sarebbe più facile, ti manderei via adesso e starei bene lo stesso.»
«Va bene.»
«Cosa?»
«Va bene, andrò da Rose.»
Dopo tutto, è quello che voglio anche io.
«Ti amo» mi dice mentre un sorriso cresce sul suo volto.

Heisel

Ho dormito nel mio letto tutta la notte senza interruzioni. Cosa rara.

Ora che non c'è Harry non posso resistere alla tentazione e mi accendo una sigaretta prima di uscire di casa.

Salgo le scale per andare da Alice che, quando mi vede comparire sulla porta, mi salta letteralmente addosso. Appena entriamo in casa, mi tempesta di domande. Vuole sapere tutto su come sono andati questi giorni e così parliamo ininterrottamente fino all'arrivo a scuola.

Mi sembra passata un'eternità dall'ultima volta che ci sono stata e anche il mio sguardo è diverso. Vedo ragazzi e ragazze, indaffarati e persi nei loro pensieri. C'è chi scrive, chi legge e chi ascolta musica sulle panchine. Mi sembrano tutti felici anche se ovviamente non è possibile.

«Heisel, andiamo! I ragazzi sono là» strilla Alice riportandomi alla realtà.

Nemmeno il tempo di raggiungerli che Alice praticamente salta addosso a Liam. Sono così carini e sereni. Non come me ed Harry. Mi fa anche un certo effetto vedere Liam così dolce con lei. È sempre stato un ragazzo dal cuore d'oro, ma non l'ha mai dimostrato a nessuna ragazza.

Abbraccia la mia amica mentre getta il mozzicone della sigaretta a terra. Gli altri salutano Alice con un sorriso che mi fa quasi sentire a casa. Mi sono mancati. In fondo sono una parte importante della mia vita. Ogni loro gesto, le battute, il modo di fare, mi riportano a bellissimi ricordi.

«Ehi» li saluto e loro si girano di scatto guardandomi con sorpresa.

«Heisel!» esclama Louis, buttandosi addosso a me e abbracciandomi.

«La prossima volta che andate in vacanza potreste invitarci, stronzi» scherza Liam.

«Forse la prossima volta vi faremo sapere.»

«Ah, fate i preziosi adesso» scherza Louis.

Tutti ridono, compresa me. Poi mi raccontano ciò che hanno fatto loro. Alcune cose piccanti che sono successe a scuola, tipo Katy Bocca Larga che ha fatto un pompino a Conor negli spogliatoi. Ma, a parte ciò, non ci sono novità rilevanti.

Poi io e Niall ci avviamo verso la classe dove si tiene la lezione di Arte. Abbiamo sempre seguito insieme questo corso e di solito ci divertiamo un mondo.

Ci sediamo ai nostri posti, in fondo. Davanti a ogni studente c'è una tela su un cavalletto.

La "Signora Laila", così si fa chiamare, entra in classe sorridente come sempre. È una donna sulla cinquantina, i capelli rosso fuoco e lo spirito alternativo.

«Buongiorno ragazzi, oggi dipingeremo. Ma non dovrete copiare un cesto di frutta o riprodurre una natura morta. Oggi i pittori sarete voi, a tutti gli effetti. Il soggetto del dipinto saranno i ricordi, scegliete voi quale, se bello o se brutto, ma tirate fuori ogni dettaglio. Rappresentate le emozioni che vi provoca quel ricordo, provate a esprimere ciò che succede dentro di voi.»

Porto lo sguardo sul rettangolo bianco davanti a me e mi chiedo quale ricordo potrebbe prendere vita ora sulla tela. Poi mi lascio trasportare dai pensieri, come quando scrivo. Pennellata dopo pennellata, il dipinto prende forma e, quando la campanella suona, è quasi finito. Mancano solo alcuni dettagli.

C'è una bambina a metà tra il cielo e una strada. È Maya. La strada è lunga, stretta e contorta. È la strada della mia vita. La strada da Manchester a Londra.

C'è un sole alla fine della strada, che indica Londra. La città della pioggia che per me è il sole. Vicino alla macchia gialla c'è un angelo: Alice, il mio angelo custode. Poi c'è un quadrifoglio, Niall, il mio porta fortuna. E un lampo, Liam, che annuncia in silenzio il rombo del tuono. Accanto al lampo c'è la luna. Zayn: cambia faccia spesso e non mostra mai ciò che realmente è, si nasconde dietro alle nuvole. Riesci a capire com'è fatto e qual è il suo gioco solo se lo guardi sempre, se gli presti davvero attenzione. Se hai la pazienza di stare lì per ore a osservarlo senza dire nulla.

E poi c'è un'ancora che si intreccia a tutte le altre immagini: è Louis. Sì, è proprio lui la mia ancora nascosta in fondo al mare, quella che mi permette di fermarmi per ammirare il panorama.

Ci sono poi due strade. Una va a est e l'altra a ovest. Alla fine di una c'è un numero: il 30. La data di nascita di mio fratello. Nell'altra, invece, due mani si stringono: Harry, la sua mano nella mia. La forza che mi dà e l'aiuto che prova a darmi. È bellissimo.

In questo dipinto non ci sono solo ricordi, c'è anche un po' del mio presente. Ma penso che i ricordi abbiano un ruolo fondamentale nella vita di tutti i giorni. Ci sono sempre, costantemente. Legati a tutto e a tutti.

Al termine della lezione, quando quasi tutti gli studenti se ne sono già andati, chiedo alla professoressa se posso portare il quadro a casa.

Lei lo guarda attentamente.

«È un po' un casino, lo so...»

«Non dire così, è bellissimo. È complicato ma profondo. È la tua strada, giusto?»

Annuisco.

«Queste mani sono disegnate con così tanti dettagli. Di chi sono? Chi l'ha salvata, signorina Gray?»

Sento il cuore salire sulle montagne russe e ogni parte di me vibra al pensiero delle mani di Harry. Quando mi abbraccia e quando mi accarezza. È lui che mi ha salvata? E, soprattutto, sono salva?

«Harry, si chiama Harry» quasi sussurro. Lei stacca il quadro dal cavalletto e me lo porge.

«Portalo via. Dovrai fare un altro quadro in futuro, con molte altre strade incrociate. La vita riserva grandi cose per te, Heisel. Sei speciale.»

Sorrido, incapace di ribattere, mentre fisso le sue parole nella mente. Appena sono fuori dall'aula, mi suona il cellulare. Un numero sconosciuto.

«Pronto?»

«Parlo con Heisel Gray?» chiede una voce maschile.

«Sì, con chi parlo?»

«Dan Thomphson, sono il gestore della palestra in cui viene Harry. Penso che tu debba venire qui il più in fretta possibile.»

27

Heisel

Arrivo alla palestra dieci minuti dopo aver ricevuto la telefonata e trovo Dan che mi aspetta davanti all'ingresso.

«Cos'è successo?» chiedo con il fiatone.

«Oggi la palestra è chiusa, ma Harry è venuto lo stesso e non penso sia molto in sé, mi ha quasi aggredito e poi gridava...»

«Dov'è?»

L'uomo mi indica una stanza. Mi ritrovo davanti Harry che continua a tirare pugni al saccone. Noto che le nocche sono piene di ferite e gli occhi sono iniettati di sangue, è sicuramente ubriaco.

Cos'è successo? Per quale stupido motivo non è venuto da me? Mi sento male al pensiero che lui sia andato a bere in qualche bar, da solo, e che poi non sia venuto da me. Se avesse combinato qualche altra merdata come andare a letto con la prima che passa, non potrei mai perdonarlo.

Mi avvicino e quasi tremo quando si accorge della mia presenza. Il bacio è violento e rude, le sue mani scivolano velocemente sotto la mia maglia affondando nella mia carne. Mi divincolo dalla presa, l'alito sa di vodka. Maledizione.

«Cosa stai facendo, Harry?»

Mi guarda, barcolla e si lascia cadere a terra.

«Vieni qui» mi dice.

«No. Non vengo se non mi dici cosa diavolo sta succedendo.»

Non riesco a capire ciò che l'ha portato a ridursi così.

«Che è successo?» gli chiedo ancora facendo un passo verso di lui.

«Rose non sta bene» mi dice con voce tremante.

«Come?»

«Non vuole mangiare, ora va da uno psicologo ma mia mamma non sa come fare perché costa troppo... Ha parlato con mio padre, le ha detto che le manderà dei soldi a fine mese, ma come faccio a credergli?»

«Perché non sei venuto da me invece che andare a ubriacarti?»

«Non lo so, Heisel. Non ne ho idea.»

«Dove sei stato?»

«In un bar qua vicino. Da solo.»

Mi limito ad annuire e lascio cadere la borsa accanto ai miei piedi.

«Adesso vieni qua, maledizione, Heisel» mi dice, e questa volta mi avvicino. Mi siedo accanto a lui e gli prendo le mani ferite.

«Ho bisogno di te» sussurra «ho bisogno di fare l'amore con te.»

Mi guardo attorno. Non c'è nessuno nella stanza. Siamo soli, io e lui.

Porto le mani sul petto nudo e geme quando le faccio scendere e le passo sul cavallo dei suoi calzoncini neri. Li abbasso velocemente lasciandolo in boxer. Lui mi toglie la maglietta con un movimento brusco, sbottona i jeans e me li abbassa lungo le cosce cominciando a baciarmi dappertutto.

«Heisel» ansima mentre sgancia il reggiseno. Porta una mano sul seno e con l'altra mi leva velocemente le mutandine. Non ce la fa più.

Gli sfilo i boxer e rimaniamo nudi. Con una mano mi apre le gambe. Si sistema fra le mie cosce e fa passare l'indice sul mio inguine, lentamente. Poi prende un preservativo dalla tasca dei jeans ma lo fermo.

«No, aspetta» gli dico.

«Che c'è?»

«Ho preso la pillola» gli dico velocemente distogliendo lo

sguardo da lui. La sera in cui siamo tornati dalla campagna ho cominciato a prenderla.

«Brava piccola» sussurra prima di entrare in me. È la prima volta che lo sento così, completamente. Mi alza le braccia sopra la testa e inizia a torturare uno dei miei seni con le labbra, senza smettere di spingere dentro di me. Le spinte sono più forti e urgenti, mi fa un po' male, ma non lo voglio fermare.

«Sei mia, dimmelo, ti prego» ansima.

«Sono tua.»

Affondo le mani nella sua schiena stringendo con forza.

«Parlami, amore» mi dice piano. I suoi movimenti rallentano per qualche secondo e poi riprende a spingere forte, toccando il punto che mi provoca più piacere. Quasi urlo il suo nome a quel contatto e mi mordo il labbro per evitare di scoppiare in un gemito incontrollato.

«Harry» dico ansimante.

«Ti sento così bene, piccola. Sento ogni parte di te.»

Le sue parole non fanno che aumentare l'eccitazione. Sento il calore invadere il mio corpo, il suo sguardo brucia su di me mentre ondate di piacere mi travolgono. Pochi istanti dopo viene anche lui. Rimane immobile, dentro di me, per qualche istante.

«Perché?» gli chiedo in un sussurro.

«Perché ti amo è una risposta sufficiente?»

«È l'unica risposta che volevo.»

Il ragazzo ricciolo ora è sdraiato sul mio letto. Sono due ore che dorme beato come un bambino e mi fa quasi tenerezza. A un tratto mugugna qualcosa e apre lentamente gli occhi cercando di mettere bene a fuoco la mia figura.

«Oh, buongiorno bell'addormentato» lo prendo in giro.

«Quanto ho dormito?»

«Un paio d'ore.»

«Scusa.»

«Non ti scusare. Ne avevi bisogno» lo rassicuro.

In questo momento provo un sentimento indefinibile, che non è solo amore, è molto di più. I suoi occhi sono la mia casa e le sue braccia il mio castello. Il suo corpo è il mio rifugio.

Amo la sua pelle, il suo odore, i suoi capelli che si scompigliano quando facciamo l'amore. Il sorriso, quello vero, quello che riserva per me.

«Che c'è?» chiede quando nota che lo sto fissando.

«Uhm, niente» mi affretto a dire.

«So che non è vero, ma sono ancora troppo addormentato per iniziare una discussione su cosa stavi pensando.»

«Senti, questa sera i ragazzi fanno una festa... Lo sai?» chiedo restando sul vago.

«Sì.»

«Dovrebbe essere carina...»

«Non andremo» dice con tono autoritario e si tira a sedere.

«Perché?»

«Che ci andiamo a fare? Rimaniamo qui, io e te.»

«E il mio parere non conta nulla?»

«Heisel» ringhia.

«Harry, non decidi tu per me.»

«Perché vuoi andare? Non vuoi passare del tempo con me?» Sembra arrabbiato. Sta farneticando.

«È solo una festa, maledizione, Harry! Possiamo stare insieme anche lì» dico ed esco dalla stanza. Lui mi segue sbuffando.

«Ti ricordi cosa diavolo succede ogni volta che andiamo a quelle feste? Succede che io ti riporto a casa ubriaca dopo che qualche ragazzo ti si è strusciato addosso per tutta la sera!»

Tutte le cose belle che pensavo di lui un attimo prima passano in secondo piano e penso a quanto, certe volte, Harry possa essere fottutamente testardo e aggressivo.

«Certe volte ti dimentichi cosa sia il rispetto. Andrò a quella festa, Harry, e ti assicuro che nessuno si struscerà o ci proverà con me.»

«Come posso esserne certo?»

«Come?! Harry, tu dovresti fidarti di me, dovresti proprio, questa discussione è assurda.»

«Non è assurda! Lo sai come sono quelle feste, vanno bene per i coglioni e le puttane e pensavo che noi adesso fossimo qualcosa di diverso!»

«Quindi se vado sono una puttana? Fantastico, Harry, grazie mille.»

«Non ho detto questo.»
Mi sento mancare l'aria e cerco di rimettere insieme i pezzi del mio cuore, non posso credere che mi stia dicendo tutto ciò.
«Esci» gli dico in tono gelido.
«Maledizione, Heisel, mi tiri fuori le parole di bocca» si difende. «Mi costringi a dire queste cose.»
«Quindi adesso la colpa è mia?»
Rido amara. Una lacrima scende senza preavviso ma la scaccio via velocemente.
«Adesso forza, dimmi anche che sono psicopatica perché voglio andare a una maledetta festa. Forza, dillo e finisci di ferirmi. Non te ne importa niente di me! T'importa solo di quello che vuoi da me!»
«Heisel, calmati ora.»
«No, non posso calmarmi! Perché io ti amo, Harry. Sopporto tutte le cose che mi fai, non so perché. Ester, Taylor, ciò che mi dici, quando vai via con i ragazzi per i vostri affari, non dico mai nulla perché ho paura di perderti.»
Questa volta non ribatte. Mi fissa, immobile e sospira.
«Scusa, Heisel» sussurra. «Lo so che mi sopporti, non so come fai. Non ho idea di come fai, e scusa. Centomila volte scusa.»
«Vai via, per favore.»
Mi guarda, si avvicina e mi dà un bacio sulla fronte indugiando sulla mia pelle.
«Scusa» ripete prima di lasciare l'appartamento.
Raccolgo tutte le forze che mi rimangono e impedisco a me stessa di piangere ancora. Per adesso devo fare finta di niente, come se stessi bene e non fosse successo assolutamente nulla fra me ed Harry. Prendo una pillola per calmarmi, mi faccio una doccia e mi preparo per uscire.

28

Harry

Non so perché alla fine sono venuto, ma sono sicuro che Heisel è qui. Non mi risponde al telefono e a casa sua non c'è. Nemmeno Alice è in casa. Heisel è testarda, ma io sono un coglione.

La casa è nel delirio più totale. La musica è altissima e le persone sono tutte ubriache. I ragazzi in boxer e maglietta e le ragazze mezze nude. Una è senza reggiseno. Mi fa venire il voltastomaco l'idea che Heisel possa essere come la ragazza che mi passa davanti in questo momento.

Vedo Alice con un completo rosso molto sexy, si sta baciando con Liam in un angolo della stanza. Niall è seduto con una brunetta sulle gambe. Gli altri non riesco a trovarli. L'unica figura familiare che riconosco è Conor ma per fortuna è impegnato a palpare una ragazza che non assomiglia nemmeno un po' alla mia Heisel. Mia. Mia. Cazzo, già mi manca.

Mi faccio strada tra le persone fino ad arrivare alla cucina. La sua risata mi distrae da tutto e da tutti.

La vedo, ride insieme a un'altra ragazza. Accanto a lei ci sono delle bottiglie vuote. Non l'ho mai vista ridere così. Sembra che sul suo cuore non ci sia nessun macigno e nella sua testa nessun mostro.

Indossa lo stesso completo di Alice solo che il suo è nero. Cazzo, non posso credere che sia vestita in questo modo davanti a tutte queste persone. Non voglio pensare a quanto deve aver bevuto.

Sono davvero un coglione, se perdo lei, perdo tutto.
Mi vede.
Smette di ridere e appoggia il bicchiere pieno sul tavolo. Accenna un sorriso. Quanto sei meravigliosa, amore mio. Ora come ora non riesco a essere arrabbiato con lei, non ne ho nemmeno il diritto.
«Amore» mormoro.
«Ciao amore» mi dice. Sembra serena e felice.
«Guarda come ti sei ridotta» le dico mentre le accarezzo la guancia. Lei scuote la testa e scoppia in una fragorosa risata. È completamente ubriaca.
Prova a baciarmi ma mi sposto. Dovrei baciarla? Non lo so. Se fosse sobria non mi bacerebbe. Se fosse sobria, staremmo litigando.
«Ti aspettavo» dice e mi abbraccia. Si stringe forte al mio corpo e approfitto del momento per prenderla in braccio e allontanarmi con lei.
«Ehi, dove mi porti?» farfuglia quando siamo fuori. L'appoggio con delicatezza a terra. Mi tolgo il giubbotto e lo do a lei, qua fuori si gela.
«Dentro c'era troppa gente.»
«Hai ragione» urla. Non capisco perché parli così forte.
«Vieni forza, ti faccio vedere un posto troppo forte» mi dice ancora.
"Troppo forte"? La Heisel sobria non parlerebbe mai così. Mi afferra la mano e mi trascina dietro di lei senza darmi il tempo di dire nulla. Mi porta nel giardino dietro la casa e lì si butta a terra a peso morto in mezzo alla neve. Non c'è nessuno qui e anche la musica arriva attutita.
«Perché mi hai portato in questo posto?» le chiedo.
«Merda! Ho finito le sigarette» si lamenta ignorando la mia domanda.
«Oh, questo posto? Ci venivo ogni volta che c'era una festa, quando avevo bisogno di un po' di pace. E sai qual è la cosa bella?»
«Quale?» chiedo. Le sposto i capelli dietro l'orecchio per poter vedere meglio il suo viso. È splendida, davvero splendida.
«Che io amo le tue mani» confessa. «Sono sempre calde a

parte quando torniamo da una camminata e non le hai tenute in tasca, allora in quel caso sono fredde. E poi sono grandi, sono molto più grandi delle mie, guarda!»

«È vero» la assecondo.

«Anche la tua voce mi piace. Sì, mi piace tantissimo! Quando ti svegli la mattina è ancora meglio, è più roca. La cosa peggiore è che mi piace anche quando la usi per urlarmi contro.»

«Sei davvero ubriaca» dico e mi scappa da ridere.

«Colpa tua, siamo due bambini, ci ubriachiamo ogni volta che c'è un problema.»

La stringo fra le braccia. «Hai ragione» sussurro.

«Sai qual è l'altra cosa bella? Che se non fossi ubriaca non sarei qui attaccata al tuo corpo e a pensare di fare sesso con te» dice mentre, per la prima volta, mi guarda negli occhi.

«Quindi stai pensando a questo?»

«Sto pensando a tante cose, fra cui questa.»

Se ora avessi la polaroid, le farei anche una foto: seduta nella neve, mezza nuda e con il mio giubbotto addosso. Uno spettacolo.

«Non succederà per questa sera, temo.»

Mi guarda confusa. «Perché?»

«Sei troppo ubriaca.»

«Dici?» Scoppia a ridere.

«Andiamo a casa, piccola?»

«Che? No, torniamo dentro! Ho voglia di ballare.»

«Sei già abbastanza ubriaca, se bevi ancora ti sentirai male.»

«Dai Harry, non fare il noioso!»

Gioca con il colletto della mia camicia e mi slaccia il primo bottone. Porta le labbra sul collo iniziando a succhiare. Basta questo per farmi eccitare e capisco che è meglio se ci fermiamo adesso perché ancora un po' e potrei non rispondere delle mie azioni.

«La prossima volta farò ubriacare anche te, così sarai più simpatico» dice mente alza gli occhi al cielo e io non posso trattenere una risata.

«Va bene, faremo come vuoi tu.»

«Portami a casa» mi sussurra all'orecchio.

Sorrido. Finalmente.

«Ascolta però» biascica mentre cerca di alzarsi in piedi «non so cosa ricorderò domani mattina, ma ti prego, promettimi che non sarai cattivo con me. Non rendermi facile mandarti via.»

«Farò del mio meglio» le dico stringendola ancora più forte.

«Ti amo.»

«Anche io. Ti amo troppo» ammetto, tanto domani non se ne ricorderà. Voglio che sappia che la amo, ma non che la mia vita ora è nelle sue mani. Che senza lei non ha senso respirare o dormire. La amo più di quanto credevo fosse possibile e la cosa mi sta uccidendo lentamente.

29

Heisel

«Harry aiutami» strillo mentre salgo sulla scala con in mano due scatoloni pieni di decorazioni natalizie. Lui nel frattempo ha già montato l'albero.

«È un po' storto» dico guardando la punta che pende da un lato.

«Accontentati. Non so nemmeno come mi hai convinto ad addobbare la casa...»

«Non sono io che ti ho convinto ma lo spirito del Natale» lo prendo in giro e gli passo le palle da attaccare ai rami.

Come colonna sonora per questo momento ho scelto un vecchio CD di quando ero bambina. Harry era contrario ma alla fine si è pure messo a canticchiare le canzoncine natalizie. Lo ascoltavo sempre con la mamma e con Maya quando addobbavamo la casa. Dopo un po' di lavoro, l'albero è pronto.

«È bellissimo» esclamo scendendo dalla scala. È tutto adornato sui toni del rosso e del bianco, mi piace tantissimo.

Harry sorride e mi dà un bacio.

«Lo facevo sempre con mia mamma, quando Rose era più piccola» sussurra con la voce impastata dalla malinconia.

«Pensa che finalmente starai insieme a loro a Natale, di nuovo.»

«È vero.»

«Finisco di mettere gli addobbi» gli dico aprendo un altro scatolone. Appendo la ghirlanda alla porta e le luci alle fine-

stre. Harry invece decide di immortalare questo momento e comincia come al solito a filmarmi con la telecamera.
«Guardami» mi dice.
Mi giro verso di lui e gli faccio la linguaccia. «Buon Nataaaale!»
Lui ride e continua a filmarmi fino a quando non ho messo al suo posto ogni decorazione.
«Brava piccola» mi elogia. In quel momento suonano alla porta. Corro ad aprire e, quando vedo mio fratello, tutto imbacuccato e con un grosso sacchetto pieno di regali, gli salto letteralmente addosso.
«Heisel» quasi urla sollevandomi da terra.
Harry tossisce dietro di noi.
«Uhm, Harry, lui è Leòn, mio fratello. Lèon, lui è Harry, il mio... ragazzo.»
Si stringono la mano, studiandosi attentamente.
«Heisel mi ha parlato molto di te» dice Leòn. Solo adesso noto quanto stia bene vestito così. Ha una felpa nera, larghi jeans strappati e anfibi slacciati. Mi giro verso Harry e noto che hanno uno stile molto simile, sembra che i due fratelli siano loro.
«Davvero?» chiede il ricciolo.
«Sì, finalmente ci conosciamo.»
«Esatto» dice Harry.
«Bello il tatuaggio» dice Lèon a Harry indicando il suo braccio. Sono già passati alla fase dei complimenti.
«Grazie, anche il tuo» risponde Harry guardando l'ideogramma giapponese che ha Lèon sul polso.
Lèon gli inizia a raccontare di quanto sia stato "forte" farselo fare e di quanto fosse "buona" la tatuatrice. Iniziano a confrontarsi i tatuaggi e si prendono anche un po' in giro.
«Okay, voi giocate a fare i migliori amici, io intanto porto la valigia nella tua stanza.»
«Non essere gelosa, Heis» mi stuzzica Harry.
Attraverso il salotto dove i due sono intenti a ridere su non so cosa e vado in cucina. Prendo il telefono e ordino tre pizze.
Più tardi, a tavola, Harry e Lèon sembrano già grandi amici. In fondo hanno molto in comune. Me. Così devo dire che

non mi stupisco quando, a un certo punto della serata, mi comunicano la loro decisione di uscire a bere qualcosa insieme.

«Ti dispiace?» chiede Harry mentre Lèon è andato un attimo in bagno. Sa bene che io non verrò. Dopo l'ultima ubriacatura, preferisco tenermi alla larga dai bar per un po'.

«No. Solo, per favore, non bevete troppo.»

«Tranquilla» dice stampandomi un bacio sulle labbra.

«Andiamo?» chiede Lèon che ha già il cappotto addosso.

«Non fate troppo tardi» dico seria e loro ridono. Sembrano due bambini.

«Tu allora non vieni, sorellina?»

«No. Sono stanca, vi lascio fare amicizia» dico scherzosamente. Ci tengo che facciano conoscenza e diventino amici. Seppure in maniera diversa, per me ora sono entrambi parte della mia famiglia.

Mi sveglio di soprassalto quando la luce entra dalla finestra. Il respiro affannato e la testa pesante, devo aver fatto un brutto sogno. Lego i capelli in una coda alta, vado in bagno e cerco di rendermi presentabile.

Ieri sera non ho sentito Lèon tornare.

Quando apro la porta della camera, sono felice e sorpresa di trovarli entrambi addormentati, Lèon sul letto ed Harry sulla poltrona. Nella stanza non regna l'odore dell'alcol. Devono aver fatto attenzione a non esagerare.

Richiudo piano la porta cercando di non fare rumore. Poi accendo le luci di Natale in tutta la casa e apro le persiane per fare entrare un po' di luce, anche se Londra oggi è piuttosto cupa. Però amo quando il tempo è così. Prima di uscire, lascio un biglietto sul tavolo, assieme all'occorrente per fare colazione.

Trovo Alice ad aspettarmi sulle scale davanti alla porta del mio appartamento. Le ho detto che veniva Lèon a trovarmi e che questa mattina probabilmente non avrebbe fatto in tempo a salutarlo.

«Dorme ancora?» mi chiede. Alice ha sempre avuto un ottimo rapporto con mio fratello, oltre a essere stata la sua prima fiamma. Ma sono sicura che questa cosa non andrà menzionata. Liam è un tipo abbastanza geloso.

«Sì, ieri sera lui ed Harry hanno fatto tardi.»
«Lui ed Harry?» chiede curiosa.
«Sì, hanno subito trovato una specie di... intesa» le dico.
«Be', Lèon come sta?» mi chiede Alice quando siamo in macchina e ci stiamo dirigendo verso il bar.
«Sta bene, l'ho visto felice.»
«E voi avete deciso cosa farete a Natale?»
«Andremo dalla mamma di Harry domani, a cena. Il giorno dopo saremo da me. Voi cosa fate?»
«Abbiamo un programma simile. Da Liam domani e dopodomani dai miei.»
«Ecco, ci siamo» dico e Alice ferma la macchina.
Prendiamo i sacchetti con i regali da dare ai ragazzi e scendiamo. Tutti gli anni ci scambiamo i regali il giorno prima della vigilia, cioè oggi.
Quest'anno, non so per quale ragione, sento il Natale con maggiore intensità. Mi sento immersa in questa festività e non voglio stare a casa a piangere o a torturarmi per il fatto che mia sorella non sarà qui.
Forse è grazie a Harry. È sicuramente grazie a lui.
Troviamo i nostri amici al tavolo in un angolo del bar.
Ridono e sorseggiano birra da grandi boccali. Mi chiedo come facciano a bere alle undici di mattina.
«Harry e Lèon?» chiede Zayn appena ci vede. Anche lui va piuttosto d'accordo con mio fratello e sono sicuro che avrebbe voluto vederlo oggi.
«Dormivano e mi dispiaceva svegliarli.»
Mi siedo al tavolo accanto a Louis che mi circonda le spalle con un braccio. Mi giro per abbracciarlo forte come non faccio ormai da troppo tempo.
Sorrido a Cass, Bea e Hellen che stanno dall'altro lato del tavolo insieme a Niall, intento a raccontare l'incredibile festa a cui è stato ieri sera. Liam tiene sulle sue gambe Alice e fumano la stessa sigaretta, un tiro lui, un tiro lei.
Iniziamo a scambiarci i regali, ringraziandoci e donandoci a vicenda immensi sorrisi. Amo questo, i miei amici. Non importa quanto possano sembrare dei cattivi ragazzi. Nonostante i loro caratteri difficili, il mio carattere difficile, si rive-

lano sempre, giorno dopo giorno, amici veri. Compagni di vita e di avventura.

Com'è quella frase? Chi si appartiene si ritrova sempre, nonostante tutto. Ecco! Noi ci apparteniamo. Dentro di me ho un pezzo di ognuno di loro e ogni mio amico ha dentro un pezzo di me.

Hellen, Cass e Bea mi hanno fatto il regalo insieme e sono sicura che sia una collana o qualcosa del genere, anche perché la confezione è di un negozio che conosco. Niall mi ha dato una busta morbida con un bellissimo fiocco rosso. So già di cosa si tratta, come ogni anno mi avrà preso una felpa, esattamente come io ho fatto con lui. Gli lascio un grande bacio sulla guancia e gli passo una busta praticamente uguale.

«Certe cose non cambieranno mai» dice ridendo.

Zayn mi lancia un sacchettino con qualcosa di duro dentro.

«Chiamami quando lo aprirai, okay?» mi dice.

Io e Alice ci scambiamo finalmente i nostri regali.

Le ho preso un portagioielli, ne ha tantissimi e in camera sua ce n'è una mensola piena, fa tipo la collezione. Ma questo è speciale. È tutto in argento e sul retro ho fatto incidere una frase che ho scritto tantissimo tempo fa, credo uno dei primi giorni in cui mi ero trasferita a Londra.

L'ho ritrovata rovistando fra i miei scritti: "Per mia fortuna, ho sempre avuto te che sei stata il mio angelo in mezzo a mille demoni".

Finiti gli scambi di regali, usciamo. Fa davvero freddo. Louis si accende una sigaretta e mi guarda aspettando che io dica qualcosa.

«Sono una pessima amica» ammetto. «Mi sei mancato così tanto in questo periodo.»

«Siamo entrambi due amici di merda e due grandissimi bastardi insolenti, ecco perché andiamo così d'accordo» dice lui e mi abbraccia.

Prendo la busta con dentro il suo regalo.

«Voglio che lo apri adesso» gli dico.

«Sul serio?»

«Sì, facciamo un'eccezione alla nostra regola.»

Lui mi sorride e afferra il pacchetto, lo apre velocemente. Sorride.

«Perché tu sei la mia ancora e lo sarai sempre, l'ancora che mi riporta a casa» gli dico avvicinandomi e chiudendogli al polso il bracciale che gli ho regalato.

«Be', vedo che la pensiamo allo stesso modo» dice frugando nel suo giubbotto. Tira fuori una scatolina simile e la apre mostrandomi in contenuto: un bracciale uguale a quello che io ho preso per lui, solo che questo è leggermente più femminile ed è in argento.

Mi si avvicina e me lo allaccia intorno al polso.

«Perché tu sei la mia ancora e mi ricordi sempre che ho una casa in cui tornare, che alla fine non sono così solo e che questa merda non è per sempre.»

«Ti voglio bene Louis» gli dico stringendolo forte a me.

«Anche io Heisel.»

«Sono a casa» urlo mentre vado ad appoggiare tutte le buste in camera. Sono davvero curiosa di scoprire cosa mi hanno regalato.

«Heisel!» gridano entrambi.

Quando li raggiungo in salotto, Lèon mi viene incontro, mi lascia un bacio sulla fronte e va verso la porta all'ingresso.

«Esci?» gli chiedo. Lui sorride e annuisce.

«Mi ha chiamato Jason per sapere se sono in città e allora ci incontriamo da Ricky.»

Lui e mio fratello un tempo erano molto amici, ma le loro vite hanno preso strade diverse. Jason ha già una bambina e ha dovuto crescere in fretta.

Mi giro lentamente trovando Harry che mi fissa.

«Non dico niente perché mi sei mancata, ma la prossima volta che stai via tutto il giorno senza rispondere al telefono ti uccido» dice facendomi sorridere.

«Scusa, ma eravamo nel locale e non l'ho sentito» gli dico e lo abbraccio.

«Hai almeno pensato a me?» mi chiede. Amo la sua voce.

«Certo, anche troppo. Ogni cosa mi riportava a te» gli dico allontanandomi da lui per sistemarmi la coda.

«Chi ti ha regalato quel bracciale?» mi chiede mentre si siede di nuovo sul divano. Sorrido al pensiero che abbia notato subito qualcosa di diverso in me. Amo quando si concentra sui miei dettagli.

«Louis» un sorriso di sollievo si apre sulle sue labbra.

«Bello, mi piace» dice.

Inizio a raccontargli di come è andata la giornata e lui mi ascolta attentamente.

«Oh, quasi dimenticavo» dico sparendo in camera mia e tornando poco dopo con una busta fra le mani «è il regalo per te da parte di Alice.»

Glielo lancio e lui lo afferra al volo.

Sembra felice.

«Bella» dice guardando la maglia che Alice gli ha regalato. Annuisco e raccolgo le carte che ha lasciato cadere per terra per poi buttarle via.

Lui inizia a raccontarmi di quanto sia stato cool il pomeriggio con mio fratello anche se avrebbe preferito passare del tempo con me.

«Sono nervoso per domani» mi dice mentre io inizio a preparare la cena.

«Dovresti stare tranquillo, andrà tutto bene» lo rassicuro e lui accenna un sorriso.

«C'è qualcosa che dobbiamo portare? Che ne so, il dolce?» gli chiedo cercando di alleggerire l'atmosfera.

«No, ha detto mia madre che non serve nulla» mi spiega. Mi avvicino e gli do un bacio.

Mi sono mancate troppo le sue labbra.

30

Heisel

Sono tesa, anzi, tesissima. Anche Lèon mi sembra agitato. Entra nella mia stanza per la millesima volta con una camicia diversa.

«Così può andare?» mi chiede.

Indossa jeans blu scuro, camicia bianca, giacca e cravatta dello stesso colore dei pantaloni. Lui non è esattamente il tipo da giacca e cravatta. Papà sarebbe felicissimo di vederlo vestito così.

«Stai benissimo» gli dico e gli sistemo il nodo della cravatta.

Prendo il vestito bianco che ho scelto per oggi. Spero che a Harry piacerà, non ho mai indossato un vestito di questo colore. A me sembra carino, è stretto sul seno e cade a palloncino fino a metà coscia, non proprio il suo stile, ma non posso di certo andare alla cena della Vigilia vestita come andrei a una festa. Mi metto anche i tacchi. Sono alti ma comodi, neri con il laccetto bianco come il vestito. La giacca è scura e lunga fin sotto i fianchi.

Avevo pensato di legare i capelli in uno chignon, ma dopo vari tentativi lascio perdere e li tengo sciolti.

Okay, sono pronta.

Quando ci fermiamo davanti a casa della mamma di Harry, non so dire chi fra me e mio fratello sia più teso. Nel vialetto c'è anche la macchina nera del mio ragazzo, non vedo l'ora di abbracciarlo. Spero solo che stia bene e che non sia troppo nervoso, non sopporterei di vederlo a disagio in una giornata così importante.

«Suona tu» dico a Lèon mentre mi stringo nel giubbotto. Lui sorride e preme l'indice sul campanello dorato.

La porta si apre e compare Anne. Ora che mi concedo qualche istante per guardarla, mi accorgo di quanto è bella. La ricordo in preda alla disperazione, con gli occhi rossi e delle grandi occhiaie. Ora invece è serena, indossa un elegante completo con gonna e giacca blu, e i suoi tacchi sono alti quasi quanto i miei. I capelli sono sciolti e piastrati. Wow.

Harry ci viene incontro con Rose in braccio. È adorabile con i capelli legati in due codini laterali.

«Oh Heisel, finalmente ci rivediamo» esclama Anne e mi abbraccia.

Lèon si presenta e io intanto mi avvicino a Harry.

«Ciao, piccola» mi saluta dandomi un bacio svelto sulle labbra.

«Ehi, ciao Rose» le sorrido e lei ricambia appena.

«Ciao» sussurra, mi guarda meglio «sei la ragazza che mi ha riportato Harry.»

«Sono proprio io.»

«Vieni qua» mi dice facendomi un cenno con la manina. Poi scende dalle braccia del fratello e mi fa abbassare.

«Grazie» mi sussurra in un orecchio.

Il mio cuore martella per quella semplice parola e lei sorride soddisfatta.

Mio fratello si avvicina e Rose inizia a parlare con lui facendogli tantissime domande sui tatuaggi, su quanto sia alto e iniziando a giocare con i suoi capelli. È molto simpatica e Lèon s'intrattiene volentieri a farla divertire.

«Forza, a tavola!» esclama Anne.

Ammiro la forza di questa donna che, nonostante quello che ha dovuto passare negli ultimi anni, sorride e cerca di fare finta di niente. Chissà quante cose stanno cadendo a pezzi dentro di lei.

Ci sediamo a tavola e iniziamo a mangiare lo splendido pasto che ha preparato, sono sicura che ci abbia messo tanto impegno e amore. Mi complimento più volte e lo stesso fa mio fratello.

Con grande dispiacere, mi accorgo invece che Harry è in difficoltà. Penso che sia bello e terribile per lui essere qua in questo momento; probabilmente negli anni passati trascorreva il Natale a bere qualcosa, come facevo io.

«Amo questo vestito» mi sussurra all'orecchio facendomi sobbalzare. Per fortuna nessuno se ne accorge, Anne e Lèon sono impegnati a parlare di non so cosa.

Arrossisco quando mi appoggia la mano calda sulla coscia sotto il tavolo e inizia a salire lentamente. Cerco di mantenere il controllo.

«Mamma» la vocina di Rose richiama l'attenzione di tutti su di lei. Tiene in mano un cellulare che sta squillando.

«È la signora Murrey» dice la piccola passando il telefono alla mamma, che si allontana dal tavolo dopo essersi scusata diverse volte. La cena è quasi giunta al termine, manca solo il dolce, che però è già in tavola.

«Chi è la signora Murrey?» chiede Harry rivolto a sua sorella.

«La mia maestra speciale» risponde Rose alzando le spalle. Capisco subito che si tratta della psicologa.

«Oh, ne avevo una anche io, sai?» le dico e il suo sguardo saetta su di me, così come quello di Harry. Lèon invece abbassa il capo e posso vedere i suoi occhi diventare lucidi. Non tocca mai questo argomento, non in pubblico. Ha sofferto troppo a vedermi stare male, come se non bastasse il suo di dolore.

«Davvero?» mi chiede Rose contenta.

«Certo.»

«Perché ne avevi una? Io ce l'ho per non avere più paura» dice con fierezza. Harry la guarda e storce la bocca in un piccolo sorriso. Lo posso dire dai suoi occhi che sta morendo dentro. Sono diventati più cupi e scuri.

«Uhm, be'... anche io, avevo paura dei fantasmi» le dico.

«Heisel, ma i fantasmi non esistono!»

La bambina non può sapere che in quelle parole c'è più verità di quanto sembri.

Quando arriviamo a casa di Harry siamo solo io e lui. Lèon mi ha detto che per lui non sarebbe stato un problema e che anzi, sarebbe stato benissimo un po' per i fatti suoi.

Ad Anne e Rose sono piaciuti i miei regali e la bambina era felicissima. Mi ha fatto promettere di tornare più spesso a trovarla, così come ha fatto con mio e suo fratello. Non voleva più lasciare andare Harry.

Ho parlato un po' con Anne mentre l'aiutavo a sparecchiare, mi ha raccontato di quanto sia migliorata Rose grazie alla signora Murrey, ma che soffre di attacchi di panico ed è molto chiusa. Mi ha ripetuto più volte di quanto sia fondamentale la presenza di Harry. È stato bello parlare con lei.

«Sei stanca? Vuoi andare a dormire?» chiede Harry appena entriamo nel suo appartamento. È caldo e mi sento a casa, forse perché dove c'è Harry per me è casa.

«No.»

Lo prendo per mano e lo trascino in camera. Non so come, ma in mezzo a baci, carezze e ansimi, mi ritrovo nuda con lui che entra in me dolcemente. Mi bacia ogni angolo del viso e ogni centimetro della pelle.

«Ti amo» sussurra.

«Anche io, giuro» dico lasciandogli dei piccoli morsetti sulla spalla.

Lo sento riempirmi completamente e ogni spinta è sempre più piacevole, sa benissimo cosa voglio. Dove, e come.

«Harry» gemo quando tocca il mio punto. Stringe il fianco nella mano e con l'altra mi accarezza. La lingua finisce per la millesima volta sul mio seno che tortura lasciando morsi e baci umidi.

«Brava piccola» ansima quando mi muovo sotto il suo corpo. Porto una mano fra i suoi capelli e tiro leggermente le punte dei riccioli, facendolo gemere ancora più forte.

«Amo sentirti» mormora dolcemente.

Un gemito incontrollato mi sfugge dalle labbra e conficco le unghie nelle sue spalle proprio quando entra in me un'ultima volta portando il mio piacere all'apice. Viene qualche istante dopo e io cerco di godermi al meglio l'immagine di

Harry che inarca la schiena, sospirando profondamente. Poi si sdraia e mi stringe forte a sé.

«Grazie, per ogni cosa che fai per me» sussurra fra i miei capelli e mi bacia. Mi rannicchio contro il suo petto. Mi sento protetta.

«Non scherzavo prima, quando ho detto che ho paura dei fantasmi ma, da quando ci sei tu, mi sembra quasi di non sentirli.»

Si abbassa cercando le mie labbra ma fermandosi un attimo prima del bacio.

«Non lasciarmi andare, sono stanco di sentirmi solo.»

«Non lo farò» gli prometto, ma per qualche ragione mi torna in mente una frase di Stephen King: "I mostri sono reali, e anche i fantasmi sono reali. Vivono dentro di noi e, alcune volte, vincono".

31

Heisel

Lèon, in tuta e Converse, ci apre la porta di casa mia e inizia subito a vantarsi dello splendido pranzo che ha preparato. Dopo devo dargli il suo regalo, devo aprire quelli che mi hanno fatto i ragazzi e, cosa più importante, devo far vedere a Harry ciò che ho preso per lui, però vorrei farlo in un momento solo nostro.

Il cibo in effetti è ottimo e mio fratello ed Harry insieme sono una bomba di simpatia. Continuano a fare battute stupide e a ridere come pazzi. Penso sia la cosa più bella che io abbia mai visto: vederli ridere insieme.

«Sorellina, dovresti essere più partecipe» mi prende in giro mio fratello.

«Passami il dolce e non rompere.»

Harry mi guarda e mi sistema i capelli dietro l'orecchio.

«Vostra mamma è bella come lei?» chiede a Lèon. Sento ogni centimetro di pelle che va a fuoco e mi mordo il labbro per evitare di sorridere troppo. Lèon mi fissa per qualche secondo.

«Si assomigliano molto» dice e annuisce «però Heisel ha un carattere più forte, diverso da quello di mamma, direi più simile a nostro padre.»

Mi va di traverso l'acqua alle sue parole perché vengo investita da miliardi di ricordi. Me lo dicevano tutti che avevo il carattere di mio padre e l'ho sempre considerato un grande complimento. Ma la verità è che quasi non conosco più mio padre, è troppo tempo che non abbiamo una normale conversazione o anche solo passiamo qualche momento insieme. L'uomo che mi ha dato il suo carattere, adesso potrebbe essere un estraneo.

«Dev'essere un tipo difficile, allora» dice Harry.

«Oh, credimi, lo è» conferma Lèon ridendo e anch'io mi sforzo di assecondare la sua ilarità.

Harry mi accarezza la guancia e mi mette un braccio intorno alle spalle mentre riprende a parlare con mio fratello. Sul tavolo c'è una bottiglia di birra. Mi sta chiamando implorandomi di berla e sono tentata più volte di farlo. Continuo a fissare la bottiglia.

«Heisel» mi richiama Harry. Giro la testa di scatto verso di lui che mi fulmina quando capisce ciò che stavo guardando.

«Dimmi» dico facendo finta di niente. Mi accorgo che Lèon non è più con noi nella stanza.

Lui prende la bottiglia e versa tutta la birra nel suo bicchiere.

«Lo faccio per te» mi dice Harry.

«Dov'è mio fratello?»

In quel momento torna Lèon con un pacchetto in mano. Lui ed Harry si scambiano i regali. Che carini.

Sì, ma senza fantasia e con gusti quasi identici.

Si sono regalati la stessa maglietta. Comunque mi piace. È blu scuro con una scritta bianca di quelle da "bad boy".

«Okay, questo è per te» dico porgendo a Lèon due pacchetti.

Apre prima uno e poi l'altro.

«Mi hai fatto partecipare mille volte a quella roba, quindi aspetto almeno un grazie» gli dico vedendo il suo sguardo stupito quando si ritrova tra le mani un paio di guanti nuovi per le corse di auto.

Corse illegali, aggiungerei io. Però pur sempre corse.

Sono la sua passione, a Manchester dicevamo ai nostri genitori che andavamo a casa di amici, ma quasi sempre andavamo al The Hell, un grande centro dove si svolgono questo tipo di corse.

«Cazzo, grazie mille. Sono perfetti» dice felice.

«Apri l'altro» dico a mio fratello. Non se lo fa ripetere due volte.

Rimane pietrificato di fronte alla fotografia nella cornice. Un sorriso si apre sul suo volto e continua a fissarla per altri interminabili secondi. Non piangerà, ma so che dentro è in lacrime.

«Ti voglio bene» mi dice e mi abbraccia. Poi mi passa un pacchetto.

Dentro c'è una collana con un ciondolo che racchiude due foto, la sua e quella di Maya.

«È splendida» gli dico commossa. Harry mi stringe la mano e Lèon mi abbraccia ancora.

Alla fine della cena, Lèon si alza e dice che vuole farsi un giro. So benissimo che non ha idea di dove andare e che lo fa solo per lasciare un po' di tempo a me e a Harry.

Harry non perde tempo e, appena rimaniamo soli, mi prende per i fianchi, facendo una leggera pressione e avvicinando i nostri corpi. Amo sentirlo così vicino.

«Ti amo» gli dico lasciando poi che lui mi riempia di baci.

Scappo dal suo abbraccio e corro a prendere le buste in camera.

Lascio tutto sul divano e inizio ad aprire i regali. Niall, come mi aspettavo, mi ha regalato una felpa, Liam un portachiavi che avevo visto con Alice. È una "H" che a quel tempo stava per "Heisel" ma adesso, guardandola, mi fa pensare più a Harry.

Poi apro il regalo di Zayn. Mi ha detto che dopo averlo aperto avrei dovuto assolutamente chiamarlo, ma penso che lo chiamerò questa sera con più calma.

Rimango proprio di stucco nel vedere, all'interno della scatola, una delle prime foto che ci siamo fatti qui a Londra, tutti insieme. È passato così tanto tempo.

«Ehi, aspetta... quella sei tu?» mi chiede Harry.

«Sì, un po' di tempo fa...»

«Cazzo, eri già... sexy» dice. Le guance mi vanno in fiamme e lo stomaco si rigira più volte. Non la penso assolutamente come lui.

«E avevi più seno di adesso» continua lanciando un'altra occhiata alla foto che per giunta è stata scattata nella piscina della nonna di Louis.

«Sei dimagrita molto» dice ancora. Si gira verso di me e adesso capisco di non aver scampo, devo tirare fuori un altro pezzo della mia vita di cui fino a oggi Harry non sapeva nulla.

«Uhm, sì» gli dico mettendo via una volta per tutte la foto e iniziando ad armeggiare con il fiocco del regalo che mi ha fatto Alice. «Era un periodo complicato e mi ero messa a dieta. Non mi piacevo molto.»

La cosa terribile delle mie fisime mentali è che mi sono sempre creata tutto da sola. Le altre persone non mi hanno mai considerata grassa, anzi. Eppure non mi sono mai andata bene. Non mi sono mai bastata e credo che mai mi basterò.

«Che stupida» dice Harry e scuote la testa. Allunga una mano per accarezzarmi il viso «Eri bella allora, quanto sei bella adesso. Ti ucciderei quando sei così insicura, giuro.»

«Addirittura?» scherzo cercando di alleggerire la tensione e mi accingo ad aprire il regalo della mia migliore amica.

«Io non ti rendo più sicura?»

«Sì, ogni momento. Mi rendi più sicura e migliore.»

Un sorriso si apre sul suo volto per qualche secondo. Sospira.

«Forza, finisci di aprire quel regalo, voglio darti il mio» mi dice impaziente cambiando discorso.

Scarto il pacchetto. Dentro c'è un diario insieme a una penna d'argento con incise sopra una A e una H. Sulla copertina c'è una scritta:

"Che tu possa avere sempre il vento in poppa, che il sole ti risplenda in viso e che il vento del destino ti porti in alto a danzare con le stelle."

«È bellissima» commenta Harry.

Mi sento il cuore che trema e tutto per uno stupido regalo.

«Posso dirti una cosa?» mi chiede.

Appoggio il diario e la penna sul tavolinetto davanti a noi e mi giro.

«Amo vederti così felice.»

Non mi dà il tempo di ribattere perché mi allunga la grande scatola che c'era sul pavimento e mi incita ad aprirla.

È avvolta in una carta rossa e coperta da un nastro d'oro. Già solo la scatola è bellissima. La apro con calma mentre Harry mi guarda impaziente. Sembra quasi agitato, ma io sono sicura che il suo regalo mi piacerà tantissimo.

Quando l'ho finalmente scartata, rimango con la scatola in mano. Apro il coperchio e mi paralizzo letteralmente.

«Non è possibile» mormoro.

«Non ti piace?» mi chiede Harry allarmato.

«Harry, è bellissima, il regalo più bello che abbia mai ricevuto.»

Lui tira un sospiro di sollievo. «Devi leggere cosa c'è scritto sul primo foglio, però.»

Prendo in mano il primo foglio inserito nella macchina da scrivere nera lucida che mi ha appena regalato.

So che siamo incasinati, d'accordo? Io sono impulsivo, irascibile e ti sento dentro come mai mi era capitato. A volte ti comporti come se mi odiassi, un minuto dopo hai bisogno di me. Non faccio mai niente di giusto e non ti merito... ma maledizione, ti amo Abby. Ti amo più di qualsiasi cosa o persona abbia mai amato. Quando ci sei tu, non mi servono alcol, soldi, incontri, né storie da una notte... tutto ciò che mi serve sei tu. Sei l'unica cosa a cui penso. Di cui sogno. Sei tutto ciò che voglio.

Tremo a leggere quelle parole prese da uno dei miei libri preferiti. Siamo proprio io e lui, in quelle parole, ci siamo dentro noi. La nostra storia.

«Hai davvero citato *Uno splendido disastro*, per me?» gli chiedo. Lui mi prende il viso fra le mani. Chiudo gli occhi a quel contatto.

«Ti amo, Heisel» sussurra contro le mie labbra.

«Ti amo.»

Mi giro e prendo dal divano il regalo per Harry.

«Okay, be', tieni» dico dandogli un pacchetto dalla cui forma si capisce chiaramente il contenuto.

«Un CD?»

«Sono una frana con i regali e non sapevo cosa prenderti. Quindi ho pensato a qualcosa che avevi detto di volere.»

«E?»

«Promettimi di non irritarti.»

«Promesso.»
«Ricordi quando abbiamo litigato, la sera in cui ci eravamo lasciati e poi tu sei tornato? Be', dopo la discussione siamo risaliti in casa e tu mi hai detto di volere una copia dei nostri filmini, lì ci sono tutti, proprio tutti... non so se ti piace ma...»

Non mi lascia finire, mi mette una mano sulla bocca. Abbiamo questo strano vizio d'interromperci in continuazione a vicenda.

«È bellissimo, non rovinare tutto parlando troppo» mi dice. Lecco la sua mano per fargliela spostare e lui ride.

«Questa è l'altra cosa che hai detto di volere» gli dico porgendogli una seconda scatola sottile.

«Cioè?» mi chiede mentre le sue lunghe dita slacciano il nastro colorato.

«Le cose che scrivo, ovviamente non tutte.»

A quelle parole, i suoi occhi si illuminano. Toglie velocemente il coperchio dalla scatola e prende in mano i fogli che ho rilegato mettendo insieme tutte le cose che ho scritto su di lui.

«Sappi che nessuno ha mai letto ciò che scrivo» lo avverto e lui sorride, commosso.

Harry

Ormai è l'una. Abbiamo fatto tardi questa sera, siamo usciti insieme agli altri ragazzi. Non era programmato, ma è stato divertente. Una cena di Natale tra amici. In questi giorni mi sento bene e anche la vigilia a casa di mia madre è andata molto meglio di quanto pensassi. Ho amato guardare Heisel con Rose.

E adoro anche il fatto che abbia un fratello come Lèon.

Mi levo il giubbotto e le scarpe appena entro in casa. Appoggio il telefono sul comodino e mando la buonanotte a Heisel, anche se l'ho vista meno di mezz'ora fa. Che cosa cretina che è l'amore.

Appoggio il DVD che mi ha regalato sulla scrivania, non vedo l'ora di guardarlo. Penso che sarà la prima cosa che farò domani mattina. Adesso devo fare una cosa ancora più bella.

M'infilo sotto le coperte, finalmente al caldo. Sfoglio le pagine che mi ha regalato. Decido di iniziare dal principio. Sinceramente non credevo scrivesse di me, ci speravo, ma non ne ero sicuro.

Cara Maya,

credo di avere incontrato una persona diversa da tutte le altre. Harry, è così che si chiama. Sai che la prima volta in cui ci siamo visti non mi ha nemmeno stretto la mano? Santo cielo, per fortuna. Non so nemmeno chi sia o cosa faccia nella vita, ma è stato gentile con me. Ho già sentito parlare di lui ma non glielo dirò, primo perché non lo vedrò più e in secondo luogo perché è ciò che i maschi vogliono, far parlare di loro. No, ma magari a Harry non gliene frega niente.

Comunque sia, Maya, perché i suoi occhi erano così diversi? Sono sicura di non averne mai visti di quel tipo. Cupi e lucidi nello stesso momento. Fuoco e ghiaccio, o qualcosa di simile. Mi piacevano, ma magari non li ho nemmeno visti bene. Avrei dovuto guardarlo più a lungo, perché adesso, nella mente, ho solo dei frammenti del suo viso. E non è ridicolo che io sia qui a scrivere di lui? Sì che lo è, ma è l'unica cosa di cui voglio scrivere adesso.

Ha una bellissima macchina. Ma ti rendi conto? Sono salita in macchina con uno sconosciuto!

Salto qualche pagina e ne trovo una scritta più fitta delle altre. Comincia così:

Io ed Harry abbiamo fatto l'amore...

32

Heisel

Mi viene voglia di strapparmi a uno a uno tutti i capelli che ho in testa mentre varco il cancello della scuola con Alice. I giorni dopo il 25 dicembre sono letteralmente volati. Non mi sono nemmeno accorta del tempo che passava e adesso sono disorientata. La cosa strana è stata il buon umore e l'allegria che mi hanno accompagnato durante queste vacanze di Natale. Sono addirittura riuscita a convincere Harry a tornare a trovare sua mamma, anche se questa volta è stato più facile, anzi, sono certa che lui non aspettasse altro.

Capodanno è stato l'apice del divertimento. Ho bevuto ma non tanto da rovinarmi la serata e siamo stati in giro fino al mattino. Poi, io ed Harry siamo andati a casa sua e abbiamo fatto l'amore, mi ha tenuto così stretta a sé che mi sembra ancora di sentirlo. È stata una delle giornate più belle della mia vita. Ho memorizzato nella mente e nel cuore il modo in cui le mani di Harry correvano sul mio corpo, il modo in cui ci siamo amati.

«Uh, ecco chi si rivede!» strilla Alice indicando Taylor appoggiata a un ragazzo di qualche squadra sportiva. Certe cose non cambiano mai.

«Che schifo.»

Non posso ancora credere che sia andata a letto con il mio Harry, santo cielo. Al solo pensiero mi viene voglia di vomitare. Che schifo, che schifo, che schifo. Scaccio via quell'immagine dalla mente e le passo accanto senza nemmeno degnarla di uno sguardo.

Raggiungiamo i nostri amici. Niall ha gli occhi rossi e la faccia stravolta, sta appoggiato al muro e fuma. Una moretta si allontana da lui appena noi arriviamo e non posso non ridere al pensiero che sia una di quelle che farebbe di tutto pur di passare una notte con lui.

Mi lascio trascinare dalle battute dei ragazzi che mi mettono di buon umore. Louis mi racconta della festa a cui sono andati ieri sera lui e Niall. Ecco perché il biondino è conciato in questo modo.

Continuiamo a parlare e ci avviamo verso le nostre classi. Io adesso ho letteratura con Alice.

«Ti vedo allegra» mi dice lei quando ci sediamo. Ultima fila, vicino alla finestra, io parte muro, lei parte esterna. Sempre stato così.

«Sì, penso di esserlo.»

«Sai, farò un monumento a Harry.»

«Perché?» chiedo divertita.

«Perché da quando c'è lui stai molto meglio.»

È la verità. Io sto così grazie a Harry.

Entra il professore, avrà più di cinquant'anni, i capelli bianchi, porta occhiali vecchio stile rettangolari.

Purtroppo però non seguo molto di ciò che dice e mi ritrovo a scrivere il nome di Harry sul quaderno come una bambina innamorata.

All'uscita da scuola, ricevo una chiamata di mia madre. Non la sento dal primo gennaio, quando siamo state al telefono circa due minuti per farci gli auguri.

Spero davvero che sia un anno migliore per lei. Spero che ritrovi la voglia di essere felice e che abbandoni quella malinconia e quell'aria distrutta per regalarsi finalmente un po' di pace. Io sto provando a farlo. Credo che lei debba ancora capire che andare avanti non vuol dire dimenticare Maya, anzi, significa portarla con sé ogni giorno.

«Come stai?» mi chiede. La solita domanda di cortesia che tutti porgiamo a una persona senza badare più di tanto alla risposta. Brutto, ma vero.

Crudele realtà, come direbbe mio padre. Credo, non so se lo dice ancora.

«Sto bene, davvero» rispondo, sapendo che lei non sarà comunque convinta di quello che le dico. «Tu come stai?»

«Uhm, tutto bene grazie» mormora. «Ho parlato con Lèon, è arrivato ieri al college.»

«Oh, grande. Era felice di tornare dai suoi amici.»

«Sì, immagino.»

Passa qualche secondo di silenzio. Per fortuna è lei a riprendere la conversazione.

«Be', Heisel ti ho chiamata per dirti di quella cosa di cui avevamo parlato... Quando hai intenzione di venire a Manchester?»

«Non so, sono appena rincominciate le lezioni...» le spiego cercando di prendere tempo.

«Sarebbe solo per qualche giorno e potresti venire per esempio giovedì e stare fino a domenica... perderesti solo due giorni di scuola.»

Okay, non credo di avere scelta.

«Va bene.»

«Ti aspetto questo giovedì allora?»

«Posso portare un amico?»

«Un amico?»

«Il mio ragazzo, intendevo.»

Sento un sussulto. Non le ho mai detto assolutamente niente riguardo a Harry.

«Hai un ragazzo?»

«Sì, può venire?» le chiedo senza molti giri di parole.

«Uhm, credo di sì, va bene... può venire.»

«Okay, a giovedì.»

Grandioso.

Magari Harry non vuole nemmeno venire o magari penserà che sono pazza e che voglio affrettare troppo le cose. Merda, sono nella merda.

Quando arrivo a casa, corro in camera mia per mettermi addosso qualcosa di più comodo, non ce la faccio più con questi jeans. Noto subito il foglio che era nella macchina da scrivere quando Harry me l'ha regalata. Ora è incorniciato e appeso alla parete.

Mi siedo alla scrivania e inizio a scrivere. Il rumore dei tasti è piacevole e tutto ciò che voglio è continuare a mettere nero su bianco come mi sento. Magari, un giorno, questi fogli diventeranno un libro.

Harry

Guardo il bracciale nero di corda che ho legato al polso: terzo regalo di Heisel. Lei ne ha uno uguale, ed è bello perché mi sembra di averla sempre con me. Forse è davvero così.

Ho voglia di vedere Heisel. La mia Heisel.

«Sono io» le dico bussando alla porta del suo appartamento. Lei apre quasi subito, sorride e mi fa cenno di entrare.

Le mie labbra si scontrano subito con le sue mentre la prendo in braccio e mi siedo sul divano.

«Ciao amore» dice poggiando la fronte sulla mia.

Anche se non glielo dirò mai, amo quando mi chiama in questo modo.

«Ciao» sussurro per poi stamparle un altro bacio sulla guancia.

«Ti devo parlare.»

Un campanello d'allarme mi suona nella testa e penso a qualsiasi merdata io possa aver fatto ma, recentemente, non riesco a trovare nulla. Cosa c'è che non va?

«Uhm, sì... dimmi.»

«Tranquillo, non voglio litigare o cose del genere.»

Il mio corpo si rilassa e ora sono davvero pronto ad ascoltarla.

«Vado a Manchester domani e vorrei che tu venissi con me, sarà solo per qualche giorno» dice. Nel frattempo gioca con le mani e sorride timidamente. Magari teme che le dirò di no.

«Perché vai a Manchester?»

«Mia mamma mi ha più o meno costretta. Senti, se non vuoi, non devi venire... so che non è il massimo stare quattro giorni con i miei, ma loro non ci saranno quasi mai, conoscendoli e...»

Le metto una mano sulla bocca per farla stare zitta.

«Verrò, credi davvero che ti lascerei tornare a Manchester senza di me?»

Be', se lo crede si sbaglia. Heisel è mia e in quella città ha lasciato troppe cose, la conoscono troppe persone. Non vorrei mai che facesse qualche merdata o che, peggio, le facessero del male.

Andrò con lei, non importa dove, sono così innamorato che la seguirei ovunque.

«Davvero verrai?» mi chiede Heisel mentre andiamo in camera sua. Prende un borsone dall'armadio e inizia a sistemare i vestiti per la partenza.

«Sì.»

Mi soffermo a guardare il foglio che ha incorniciato alla parete e sento una scossa dentro di me nel leggere quelle parole. Noi siamo Abby e Travis di *Uno splendido disastro*, almeno spero.

Inserisco uno dei CD dei Coldplay nello stereo e schiaccio play.

«Prima o poi ti porterò a un loro concerto» le dico.

«No, non mi ci porteresti. C'è pieno di persone a quei concerti, avresti paura di perdermi» mi dice scherzando. Oh, ha completamente ragione.

«Probabilmente» rido e lei mi lancia una felpa. È verde, enorme ed è mia.

«Te la ricordi?»

Certo che me la ricordo. Ovvio.

«Sì, eri sempre mezza nuda, infreddolita e ubriaca» la prendo in giro ricordando la sera in cui le diedi la mia felpa. Era bellissima.

Lei ride e si sistema i capelli. È stupenda.

«Hai intenzione di ridarmela?»

«Scordatelo» mi fa la linguaccia e si lascia cadere su di me, ingaggiando una scherzosa lotta. Una sua gamba è intorno al mio bacino, l'altra è sul letto, il viso sul mio petto, le mani nei miei riccioli. Ride e mi bacia. Mi piace quando scherza così con me.

«È un po' che non discutiamo» mi dice a un tratto.

«Quindi?»

La guardo e mi rendo conto che mi fa vedere le cose in modo diverso. Il modo in cui vedo la vita cambia completamente quando c'è lei accanto a me. Vorrei che non finisse mai di amarmi.

«Quindi sono felice e mi sento stupida per essere così dannatamente felice» mi dice. Mi regala uno di quei sorrisi che mi mostra solo quando il ghiaccio se ne va completamente dal suo corpo e la sua mente non sta facendo a botte con tutto il resto, quindi quasi mai.

Le sorrido e porto le labbra sulle sue in un bacio urgente. La sua lingua preme contro la mia bocca e le mani giocano con i riccioli. Amo come le nostre labbra si incastrano e come le lingue giochino perfettamente. Sembra davvero che la sua bocca sia fatta apposta per la mia, o almeno, mi piace pensarlo.

Merda, come cazzo mi sono ridotto. Ho la testa completamente fottuta da questa ragazza.

«Sì, anche io sono felice» ammetto.

«Voglio fare una cosa con te. Voglio che mi fai delle foto. Me l'avevi detto tu, qualche tempo fa...»

Rimango un po' deluso. Non so cosa mi aspettassi esattamente, ma Heisel mi conduce a pensare anche le cose più impensabili.

«Aspetta qua, tu intanto prendi la macchina fotografica» mi dice prima di sparire in bagno.

Per qualche strana ragione, però, amo l'idea che tra poco la fotograferò, è quasi come se potessi farlo solo io. Un mio privilegio, averla, amarla.

Prendo in mano la macchina e pulisco l'obbiettivo mentre aspetto impaziente che esca da quel maledettissimo bagno.

Heisel

Esco dal bagno con indosso solo le mutandine nere. Non so bene cosa ho in mente ma, quando immagino Harry che mi fotografa, penso a qualcosa che farei solo con lui. Sempre e solo con lui.

Non ho mai amato stare dall'altra parte dell'obiettivo, ma con lui la cosa m'intriga.

Il suo sguardo saetta su di me e per poco non fa cadere la

macchina fotografica. I suoi occhi si allargano come avevo previsto e passa la lingua sulle labbra. È chiaramente sorpreso.

«Non avevo in mente questo» mi dice divertito mentre io cammino verso il letto.

«Abbassa quel braccio, Heisel. Non serve che ti copri» praticamente mi ordina con il tono che usa quando mi vuole imporre qualcosa. Faccio come mi dice e lascio il seno scoperto davanti a lui.

«Conto sulla tua professionalità, Harry» scherzo pensando intanto a come mi dovrei mettere.

«Ovvio.»

Prende la macchinetta e la impugna con le mani, una delle parti di lui che amo di più, senza dubbio. Chiude un occhio e con l'altro mi inquadra, è tutto concentrato ma si capisce che è anche eccitato. Mi lascio scappare una risatina.

«Perché ridi?»

«Sei carino mentre cerchi di non distrarti» lo prendo in giro. Mi sdraio sul letto e mi copro con il lenzuolo fino al sedere. I gomiti sono appoggiati sul materasso e la mia testa è voltata verso Harry.

Deglutisce rumorosamente e sposta la macchina per potermi guardare meglio. Sento le guance andarmi completamente in fiamme e il suo sorriso malizioso accende una fiamma bollente dentro di me.

«Mi ucciderai» mormora e scatta un'altra foto.

Rido e sciolgo i capelli che avevo legato in una treccia facendoli ricadere sulla spalla.

«Leva il lenzuolo» mi ordina e io faccio come dice. In questo momento lui è il fotografo e io la modella, è giusto che sia lui a decidere e a giocare con me come più gli piace. Forse è anche per questo che ho deciso di fare tutto ciò, voglio vedere come si muove.

Appoggio la testa sul cuscino. Lui scatta una foto e un'altra ancora.

Armeggia con lo zoom e si sposta, magari per trovare la luce che gli piace di più.

Amo questo suo autocontrollo.

«Leva le mutandine» mi dice, questa volta il tono è più

morbido, probabilmente perché sa bene che potrei non essere d'accordo con lui.

«No» dico mentre mi appoggio con la schiena contro la testata del letto. Le gambe incrociate e i capelli lunghi cadono in avanti coprendo in parte il seno.

Lo sguardo di Harry brucia su di me e istintivamente vorrei coprirmi, ma poi mi ricordo che si tratta di lui. Del ragazzo che amo con ogni particella del mio corpo, dell'unico ragazzo di cui vorrei avere sempre gli occhi addosso.

«Me le toglierai tu più tardi» gli dico. Le pupille di Harry si allargano ancora di più e un ghigno si impossessa del suo viso.

«Buona idea» sorride e scatta un'altra foto. «Metti più giù quella gamba.»

Seguo le sue istruzioni attentamente cercando di posizionarmi nel miglior modo possibile. Voglio che le foto gli piacciano.

«Guardami» mi dice. Alzo il viso verso di lui che si avvicina e scatta alcune fotografie da diverse angolazioni.

«Amo l'ultima» dice facendo scorrere le foto sul display. Poi appoggia la macchina a terra.

«Vieni qua» dice e mi prende le caviglie.

Solo adesso noto che i suoi pantaloni lo stanno stringendo. Sorrido e lui ride quando si accorge di cosa sto guardando.

Porta le sue mani calde sul mio corpo e traccia ogni centimetro della mia pelle con le dita. Lo tiro giù con me e gli levo la maglia.

«Baciami» m'implora. Mi porta una mano sul seno e inizia a torturarlo. Un brivido di piacere mi invade. Non ho mai avuto tanto calore dentro di me come adesso. Poso velocemente le mie labbra sulle sue interrompendo i nostri respiri affannati.

Libero Harry dai pantaloni e anche dai boxer. Lui si affretta a togliermi le mutandine nere. Porto una mano sulla sua erezione e lui osserva attentamente ogni movimento.

«No, piccola. Ti prego, voglio sentirti» mi dice. La sua voce spezzata ed eccitante. Si sistema in mezzo alle mie gambe allargando le cosce con la mano. Amo quando lo fa.

Gli mordo il collo mentre lui entra in me più velocemente del solito. Come se ne avesse un terribile bisogno. Le spinte sono forti e le nostre labbra non riescono a dividersi nemmeno per un secondo.

La mano di Harry è ferma sul mio fianco, come sempre.

«Amo sentirti» mormora.

«Amo quando mi rendi tua, completamente.»

Forse è la prima volta che parliamo facendo l'amore e la cosa mi piace. Con Mattew non era così, ci baciavamo e basta. Parlare con lui mentre si muove dentro di me rende la cosa ancora più eccitante. Lo sento più vicino.

«Gioca con i miei capelli» mi dice, e io comincio a tirare i suoi riccioli.

«Tu stringimi il fianco» gemo e lui spinge ancora più in fondo nel modo che mi piace tanto. La mano aumenta la pressione sul fianco come gli ho chiesto e un gemito incontrollato esce dalle mie labbra, facendomi ricordare la nostra prima volta.

Il seno si scontra con la sua pelle ricoperta da tatuaggi in un contatto di fuoco. Non è mai stato così.

«Come ti faccio sentire io?» mi chiede. Non so con quale forza riesca ancora a parlare. Ci metto un po', infatti, a rispondere.

«Come nessun altro aveva mai fatto» ammetto. Geme e si piega per baciare i miei seni arrossati.

«Solo mia.»

«Solo tua» riesco a dire prima che un'ultima spinta di Harry mi conduca all'apice del piacere. Mi inarco all'indietro e lui fa lo stesso ma purtroppo non posso guardarlo perché sto urlando davvero il suo nome mentre gemiti spezzati escono dalla sua gola.

Appoggia la testa umida sul mio petto, in mezzo ai miei seni. Una mano mi accarezza il viso e l'altra il fianco. Lo osservo e cerco di memorizzare ogni singolo dettaglio. Harry. Il mio Harry.

33

Heisel

Io ed Harry scendiamo dalla macchina trovandoci davanti casa dei miei e la prima cosa a cui penso è di girarmi e di scappare via, inventando come scusa un'improvvisa febbre, ma Harry, che mi tiene la mano, mi ricorda che non c'è niente di cui mi devo preoccupare, niente di cui aver paura.

«Non voglio entrare» mi lamento come una bambina mentre mi porto le braccia al petto.

«Nemmeno io» scherza.

«Sarà terribile» dico ridendo. Lui scuote la testa e ride insieme a me.

«Non così tanto, credo. Penso che, se avrò qualche problema con tuo padre, mi limiterò a prendere una stanza in qualche albergo.»

Oggi sembra più positivo del solito, ma so bene che lo fa solo perché mi vede tesa e vuole rendermi le cose più facili. Non finirò mai di ringraziarlo.

Centomila volte grazie a questo ragazzo per tutto quello che fa senza nemmeno rendersene conto.

"Non sono bravo ad amare" mi aveva detto. Be', ha fatto parecchie merdate da quando stiamo insieme, ma l'amore che mi ha dato Harry non l'ho mai ricevuto da nessuno.

«Non mi lasciare però, se avessi dei problemi con le due persone là dentro» gli dico e lui stringe di più la mia mano. Si piega e mi posa un bacio sulla fronte.

«Vedremo» scherza per poi trascinarmi verso la porta di casa. Quasi tremo mentre premo il campanello.

«Smettila di essere così nervosa, lo sai cosa succede quando sei stressata» questa volta il tono è più autoritario e sembra quasi che mi stia sgridando. Annuisco e faccio un respiro profondo.

Giusto il tempo di un abbraccio che la porta si apre e compare mia madre. Il suo sguardo si blocca subito sul ragazzo che ha di fronte. Spiazzando tutte le mie aspettative, gli sorride e sorride pure a me. Wow.

«Heisel» dice baciandomi entrambe le guance.

Stringe la mano a Harry e ci fa strada in casa: enorme e tenuta bene, come sempre. Harry si guarda attentamente intorno e i suoi occhi si soffermano sulla porta scorrevole del salotto dalla quale esce mio padre.

Oh, mio padre.

Deglutisco rumorosamente. I suoi capelli sono brizzolati. Indossa un paio di pantaloni blu e una camicia azzurra. Ha un'aria professionale, come sempre.

«Ehi» lo saluto. Lui muove una mano in un cenno distratto, ma poi si avvicina e mi dà un bacio sulla guancia.

«Heisel» mi sorride. I suoi occhi neri fanno presto a cadere su Harry che lo osserva aspettando la prima mossa del "nemico". Non penso veramente che consideri mio padre un nemico, ma non credo nemmeno che sia poi così felice di conoscerlo.

Mio padre si sofferma a guardare la figura alta e robusta di Harry. Osserva com'è vestito e, sono sicura, anche i tatuaggi.

«Harry» gli dice finalmente il ricciolo allungando una mano verso di lui che la stringe, accennando un sorriso.

«David.»

«Heisel perché non porti le cose nella tua camera? Dormirete lì» mi dice mia madre.

«Sì, certo. Vieni Harry» gli dico e lo trascino su per le scale con me. Lui continua a guardarsi intorno come se volesse memorizzare la casa in cui ho passato quasi tutta la mia vita.

«La cena è alle otto» urla mia madre per farsi sentire. Mormoro un "okay" veloce prima di entrare nella mia stanza.

I suoi occhi verdi analizzano ogni dettaglio.

«È stato strano» gli dico cercando di catturare la sua attenzione. Finalmente si gira e guarda me invece dello spazio che lo circonda.

«Sì, abbastanza» ammette e si siede sul letto. «Non so che idea si sono fatti di me.»

«Sinceramente nemmeno io, abbiamo più o meno quattro giorni per scoprirlo.»

«Quindi questa era la tua camera?»

«Sì. La mia tana, il mio rifugio...»

«Quanti anni avevi lì?» mi chiede indicando delle foto incorniciate che mi scattò mio padre durante una vacanza a Barcellona.

«Uhm, dieci, credo.»

«Belle, mi piacciono.»

Annuisco e mi siedo accanto a lui.

«Perché stai analizzando tutto?»

«È qui che sei cresciuta e hai vissuto, no?»

Ora sta fissando la scrivania, dove ci sono ancora alcune vecchie penne rosa con delle piume kitsch; avrò avuto undici anni quando le usavo.

«Così capisco più cose di te.»

Inizio a disfare le borse ma non so bene dove sistemare le cose. La camera mi sembra quasi estranea e troppi ricordi m'invadono appena apro l'armadio. Scuoto la testa e faccio un respiro profondo per evitare di essere sommersa dall'eco della risata di mia sorella che si rintanava qua per giocare a nascondino.

«Tutto okay?» mi chiede Harry. È incredibile come riesca a percepire ogni mio cambiamento di umore.

Mi metto a sistemare i miei vestiti e mando Harry a farsi una doccia. Dal piano inferiore, sento la voce di mia mamma che parla con mio padre, ma non riesco a capire bene l'argomento della conversazione. Sicuramente qualcosa che ha a che fare con me. Prima è stato davvero strano. Ho odiato quei cinque minuti nell'ingresso di... casa mia? No. Casa mia è a Londra, nell'appartamento sotto a quello di Alice. Questa è una casa in cui un tempo viveva una famiglia perfetta e felice e adesso ci vivono due genitori distrutti, senza una figlia, con un figlio lontano e con l'altra figlia ormai persa.

Sì, mi considero persa.

Ho passato gli ultimi anni così attenta a non lasciarmi sfuggire le cose dalle mani, perché avevo già perso mia sorella, che non mi sono accorta di aver perso me stessa in mezzo a quelle macerie.

Mi fermo.

Provo a guardare la stanza come ha fatto Harry poco fa e, per una volta nella vita, decido di ricordare. Voglio ricordare com'era passare le giornate qua, quando scrivevo alla scrivania. Quando mio fratello mi chiamava dal giardino e io aprivo la finestra per potergli parlare, poi correvo giù e giocavamo insieme. Mi faccio male da sola nel richiamare quei momenti ma, da un altro lato, mi piace. Mi piace poter ricordare come stavo quando le cose andavano bene.

«Eccomi» dice Harry uscendo dal bagno.

«Mi lavo e arrivo.»

Lascio velocemente la stanza e corro in bagno per evitare il suo sguardo perché so bene che per Harry sono come un libro aperto.

Sento mia mamma chiamarmi dal piano inferiore. Mi sistemo un'ultima volta i capelli ed esco dal bagno incontrando Harry, appoggiato al muro, che mi sorride.

«Pronta?»

Annuisco e lo sorpasso facendogli strada al piano di sotto fino alla sala da pranzo. Prego che tutto vada bene e che non mi facciano mille domande anche se so bene che sarà difficile.

Mia madre ha preparato il pasticcio di carne. Ce lo cucinava sempre la domenica e sono sorpresa che abbia preparato proprio questo piatto. Cerco di scacciare dalla mente il ricordo di Maya che sorride dicendo che è il suo piatto preferito e mi concentro sulla cena. Nessuno dice niente e la situazione è imbarazzante. Mi sento affogare.

«È molto buono» dico per rompere il ghiaccio.

«Grazie. A Londra mangi? Sai, ti trovo sempre magra.»

Ecco, si comincia.
«Sì, mangio» il mio tono è freddo. Harry se ne accorge e si acciglia. Mio padre, impassibile, continua a mangiare.
«A scuola come vanno le cose?»
«Tutto bene.»
«Hai deciso cosa farai l'anno prossimo?»
Appoggio le posate sul tavolo e prendo fiato, cercando di controllarmi.
«No.»
«Secondo me dovresti provare a entrare a psicologia.»
Be', la psiche umana mi ha sempre incuriosito, ma non ho intenzione di diventare una psicologa. Se mai dovessi avere una famiglia, voglio essere presente per i miei figli e mia madre, ogni volta che c'era un problema, si rifugiava nel lavoro usandolo come scusa e protezione da tutto il resto.
«Lo sai che non lo farò.»
«Be', cercavo solo di preoccuparmi del tuo futuro.»
Merda. Odio quella parola: futuro.
«Troppo tardi.»
Mi fulmina con lo sguardo, ma si ricompone velocemente.
«Heisel» mi riprende mio padre. La prima volta che mi parla, dopo secoli. «Non serve.»
Certo, per loro non serve mai. Per loro la regola è "fare finta di niente".
«Per voi non serve, ma per me sì.»
«Non serve rinfacciarle ciò che è successo in passato.»
«Non è una cosa del passato se lei continua a non esserci ogni singolo giorno.»
«Basta, Heisel» dice mia madre alzandosi da tavola e tamponandosi gli angoli degli occhi.
«Non so nemmeno perché hai voluto che venissi qua in questi giorni!»
«Perché? Serve un motivo? Sei nostra figlia.»
«Tanto quando vengo da voi è sempre così, mi dite cosa devo fare della mia vita e controllate che io mangi, non passiamo più una giornata normale da quanto? Anni? E basta non parlare di Maya, santo cielo. Sì, Maya. Vostra figlia.»
Mio padre fa cadere il cucchiaio sul tavolo e mi guarda

in modo indecifrabile. Mia madre invece sembra totalmente distrutta.

«Non è stata colpa nostra quello che è successo» mi ricorda. Una pietra si scaglia pesante sul mio cuore facendomi affogare nel mio stesso respiro.

«No, ma siete stati voi a distruggere quello che avevate con me e con Lèon.»

Mi alzo, ma Harry a quel punto mi trattiene per il polso.

Accarezza la mia pelle e sento il corpo e la mente calmarsi a quel semplice contatto.

«Mi dispiace» sussurra mia madre. Finalmente.

Sono anni che aspetto queste parole e forse, se le avesse dette prima, le cose sarebbero potute andare meglio.

«Anche a me.»

Lascio cadere il tovagliolo che tenevo stretto nella mia mano per poi correre al piano di sopra.

Sento i passi silenziosi di Harry seguirmi mentre apro violentemente la porta della camera che un tempo era di mia sorella.

C'è ancora il suo profumo, i suoi giochi e la casa delle Barbie che tanto amava.

La mano di Harry si ferma sulla mia spalla. Non gli do il tempo di dire nulla perché mi giro e mi lascio avvolgere dalle sue braccia scoppiando in un pianto incontrollato.

Harry

Credo che la stanza in cui ci troviamo da più di dieci minuti sia quella di sua sorella, anzi, ne sono sicuro. Heisel continua a piangere fra le mie braccia e io mi sento debole e inutile, dato che non so cosa fare per farla stare meglio.

La consapevolezza che probabilmente io non potrò mai fare nulla per aggiustare Heisel del tutto mi distrugge.

Avrei tantissime domande da rivolgerle, ma so bene che non avrebbe le forze per rispondermi. Le metto una mano sotto le ginocchia e una sulla schiena sollevandola da terra come una sposa e uscendo da quella stanza che la sta solo svuotando.

Era così felice in questi giorni.

La appoggio sul letto nella sua stanza, ma lei si tiene alla mia maglietta non lasciandomi andare via.

«Harry» mormora.

«Basta piangere, piccola. Ti vado a prendere un po' d'acqua, okay?»

Annuisce debolmente e mi lascia andare, rannicchiandosi sul letto e cercando di soffocare il pianto.

Sono davvero arrabbiato con i suoi genitori ma, se litigassi con loro, peggiorerei solamente le cose.

«Harry» la voce di suo padre mi chiama appena arrivo in cucina.

«Prendo un bicchiere d'acqua per Heisel» gli spiego senza tante cerimonie. Lui annuisce e mi porge una bottiglia. Sul tavolo c'è una tazza di caffè fumante.

«Come sta?»

«Male.»

«Non intendo adesso. A Londra come sta?»

«Ci sono dei giorni in cui è felice.»

Accenna un sorriso, come se si stesse immaginando Heisel felice, o magari sta ricordando il rapporto che aveva con lei prima che la catastrofe distruggesse la famiglia.

«Un tempo era sempre felice» dice in un sussurro.

Sono combattuto tra andare su e occuparmi di lei o restare qua a parlare con suo padre per cercare di capire qualcosa in questa storia.

«È successo tutto dopo la morte di Maya?» gli chiedo.

Lui inchioda il suo sguardo nel mio. Solo adesso mi accorgo di quanto siano stanchi e persi i suoi occhi. Un po' come quelli di Heisel nei primi tempi in cui l'ho conosciuta. Il ghiaccio che scherma la vista di David è terribilmente simile a quello della donna che amo.

«Certo» dice piano e si siede. Prendo una sedia e mi metto davanti a lui. «Maya è morta in un incidente. Eravamo in taxi, ma lei era seduta sulle gambe di Heisel perché sennò non c'era posto per tutti. Lei si sente in colpa, per questo...»

«Non è stata colpa sua.»

«Certo che no» mi dice. Forse, non è poi così male quest'uomo. Forse. «È molto tempo che la conosci?»

«Ottobre.»
I ricordi di quella notte freddissima mi ritornano in mente.
«La ami?»
«Sì.»
«Non lasciarla andare, Harry. Ha bisogno di qualcuno che le stia accanto. Mi odio ogni giorno per essere stato così assente negli ultimi anni, sia con lei che con Lèon.»
«Non ci penso nemmeno a lasciarla andare.»
«So che non sarà facile con lei. Ha sempre avuto un carattere complicato, non è semplice da gestire, ma ti guarda in modo diverso. Senza dolore.»
Senza dolore. È così che mi guarda Heisel? Sono io la persona che la fa stare meglio quando è distrutta?
«Prenditi cura di lei e riprendila tutte le volte che si ostinerà a portare avanti le sue idee sbagliate» mi dice e io rido al ricordo di tutte le volte in cui io ed Heisel abbiamo discusso per il fatto che lei non lasciasse mai perdere. Deve sempre difendere le sue opinioni, giuste o sbagliate che siano.
«Falla vivere. Ogni tanto portala qui. La conosco ancora e so chi è mia figlia. Prima o poi, avrò la forza di chiederle scusa e, quando lei sarà pronta a perdonarmi, potremo ricostruire molte cose ma, fino a quel giorno, e anche dopo, lei ha bisogno di te.»
«Lo farò» mi limito a dire. Lui sorride e riporta il suo sguardo nel vuoto, come se fosse inghiottito da qualcosa di enorme.
«Signor Gray, cerchi di trovare un po' di pace. Heisel mi ha raccontato tante cose di lei...»
«Ti ha parlato di me?»
«Mi ha raccontato della passione per la fotografia, che è lei ad avergliela trasmessa.»
Lui sorride, questa volta un sorriso vero.
«Le piace ancora la fotografia?» mi chiede. Mi scappa una piccola risata al pensiero di Heisel mezza nuda sul letto mentre io la fotografo.
«Sì, molto.»
«Proverò a fare come mi hai detto.»
Mi alzo pronto ad andarmene.
«Grazie» dice David quando sono sulla porta. «Ah, Harry?»

Mi giro.
«Chiamami David.»
«Okay, buonanotte, David.»
Salgo velocemente le scale e arrivo nella stanza di Heisel, ma lei dorme rannicchiata in un angolino del letto. Appoggio il bicchiere sul comodino e le do un bacio sulla testa sistemandole i capelli disordinati. Le levo i pantaloni facendo attenzione a non svegliarla. Mi sdraio accanto a lei ripensando a tutto ciò che ha detto suo padre. Alla litigata con sua madre. È stato tutto molto molto complicato e siamo qua da poco, troppo poco. Domani spero che le cose vadano meglio, non per me, per Heisel. Lei era felice in questo ultimo periodo e non posso pensare che inizi a stare male dopo questa visita a Manchester.
Inizierò a odiare questa città.
"Ha bisogno di te" mi ha detto suo padre. Lei ha bisogno di me? Lo spero. Lo spero perché io ho un terribile bisogno di lei, non ho altra scelta. Io ho bisogno di lei accanto a me, ogni giorno. Di fare l'amore con lei, di vedere il suo sorriso scoppiare in volto e guardarla mentre si acciglia perché stiamo discutendo o quando passa l'evidenziatore sul libro e ride perché filmo una sciocchezza come quella.
Ho bisogno di Heisel e la cosa più brutta e bella allo stesso tempo è che nessuna può essere come lei. O lei o niente.
"Falla vivere" mi ha detto David. Io la faccio vivere? Quando facciamo l'amore lei si sente viva come mi sento io? Quando ridiamo e quando camminiamo uno a fianco all'altra, lei si sente viva? Io credo di sì.
Ormai leggo i suoi occhi, leggo il linguaggio del suo corpo e capisco cosa non va. Ormai ho imparato a conoscere Heisel.
Mi giro e la guardo per poi attirarla a me. La sua testa è sul mio petto e quasi naturalmente mette un braccio sulla mia pancia. Visto che dorme, mi occupo io di intrecciare le nostre gambe come fa sempre lei. Le accarezzo i capelli e le bacio per la millesima volta la fronte. Sento gli occhi pesanti e, senza nemmeno accorgermene, mi addormento.

34

Heisel

Quando mi sveglio, Harry non è al mio fianco, ma io sono girata dalla sua parte del letto e sono senza jeans, deve avermeli tolti lui ieri sera.

«Buongiorno» mi saluta mia madre quando entro in cucina. Harry e mio padre sono seduti attorno al tavolo. Harry mi sorride e io ricambio nel modo migliore possibile.

«Buongiorno» dico.

Come sempre, mia madre fa finta di niente. Se questo è quello che vuole, okay. Sono stanca di continuare questa guerra, l'unica che ne esce piena di cicatrici sono sempre io. Certo, sono sicura che anche lei non sia in pace, che stia male, in fondo si combatte in due, non da soli.

Sul tavolo ci sono brioche, pane tostato e una tazza di caffè caldo. Perfetto. Mi siedo al mio posto e inizio a mangiare mentre mio padre riprende a parlare con Harry.

«Comunque anch'io facevo boxe alla tua età.»

Wow. Stanno davvero parlando di sport?

Mia madre ascolta con la mia stessa curiosità e, per qualche istante, immagino che dalla porta entri Lèon, si sieda e inizi a parlare mentre io e la donna che è davanti a me chiacchieriamo di shopping o di quello che ci piacerebbe fare, anche se Maya non è qui con noi.

Sarebbe bello e, magari, prima o poi succederà.

«Devo andare a lavorare» dice mia madre. «Ci vediamo stasera.»

«Credo che andrò pure io, ho un incontro in ufficio» dice mio padre alzandosi dalla sedia e dando una pacca amichevole sulla spalla di Harry.

Rimaniamo soli.

«Buongiorno, Heis» dice prendendomi per mano. Gli sorrido e stampo un bacio dolce sulle sue labbra morbide che, come sempre, sono un antidoto a tutti i miei veleni.

«Come stai?»

«Tutto okay, credo. Tu?»

«Io sto bene» mi sorride. Amo il suo sorriso. Il sorriso di Harry ormai mi è famigliare, mi scalda il cuore ogni volta. Ogni volta è come se lo vedessi ridere per la prima volta.

«Andiamo a pranzo fuori?» gli propongo.

«Uhm, okay» dice. So che non ama i ristoranti, ma per me possiamo anche prendere un panino in qualche chiosco, non è un problema.

«Allora mi preparo.»

Esco dalla cucina cercando di essere il più positiva e allegra possibile.

Dopo un'accurata scelta, decido di indossare un paio di jeans blu scuri stretti a vita alta, una maglia bianca a maniche lunghe. Le scarpe sono delle Jeffrey Campbell bianche che mi fanno sembrare un po' più alta.

«Basta metterti questi jeans» scherza Harry quando usciamo di casa. Rido e gli faccio la linguaccia.

«Non sto scherzando.»

«Dai, ti prego, non iniziare.»

Lui sospira e annuisce; sa bene che non è il caso di discutere per queste piccolezze ora. Mette in moto e sfreccia lungo le strade trafficate di Manchester fino a quando non arriviamo in uno dei quartieri del centro. Ci venivo spesso quando vivevo qui. Un po' mi manca.

Le mie mani e quelle di Harry si intrecciano e noto lo sguardo di diverse persone su di noi. Mi fermo spesso a salutare clienti o colleghi dei miei genitori. Loro si congratulano per me per il modo in cui sono cresciuta e mi dicono di salutare i miei. Harry ha un commento acido per tutti e io devo trattenermi dal ridere ogni volta.

«Qua fanno i migliori panini del mondo!» esclamo fermandomi davanti a un chiosco dove venivo spesso.

«E allora pranziamo qui.»

«Cosa posso servirle?» ci chiede Set, un ragazzo che conosco bene, eravamo amici e uscivamo spesso insieme, lui lavorava qui anche prima che mi trasferissi a Londra ma, evidentemente, non mi ha riconosciuta.

«Set!»

«Cavolo, Heisel!» esclama. «Come stai?»

«Bene, tu?»

«Tutto alla grande. È un sacco che non ti fai vedere!»

Annuisco e scrollo le spalle.

«Allora, cosa ti porto?»

«Volevamo due panini, la specialità della casa» gli dico. Solo a quel punto si accorge di Harry.

«Oh, Set lui è Harry, il mio ragazzo» gli dico. Set sorride a Harry che ricambia con quella che sembra quasi una smorfia. Mi viene da ridere e anche da sgridarlo per la sua maleducazione, ma mi trattengo. Poco dopo Set ci dà i nostri panini e mi saluta dicendomi di tornare più spesso.

«Non mi piace quel tipo» dice Harry. «Cazzo, hai visto come ti guardava?»

«È solo un amico.»

Addento il panino che è buono esattamente come me lo ricordavo.

«Non mi piacciono i biondi» dice e non capisco nemmeno se stia scherzando.

«Che merdata! Niall è biondo» lo prendo in giro sapendo bene che, in realtà, è Set a non piacergli.

«È un'eccezione.»

«Ma tu non lo sei. Sei l'unico, lo sai.»

«Va bene, va bene, non voglio litigare.»

Continuiamo a passeggiare facendo giochini stupidi. Per esempio, ci divertiamo come matti a fare ipotesi assurde sulla vita delle persone che ci passano accanto. A un tratto sento qualcuno che mi chiama e riconosco subito la voce.

Sono sicura, può appartenere solo a quella persona.
Quando mi giro però, mi accorgo che non sta chiamando me. Sta chiamando una bambina che avrà sì e no un anno e che sta giocando a correre dietro ai piccioni.
La bambina si chiama come me: Heisel.
Rimango pietrificata.
«Che succede?» mi chiede Harry.
«Heisel!» esclama di nuovo quella voce.
Strizzo gli occhi e affogo nel mio respiro. Istintivamente, quasi senza accorgermene, faccio un passo verso di lui che finalmente mi vede.
I suoi occhi sono sempre gli stessi. Sono i miei, credo, a essere cambiati. Non sono più gli occhi che avevo un tempo e forse è meglio così.
«Mattew.»
Si ricompone e sorride mentre tiene stretta a lui la bambina. Deglutisco in preda all'agitazione. Non immaginavo che mi avrebbe fatto questo effetto.
«Heisel» sussurra.
Faccio un altro passo verso di lui e ormai siamo uno di fronte all'altra. La bambina si gira e mi sorride, ha gli occhi e la bocca di Mattew. È sua figlia?
Harry mi mette un braccio intorno al fianco e mi stringe leggermente. Posso sentire i suoi occhi bruciare su di me, la sua mascella è tesa mentre fissa Mattew. Non posso andarmene via, non lo vedo da tantissimo tempo... vorrei parlargli, chiedergli se è felice.
«Come stai?» mi chiede lui per primo.
Osserva Harry per qualche secondo ma sembra non importargli del fatto che lui sia accanto a me. La sua attenzione è su di me. Sembra quasi che stia cercando di capire quanto sono cambiata.
«Sto bene. È passato tantissimo tempo.»
«Già.»
«Lei è Heisel?» chiedo indicando la bambina.
«Sì, è mia figlia.»
Il mio cuore sobbalza.
«Penso che dovremmo andare» interviene Harry.

«No» protesto. «Tra un attimo.»
Allungo un braccio verso Heisel e le accarezzo la guancia. È una bambina bellissima, ma mi aspettavo tutto tranne questo.
Ha dato il mio nome a sua figlia.
«Sei una bambina bellissima.»
Lui guarda sua figlia e la mia mano poggiata sulla sua guancia.
«Sono entrato nell'azienda di mio padre» mi racconta.
Era il suo sogno, entrare nell'azienda del padre. L'ha sempre voluto fare.
«Davvero? Wow, sono felicissima per te.»
Un sorriso cresce spontaneo sul mio viso ricordando tutte le volte in cui abbiamo parlato di quello che avremmo fatto nella nostra vita.
«Come mai sei a Manchester?» mi chiede.
«Sono qua per qualche giorno, per trovare i miei.»
«E... lui?» chiede spostando l'attenzione sul mio ragazzo. Se Mattew non avesse la bambina in braccio, Harry l'avrebbe già ucciso. Mi sto comportando da stupida e lo so, so che questo porterà a una grande discussione con Harry, ma voglio davvero parlare con Mattew.
«Harry, il mio... ragazzo.»
«Oh, piacere allora, io sono Mattew.»
«Sì, so chi sei» risponde secco Harry.
«Come vanno le cose a Londra?» mi chiede Mattew, indifferente a quella reazione.
«Bene, va tutto bene» mento. Non una grande bugia, ma pur sempre una bugia.
«Sono felice, per te, intendo.»
«Dobbiamo andare, Heisel» mi richiama Harry ancora una volta. Sospiro e riporto la mano sulla guancia della bambina.
«Amore, ho fatto!» Una ragazza si avvicina a noi, ha delle buste della spesa in mano. Mi accorgo di non essere affatto gelosa, sono solo felice, per lui.
«Amore» la saluta dandole un bacio sulle labbra.
«Loro sono Heisel ed Harry» ci presenta. La ragazza fa saettare lo sguardo su di me e accenna un sorriso ricco di sottintesi.

«La famosa Heisel.»

«Già.»

Harry fa scivolare la mano sul mio polso e lo stringe. Mi sa che ora per lui è veramente troppo.

«Noi andiamo» dico. «È stato un piacere incontrarvi.»

«Anche per me, ciao allora, a presto.»

Guardo un'ultima volta la bambina per poi allontanarmi. Una lacrima cade senza un'apparente motivo dai miei occhi.

La testa mi sta scoppiando.

Harry è silenzioso, i suoi passi sono veloci e faccio fatica a stargli dietro. Mi sta odiando in questo momento.

Raggiungiamo in fretta la sua macchina e lui sale senza dire una parola.

«Parlami» gli dico.

«Cosa dovrei dire?»

«Quello che stai pensando.»

«Cazzo, Heisel. Ti rendi conto? Sono rimasto fottutamente in silenzio mentre avevi una normalissima conversazione con il tuo fottutissimo ex che oltre a mangiarti con gli occhi ha dato il tuo cazzo di nome a sua figlia.»

«Abbiamo solo parlato, Harry! Nient'altro. Solo parlato.»

«È come lo guardavi il problema, Heisel. Sembrava che io non esistessi, c'era solo lui. Solo lui. Cazzo. Tu lo ami ancora.»

«Ma che stai dicendo, Harry? Non lo amo, io amo solo te.»

«Cazzate, tantissime cazzate» ringhia e sbatte le mani contro il volante.

«Ti amo» gli ripeto ma sto piangendo «non ho sentito nulla a parlare con lui, sono solo felice che si sia fatto una bella vita. Che sia riuscito a trovare la felicità!»

«Non ce la faccio» dice. Il mio cuore cade nel vuoto.

«Non posso andare avanti» continua «ho bisogno di un po' di tempo.»

«Di tempo per cosa? Scherzi, vero?»

«No, non sto scherzando. Così non funziona, così non va bene.»

«Mi stai lasciando?»

Non risponde. Non riesco a crederci.

«Mi hai detto che non ti dovevo lasciare andare e ora sei tu che lasci me. Hai detto che ci saresti stato anche se sarebbe stata dura e adesso mi dici queste cose. Sei tu che non mi ami.»

Gli colpisco le spalle ma lui mi blocca i polsi.

«No, cazzo, no. Non usare le mie parole contro di me! Ti amo, Heisel, lo sai. Ma c'è troppa merda in tutta questa storia, ho solo bisogno di tempo.»

«Il tempo per andare in giro a farti qualche puttana!» praticamente urlo mentre esco dalla macchina e inizio a camminare velocemente. Sento i suoi passi dietro di me. Mi blocca per un braccio e mi gira verso di lui.

«Se servisse a non pensarti sì, lo farei. Cazzo, mi fotti la mente tutto il tempo.»

«Allora cosa aspetti? Dimmi che non mi vuoi più vedere, non che ti serve una maledettissima pausa. Vai, ci sono centomila ragazze non incasinate che ti sbavano dietro.»

«Non è quello che voglio. Non voglio centomila ragazze e neppure non vederti mai più. Ho solo bisogno di pensare, cazzo, Heisel. Prova a capire per una volta.»

«Capire cosa? Mi stai semplicemente lasciando sola!»

Lo spingo un'altra volta e lui aumenta la presa sui miei avambracci.

«Calmati. Finisci il tuo tempo qua a Manchester e torna con le idee più chiare, non sono l'unico che ha bisogno di pensare.»

«Ti prego, non andartene» gli dico tirandolo per una mano. Apre le braccia e mi stringe a lui mentre piango tutte le lacrime che ho in corpo.

«Ci rivediamo presto» mi dice staccandosi.

«Quindi è questo? Intendo, finita?»

«No, una pausa.»

«Vai via, allora.»

Si allunga e cattura una mia lacrima scesa sulla guancia per poi girarsi. Non si volta più, non mi guarda più, sta semplicemente andando via da me.

Mi ci vuole del tempo per capire veramente quello che è appena successo. Mi passo le mani sul viso e cerco di riprendere a respirare normalmente.

Entro nel primo bar che capita e ordino un drink. E poi un

altro e un altro ancora. Senza nemmeno accorgermene, mi ritrovo a barcollare davanti alla porta di casa mia. Grandioso.

La apro dopo mille tentativi, la testa mi gira tantissimo. Ho la vista appannata e gli occhi pesanti, non riesco nemmeno a capire dove sto andando.

Quando riconosco il mobile della cucina, cerco di prendere un bicchiere d'acqua, ma mi scivola dalla mani frantumandosi in mille pezzi sul pavimento.

Vedo un uomo entrare in cucina e per un attimo penso che si tratti di Harry ma, in realtà, è solo mio padre.

Sgrana gli occhi quando barcollo verso di lui tirando su col naso e asciugando qualche lacrima.

Non so perché, ma mi getto fra la sue braccia che mi stringono come non facevano da un secolo.

«Se ne è andato» mormoro contro la sua camicia.

Harry

Mi sento un totale coglione mentre guido verso casa.

Non posso credere a quello che è successo. Quello che ho fatto. È passata un'ora e già mi sento affogare. È questo che fa Heisel, mi ruba l'aria, il tempo, il mio meglio.

Se non c'è lei, io soffoco. Io muoio.

Ma lei tornerà. Io tornerò da lei. Non so come andranno le cose, ma torneremo insieme. È stata solo una discussione, una decisione che ha preso una brutta piega. Solo una pausa di qualche giorno.

Come sta lei adesso? L'ho fatta a pezzi? Sì, so che è così. Ha già il peso di sua sorella, dei suoi genitori. In più adesso ci sono anche io. L'ho lasciata. Non ci posso ancora credere.

Ma lei e Mattew continuavano a guardarsi. Era troppo per me. Se lei lo amasse ancora, io non saprei cosa fare. Credo che morirei, perché io non amo nessun altro come amo Heisel. Non penso che amerò mai qualcuno così. Lei è l'unica per me.

Non posso credere di averle detto che c'è la possibilità che io faccia sesso con qualcun'altra, mi viene il vomito solo al pensiero. Nessuna ha la pelle di Heisel. Nessuna geme come lei, nessuna dice il mio nome nel modo in cui lo dice lei. Nessuna stringe le sue gambe intorno a me. Nessuna. Lei è maledettissimamente l'unica.

"Non lasciarla andare Harry. Ha bisogno di qualcuno che le stia accanto... Falla vivere" mi ha detto suo padre. E io, io, gli ho detto che non l'avrei mai fatto. Che mai allontanerei Heisel. Infatti, non è quello che sto facendo, giusto? Mi sono allontanato solo per poter pensare, vero? Lei tornerà a casa mia e passeremo un'intera giornata insieme appena le cose si saranno calmate. Non è così? Sì, deve esserlo.

Il grande problema è il modo in cui entrambi siamo incasinati. Alla fine ci troveremo ad affogare in mezzo ai nostri sbagli.

Non so come gestire me stesso, questo l'ho sempre detto, ma con Heisel al mio fianco stavo cominciando a riuscirci. E anche lei. Ha imparato a controllarsi, almeno un po'. Sul fatto del bere e del fumo ci sta ancora lavorando ma sono sicuro che, prima o poi, lei sarà felice. Riuscirà a vedersi come la persona meravigliosa che è, a capire di non essere matta, almeno non del tutto. Quel giorno io sarò al suo fianco. Questa storia della pausa sta già iniziando male se penso costantemente a lei. Merda. Merda.

Merda.

Quando arrivo a casa, l'appartamento sembra gelido anche se non fa così freddo. In camera mia ci sono tutte le foto mie e di Heisel. Sorrido nel vedere tutti i momenti che abbiamo passato insieme.

Vado in cucina e afferro una bottiglia di Scotch, comincio a bere e un senso di calore mi invade. Questo è l'unico modo per non pensare a Heisel.

Quando ormai la bottiglia è finita mi ritrovo a farfugliare qualche merdata e tocco il letto sperando che, magicamente, lei ci sia sdraiata sopra.

Che totale cretino che sono.

Lancio la bottiglia vuota contro il muro facendo cadere una foto e mandando in frantumi bottiglia e cornice.

Urlo cercando di sfogare tutta la rabbia che ho in corpo.

Rabbia, tristezza, delusione, tutte le merdate che hanno sempre fatto parte della mia vita. Felicità, da quando c'è Heisel, c'è anche la felicità. L'amore, credo.

Un amore malato e troppo grande per essere controllato.

Sbatto il cassetto della scrivania prendendo gli scritti di Heisel e comincio a leggere una pagina a caso. Gli occhi mi bruciano e non riesco a vedere bene ma questa sera voglio finire di distruggermi.

Oggi io ed Harry abbiamo passato tutta la giornata insieme, nel suo letto. Non so precisamente come si possa spiegare l'allegria, la felicità, ma penso sia il sentimento che ha dominato dentro di me durante tutta la giornata. Un senso di protezione mi ha avvolta per tutto il tempo. Niente e nessuno mi avrebbe potuto toccare o ferire perché Harry era con me. Harry è con me. Lui è buio, ma per me, è la mia luce. Sono innamorata del modo in cui il suo corpo è sempre caldo a contatto con il mio, le sue mani grandi e le fossette che si formano ai lati della sua bocca. Mi ha baciata per tantissimo tempo e se esistessero le parole, potrei descrivere il sapore delle sue labbra sulle mie. La sensazione che mi lasciano, il calore che si crea dentro di me. Se avessi le parole per farlo, racconterei com'è amarlo, spiegherei come mi sento quando siamo io e lui, quando litighiamo, parliamo o facciamo l'amore. Ma nessun verbo, articolo o aggettivo è adatto per descrivere quelle sensazioni. Quelle emozioni. Io amo Harry. Lo amo tantissimo, e se mai dovessi perderlo, perderei anche quel poco che è rimasto di me stessa.

«Perdonami, amore mio» mormoro smettendo di leggere. Se continuassi, mi ucciderei davvero.

Mi viene da vomitare e sono costretto a correre in bagno. Ma niente. Sembra che tutto il male voglia restare dentro, questa sera.

Torno in camera e mi lascio cadere sul letto. Se ne avessi le forze, tornerei in cucina e berrei un altro po' giusto per non pensare più a nulla. So che Heisel adesso sarebbe arrabbiata con me, so che mi starebbe sgridando.

Un campanello d'allarme scatta nella mia mente. E se Heisel fosse ubriaca in qualche bar?

Merda, no.
Lei è a letto, adesso. Sta dormendo.
Me lo ripeto più volte sperando di convincermene ma non funziona. Spingo il comodino facendo cadere la lampada e lancio violentemente uno dei cuscini a terra. Sono questi i momenti in cui avrei bisogno di due cose: il sacco da boxe ed Heisel.
Lei.
Sempre e solo lei, nella mia vita, solo lei.
È la mia maledizione e la mia condanna ma, proprio per questo, ho bisogno di lei.

Heisel

«Se ne è andato» ripeto staccandomi da mio padre.
«Ti ama, Heisel. Harry ti ama.»
«Io lo amo» farfuglio. «Ma non nel modo giusto.»
Le lacrime continuano a cadere dai miei occhi mentre mio padre mi sorregge per un braccio e mi accompagna fino alla mia stanza. Ci sediamo sul letto, uno accanto all'altra.
«Smettila di torturarti.»
«La gente dopo un po' non ce la fa più a stare con me, si stanca, si stufa. Come si fa a stare con una così?»
Mio padre porta le sue grandi mani sulle mie guance per asciugare le lacrime.
«Sei meravigliosa e le persone che si allontanano da te sono solo sciocche e codarde. È vero, non sei la persona più semplice di questo mondo, ma sei speciale, e ci vuole tanto coraggio a restare accanto a una persona speciale. Harry ha coraggio, penso sia solo spaventato, esattamente come te.»
Lo guardo negli occhi e questa volta riesco a vedere in lui lo stesso uomo che era qualche anno fa.
«Amo anche te, papà» sussurro. «E voglio perdonarti.»
Sorride e mi accarezza il viso mentre una lacrima scende anche dai suoi occhi scuri come il cielo di Londra.
«Riposa adesso, ne hai bisogno.»
Si alza e bacia la mia fronte prima di lasciare la stanza. Ri-

mango incantata a fissare il nulla, ma la vibrazione del mio telefono sul comodino mi costringe a muovermi.
«Heisel» la voce di Harry risuona nel microfono. È roca, spenta. È ubriaco e forse ha anche pianto.
«Amore» farfuglio.
«Sei ubriaca?»
«Completamente.»
«Adesso dove sei?»
«In camera mia.»
Sospira.
«Anche tu sei ubriaco» riesco a dire.
«Completamente.»
Ridiamo, ma questa leggerezza dura poco.
«Perché mi hai chiamato?» gli chiedo, e intanto mi sento la testa scoppiare.
«Volevo sapere come stavi.»
«Sto male.»
«Anche io.»
«Vienimi a prendere.»
«Farei del male a entrambi.»
«Ci facciamo più male a stare così lontani l'uno dall'altra.»
«Hai ragione» farfuglia.
«Perché te ne sei andato?»
«Ho paura. Ho una paura tremenda, Heisel. Sembrava quasi che tu amassi quel grandissimo stronzo.»
«Amo te.»
«Puoi ridirmelo?»
«Ti amo.»
«Domani sarà peggio di oggi, oltre al mal di testa avrò una giornata senza te» mi dice e io comincio a piangere.
«Non puoi lasciarmi davvero.»
«Non piangere, amore.»
«Non dirmi di non piangere.»
«Non ci stiamo lasciando.»
«Sembra proprio così, invece.»
«Puoi farmi un favore?»
«Un favore?»
«Domani mattina, domani pomeriggio, pensa. Pensa tanto

a noi due, a tutti i casini che abbiamo e a quello che siamo insieme, pensa anche alle cose belle. Poi domani sera chiamami e dimmi a cosa hai pensato per tutto il giorno.»

«Tu farai lo stesso?»

«Lo sto già facendo.»

«Non riattaccare, ti prego, parlami» sussurro stringendo il telefono nella mano come se così potessi trattenere Harry accanto a me.

«Di cosa vuoi parlare?»

«Ho detto a mio padre di volerlo perdonare ma sono davvero ubriaca» gli spiego.

«È la cosa giusta.»

«Mi ha detto che mi ami.»

«Tuo padre?»

«Sì, lui. Io piangevo e lui mi ha detto che mi ami.»

«Ha ragione» sussurra. «Ti amo. Io ti amo Heisel. Ti amo!» Ora quasi urla e poi ride o forse piange o entrambe le cose. Rido anch'io e metto una mano davanti alla bocca cercando invano di soffocare il suono della mia risata che scoppia attraverso le pareti della stanza. È un bel suono.

«Mi piace quando ridi così.»

«Non è stata una buona idea venire a Manchester» gli dico cambiando argomento.

«Non del tutto.»

«Ho apprezzato che non hai ucciso Set.»

«Non me lo ricordare» mugugna e io rido ancora. Comincio a sentirmi meglio.

«Sei a casa?»

«Sì, non sono uscito» mi rassicura e lo sento bere qualcosa.

«Sei arrabbiato con me perché sono corsa a bere?»

«No, sì. Non lo so» sospira. «L'ho fatto anche io.»

«Non voglio che tu sia arrabbiato con me.»

«Non preoccuparti di questo adesso, okay?»

«Okay» sospiro e chiudo gli occhi immaginando di avere Harry accanto a me che mi stringe e mi dice che le cose andranno a posto, sia fra noi due che con tutto il resto, ma lui non c'è.

«Sono ubriaco, quindi posso dire ciò che voglio, vero?» mi chiede dopo qualche secondo di silenzio.

«Dici sempre ciò che vuoi.»

«Ti dico le cose peggiori, non quelle migliori. Quelle che penso di te» confessa.

«Questo perché sei un grandissimo stronzo.»

«Non chiamarmi così, per favore.»

«Lo sei, solo un po'.»

«Lo so, scusa.»

«Dimmi quello che mi volevi dire.»

«Che non sarei dovuto andare via così velocemente, ma sono impulsivo e tu questo lo sai meglio di chiunque altro.»

«Sono tre mesi che ti tengo con me nonostante la tua impulsività.»

«Tre mesi impegnativi.»

«Già.»

Per qualche secondo si sentono solo i nostri respiri attraverso il telefono e posso immaginare le sue labbra chiuse in una linea dura mentre stringe la mano in un pugno e prova a calmarsi.

«Mi dispiace tantissimo per oggi. Ero solo curiosa, lui è stata una parte della mia vita» mi difendo e cerco nello stesso tempo di spiegarmi.

«Lui ti ha tolto la verginità» ringhia. So che se non fosse ubriaco non mi avrebbe detto che questa è una delle ragioni principali della sua rabbia.

«Non importa.»

«A me sì.»

«Perché dovrebbe importarti, Harry? Nessuno mi toccherà più se non te.»

«Lo spero.»

Sospiro ancora una volta. La sbronza in compenso sta lentamente passando. Mi chiedo se anche lui stia un pochino meglio. Non avevo mai avuto una conversazione di questo tipo con Harry, tanto meno da ubriachi.

«Non farò sesso con nessun'altra, Heisel... ho mentito in preda alla rabbia. Non lo farei mai più, mai.»

Tira su col naso, sento il suo dolore. Vorrei essere lì per rannicchiarmi contro il suo petto e addormentarmi fra le sue braccia.

«Lo so, o almeno, devo provare a fidarmi.»
«Fidati.»
«Odio il tuo bipolarismo, giuro.»
Ride e immagino le fossette che si sono appena formate sulle sue guance in questo momento.
«Non sono bipolare» si difende.
«Lo sei.»
«Non lo sono.»
«Sì, Harry! Sei davvero davvero bipolare.»
«E tu davvero irritante e arrogante.»
Rido, perché ora non stiamo litigando, ci stiamo dicendo che ci amiamo per quello che siamo.
«Era troppo tempo che non me lo dicevi, in effetti.»
«Ogni tanto te lo devo ricordare» scherza.
«Stai meglio?» gli chiedo dopo un attimo di esitazione.
«Sì, sai che non mi dura molto la sbronza. E tu?»
«Sto meglio anch'io.»
«Sei a letto?»
«Sì e sono sola... potresti essere qua con me...»
«Non mi stai seriamente provocando!»
Il suo tono è divertito e mi trattengo dal ridere.
«Stavo solo dicendo che potresti essere qui, se lo volessi.»
«Con i tuoi genitori a pochi metri di distanza.»
«Certo, come se questo potesse fermarti.»
Scoppia a ridere. Dio, amo troppo la sua risata.
«Heisel!»
«Scusa» alzo le mani in segno di resa anche se lui non può vedermi, è solo un gesto automatico.
«Io l'ho sempre detto che sei illegale.»
Rido ancora ma mi fermo per sentire attentamente la sua risata, il modo in cui cerca di non farla esplodere del tutto.
«Mi ami ancora?»
«Più di quanto non facessi già oggi prima di andarmene» mi dice.
Il mio cuore fa una capriola.
«Non avere dubbi sul mio amore nei tuoi confronti, Heisel! È immenso.»
«Ti amo.»

«Mi chiami domani sera, quindi?» mi chiede dopo secondi di silenzio che sembrano quasi minuti.
«Sì, domani.»
«Buonanotte Heisel.»
«Notte Harry.»
Chiudo il telefono e lo appoggio sul comodino lasciandomi cadere a peso morto sul letto. Sono esausta e credo di non aver ancora capito bene quello che è successo oggi, ma posso aspettare domani per pensarci.

Quando mi sveglio, mi trascino fino in cucina dove trovo un foglietto con scritto "Buongiorno tesoro, siamo al lavoro, ci vediamo a pranzo!".
Prendo un po' di succo e una fetta di pane tostato e mi butto sul divano con il piccolo computer portatile di mio padre. Harry ha detto che devo pensare a tutto e scrivere per me è il modo migliore per farlo.
Ma oggi non sembra bastare.
Se voglio davvero avere le idee chiare per una volta nella mia vita, devo rivederlo. Devo sedermi davanti a un caffè insieme a Mattew e parlare, parlare tanto. Voglio sapere di più. Di come sono stati i suoi giorni senza me e del perché ha dato il mio nome a sua figlia. Devo levarmi tutti i pensieri per togliermi almeno un peso dal cuore.
Devo schiarirmi le idee e solo allora potrò prendere in considerazione una felicità senza limiti.
Devo affrontare tutti gli spettri con cui convivo da troppo tempo. È più importante Harry di loro, e io voglio Harry. Non posso permettermi di perderlo ma non voglio tenerlo legato a me se continuo a essere un totale disastro. Vorrei potergli dare di più. Vorrei essere giusta per lui.
So che lui farà lo stesso. So che lui proverà piano piano a migliorare. È bello per questo, perché entrambi ci proveremo. E se non ce la farà, lo aiuterò io, sono sempre stata più brava coi problemi degli altri che con i miei.
Per lui farei di tutto, ma prima ho bisogno di chiudere i conti col passato. Prendo il telefono e faccio scorrere i nomi sulla rubrica finché non trovo quello che cerco.

«Pronto?» risponde al primo squillo.
«Mattew?»
«Heisel?»
«Sì.»
«Che sorpresa. Non mi aspettavo una tua chiamata.»
«Possiamo vederci? Ho bisogno di parlarti.»
«Tra mezz'ora da Grease?»
Sorrido quando pronuncia il nome di quel piccolo ristorantino in cui andavamo praticamente sempre.
«Sì, certo.»

Miliardi di ricordi mi invadono appena varco la porta e il campanello suona segnalando a tutti la mia entrata. Noto che alcune cose sono diverse da prima: le sedie sono in pelle nera, come i tavoli. È diventato tutto più moderno e lineare, prima era più rustico. So che ha cambiato gestore, il signor Mouse è morto lo scorso inverno, se non mi sbaglio, e una coppia giovane ha deciso di acquistare il locale. Mi piaceva di più prima.
Mattew è seduto a uno degli ultimi tavoli vicino alla finestra dalla quale s'intravede la pioggia che cade sull'asfalto.
«Ehi» gli dico prendendo posto davanti a lui.
Sorride e si passa una mano tra i capelli. Per una piccola frazione di secondo, quel gesto mi ricorda Harry.
«Come stai?» gli chiedo.
Ora che siamo uno di fronte all'altra, tutto ciò che riesco a sentire sono i ricordi che pizzicano il cuore, niente di più. Ricordi che, comunque sia, rimarranno lì, esattamente dove voglio che restino.
«Io sto bene» annuisce mentre un cameriere porta al nostro tavolo due toast speciali e due succhi tropicali.
«Tu piuttosto, sicura di stare bene? La tua chiamata mi ha un po' sorpreso.»
«Sì, credo di sì, ci sto provando almeno, ma ho bisogno del tuo aiuto.»
Mi guarda confuso.
«Perché hai dato a tua figlia il mio nome?»
Sorride. «È veramente questo che vuoi sapere?»

«Sì.»

«Sei stata importante per me, Heisel, ed ero convinto che non ti avrei più rivista. Volevo qualcosa di concreto che mi ricordasse te.»

Mi sorride e in questo momento mi accorgo che è più grande. Riesco a immaginarmelo in giacca e cravatta mentre porta Heisel all'asilo, corre in ufficio per parlare di nuovi progetti con suo padre, la sera torna a casa e la ragazza dai capelli biondi lo aspetta insieme alla loro bambina, mangiano e si raccontano ciò che è successo durante la giornata, poi guardano un film aspettando che Heisel si addormenti e magari la sera fanno anche l'amore.

Mi viene naturale chiedermi se anche Harry farà così, se uscirà dal giro coi ragazzi e se porterà sua figlia a scuola. Ma, pensandoci, l'unica cosa che davvero vorrei è che lui abbandonasse gli affari sporchi. Del resto non m'importa. Vorrei davvero un Harry che lavora in una noiosa azienda e torna a casa la sera stanco? Un Harry che mi racconta solo della sua giornata al lavoro e con cui la cosa più emozionante che possa fare sia vedere un film?

35

Heisel

L'aria fredda e famigliare di Londra mi entra fin dentro le ossa appena scendo dall'aereo. Cammino frettolosamente per l'aeroporto catapultandomi fuori, il borsone è pesante e mi maledico più volte per non aver portato uno di quegli orribili ma comodissimi trolley che fanno quel fastidioso rumore quando li trascini.

Prendo un taxi e mi faccio portare direttamente a casa di Harry. Non vedo l'ora di vederlo, di parlargli.

Ho bisogno di guardarlo negli occhi e spiegargli quello che penso.

Mi fermo davanti alla porta di casa sua e gli telefono. È tardissimo. Probabilmente starà dormendo.

«Dove diavolo sei finita, Heisel? Cosa è successo?»

«Harry...» lo interrompo, ma lui continua a farneticare.

«Dove sei? Stai bene? Heisel, cazzo, ti odio quando fai così! Non puoi sparire in questo modo...»

Mi scappa una risata e lui finalmente ammutolisce.

«Puoi aprirmi la porta?»

Sento dei rumori dal suo appartamento e poi la porta si apre. Harry mi accoglie con indosso la tuta con la quale dorme, ha l'aria provata ma non è ubriaco e non credo nemmeno di averlo svegliato.

Entro senza dire una parola.

«Scusa, ma ero in aereo e stavo venendo da te» gli dico avvicinandomi piano a lui. Gli sistemo i capelli scompigliati e lui preme il suo viso contro la mia mano. Accarezzo con il pollice il suo zigomo e sorrido alla sensazione famigliare della sua pelle sulla mia.

«Non credevo che stessi venendo qua, ero preoccupato, non sarei esploso in quel modo» si giustifica mentre fa un passo verso di me e appoggia le mani sui miei fianchi.

«Tranquillo» lo rassicuro «ti volevo parlare ma non volevo farlo per telefono, ti devo dire troppe cose.»

«Hai pensato come ti avevo chiesto?»

«Sì.»

Ci sediamo sul divano, uno accanto all'altra ma senza toccarci questa volta, come se tutte le parole che abbiamo da dire ce lo impedissero.

«Avevo mal di testa questa mattina. Ma dopo un po' ho deciso che dovevo davvero pensare, insomma, a quello che siamo, avevo bisogno di risposte anche per me stessa, non solo per noi due. Dovevo fare almeno un po' di chiarezza, così mi sono messa a scrivere, sai che è il modo migliore che ho per pensare.»

«Hai scritto ciò che pensi di noi, di quello che siamo?»

«Sì, ma non mi bastava. Così...»

«Così?»

«Giurami che non ti arrabbierai» gli chiedo come una bambina. Assottiglia gli occhi e mi guarda dubbioso per poi scuotere la testa.

«Non posso giurartelo.»

«Okay» mi arrendo. «Ma prima di urlarmi contro ascolta tutto ciò che ho da dire.»

«Okay.»

«Mi sono vista con Mattew.»

I suoi occhi si spalancano, i nervi si tendono e il suo pugno chiuso scatta colpendo il muro dietro di noi e scaricando lì la sua esplosione di rabbia.

«Tu cosa? Qual è il tuo fottutissimo problema?»

«Smettila, Harry, smettila! Lasciami finire.»

«No, non la smetto. Ti rendi conto? Sei andata da Mattew, cazzo!»

«Ti prego, Harry, non fare così. Ne possiamo parlare? Basta che mi dai qualche minuto e ti posso spiegare tutto.»

«Okay» mormora per niente convinto.

So che appena dirò una parola sbagliata scoppierà in modo incontrollato, devo trovare le cose giuste da dire.

«Sono andata da lui, ci siamo visti in un bar e lo ammetto, ero tesissima e spaventata. Spaventata al massimo. Non sapevo cosa avrei capito o come sarebbe stato parlare veramente con lui dopo così tanto tempo, ma dovevo farlo perché, se voglio te, devo essere certa di non aver nulla di lui dentro di me. Ed è così. Abbiamo parlato, abbiamo parlato tanto e mi ha reso felice vederlo così contento e cresciuto, sorrideva mentre mi parlava di sua figlia e di sua moglie e del lavoro... tutte quelle cose lì. Non provavo gelosia, non provavo niente. E sai cosa, Harry? Mi perdevo a pensare come avresti detto tu quelle parole, al tuo accento diverso dal suo, a quante parolacce avresti messo in una sola frase.»

Mi avvicino lentamente a lui e prendo la sua mano nella mia. Rimaniamo distanti ma le nostre mani sono legate, un contatto diverso da quelli che abbiamo di solito.

«E sono arrivata a una conclusione» continuo.

«Cioè?»

«Che non puoi andartene da me, Harry. Io ti amo e ti amo tantissimo, più di ogni cosa nella mia vita e non posso farcela senza di te. Io non posso. Non posso e non voglio. Non importa del mio passato, o meglio, importa perché è sempre di intralcio e mi fa diventare praticamente matta ma, quando sono con te, sento tutte le cose brutte che hanno sempre fatto parte della mia vita molto più lontane. Ho bisogno di te.»

«Hai pensato a questo?»

«Sì.»

«Io no.»

«A cos'hai pensato?» gli chiedo.

«Più a te che a noi.»

«A me?»

«Ti osservo sempre, io, magari non te ne accorgi e non te lo dico mai, ma ti osservo, ti studio. Alcune volte sei quasi indecifrabile, ma ormai credo di cavarmela, quindi mi sono seduto e ho cercato di partire dall'inizio.»

«Che inizio?»

«Da ottobre, da com'eri quella sera fino a come sei adesso.»

«E...?»

«Avevi quegli occhi di ghiaccio, quel tono antipatico e saccente, non sorridevi quasi mai, eri strana e la cosa m'incuriosiva. Non dormivi nel tuo letto. Adesso sì, ora almeno ci provi. Ti ubriacavi sempre e fumavi tutto il tempo...»

«Sì, credo di aver afferrato il concetto» lo interrompo.

«No, lasciami finire» insiste lui, la voce dura e autorevole «fumavi tantissimo e la cosa mi faceva arrabbiare. Anzi, incazzare. Però volevo stare con te, cercavo ogni modo per stare con te! Volevo aiutarti. Forse perché tu senza nemmeno saperlo mi stavi aiutando. Sei l'unica ragazza con cui mi piace parlare, dannazione. E ora sei qui e sei diversa da quella sera di ottobre. Sei cresciuta. Ci stai provando, stai provando a essere migliore anche se per me sei già il massimo.»

«Non lo sono.»

«Aspetta, non ho finito» mi zittisce. «Sono felice di vedere che stai cercando di stare bene, di migliorare, ma credo che così le cose non possano andare.»

«Cosa intendi?» chiedo spiazzata.

Mi acciglio e mi avvicino a lui per cercare di avere un qualsiasi contatto ma lui rimane sulle sue.

«Voglio che la smetti di pensare a tutto quanto. Voglio che inizi a pensare a ciò che vuoi veramente, a ciò che vuoi tu, non i tuoi genitori né nessun altro. Se vuoi me, devi volere bene anche a te stessa. Praticamente ti odi, Heisel, e io non posso sopportare questo.»

«Io... io non mi odio.»

«Dovresti amarti.»

«È complicato.»

«Non m'importa, lavorerò per questo se ce ne sarà bisogno ma dovrai almeno provarci.»

«Ci... proverò» sussurro e sembro quasi patetica. Anzi, lo sono. Ma non posso perderlo. Come farei a stare senza Harry?

«Non è tutto» continua. «Tra poco finirai la scuola e dovrai prendere una decisione ma non me ne parli mai.»

«Non so cosa fare.»

«Non è vero. Lo sai, ma hai solo paura che la cosa non andrà bene a qualcuno.»

Abbasso gli occhi ma lui me lo impedisce.

«Guardami» mi dice mentre mi prende il mento fra le mani e mi costringe a guardarlo. «Ti ricordi quella sera in cui abbiamo fatto l'amore tornati dalla cena a casa di Niall? Quando indossavi quel vestito viola.»

«Sì, mi ricordo.»

«Abbiamo passato tutta la notte a parlare e mi hai raccontato tutti i tuoi sogni, è stato bellissimo ascoltarti. Quella sera eri così libera, dovresti essere sempre così. Io ti amo anche per questo, perché in fondo in fondo tu sei più libera di tutti noi.»

«Non voglio fare psicologia» ammetto. «Vorrei fare lettere o fotografia.»

«E io ti appoggerò.»

«Quindi resterai con me?» gli chiedo con voce tremante. Dopo tutto questo discorso, non ho più idea di cosa potrebbe rispondere.

«Sì.»

Sorrido. Appoggio una mano sul suo braccio. Lui mi attira a sé e mi stringe, non aspettavo altro. Nascondo la testa nell'incavo del collo e gli lascio un bacio umido sulla pelle.

«Mi dispiace» sussurra accarezzandomi i capelli.

«Anche a me.»

«La pausa non sta andando molto bene.»

«Vuoi ancora una pausa?» gli chiedo. Il suo torace è appiccicato al mio petto, amo questa sensazione, questa vicinanza.

«No... devi solo provare a fare ciò che ti ho detto.»

«Te lo prometto.»

«Sono felice che tu abbia pensato come ti ho chiesto, all'inizio non facevi nulla di quello che ti chiedevo» scherza ed entrambi ridiamo.

«Baciami, ti prego.»

Porto le mie labbra sulle sue, sembrano secoli dal nostro ultimo bacio e invece è passato solo un giorno. Poi Harry mi prende in braccio, mi solleva e cammina lentamente verso la camera.

«Mi fai sentire libera questa sera?»

«Tu fammi sentire vivo.»

Mi aggrappo a lui mentre cadiamo bruscamente sul letto e lo tiro giù con me.

«Spogliami» sussurro.

Le sue mani corrono sul mio corpo, sono movimenti che ormai conosco a memoria e amo questa cosa. Amo il fatto che Harry sia l'unico per me. Il mio stomaco brucia e sento uno strano formicolio che mi percorre la spina dorsale quando rimango con le mutandine davanti a lui. Lo libero sia della maglia che dei pantaloni.

Si sfila i boxer per poi levarmi velocemente le mutandine. Per l'ennesima volta, nessuna barriera ci divide. Solo io e lui.

Le bocche non si staccano nemmeno per un secondo e credo che non ci sia mai stata così tanta passione nei nostri baci. Lui gioca con il mio labbro inferiore, le lingue quasi si scontrano, non c'è un attimo di tregua in mezzo a questa passione. Poi mi prende per le cosce, mi fa aprire le gambe ancora di più e io le stringo attorno a lui. Entra in me lentamente e riesco a sentire perfettamente la sensazione della sua pelle a contatto con la mia. In questo momento più di ogni altro, non siamo Harry ed Heisel, siamo noi.

Poi inizia a giocare con il mio seno. Lo morde e lo bacia toccando i miei punti deboli.

«Harry» ansimo cercando un attimo di tregua. Le spinte sono troppo lente e lui sembra quasi farlo apposta per far crescere l'eccitazione. Si muove fuori e dentro di me stringendomi saldamente i fianchi.

«Piccola» mormora senza smettere di baciarmi.

Alzo i fianchi cercando di muovermi sotto di lui ma questa volta il controllo è suo e so quanto gli piaccia la cosa.

Ride e le sue guance si colorano di un rosso ancora più acceso mentre aumenta la velocità delle spinte. Rido anch'io per la complicità che ci unisce, per l'intesa che non ha bisogno di parole, la verità è che lui controlla me ma io controllo lui. È troppo forte il nostro amore.

Ed è la prima volta che ridiamo mentre facciamo l'amore.

Gli mordo le labbra fin quasi a fargli male. Lui geme ma è un lamento di piacere perché infatti spinge di più e più a fondo. Le sensazioni dentro di me non sono descrivibili.

Abbasso lo sguardo nel punto in cui i nostri corpi si congiungono e la mia eccitazione cresce terribilmente, gli graffio la schiena e lui si piega su di me, il suo respiro caldo mi provoca mille brividi. Poi entra un'ultima volta portandoci entrambi all'apice del piacere.

Rotola sul materasso tenendo gli occhi ancora chiusi e riprendendo fiato.

«Ti amo tantissimo» gli dico.

«Ti amo» ripete lui lasciandomi un bacio fra i capelli sudati. Sposta una ciocca per guardarmi e mi sorride.

È la nostra notte. Siamo solo noi, è la nostra stanza, il nostro posto nel mondo.

C'è il nostro profumo ovunque, sulle lenzuola, sui vestiti e sulla pelle. Il nostro profumo, non uno qualsiasi. Il mio di albicocca e il suo di menta. Due corpi senza distanza che combaciano perfettamente e pelli che chiedono di restare unite. Le mie mani sulle sue, le sue labbra sulle mie. È la nostra notte e possiamo fare quello che vogliamo: rimanere immobili a fissarci, scoprire l'uno le meraviglie dell'altro. Riscoprire l'amore, quello vero, autentico, indistruttibile. È la nostra notte fra sogni e grandi promesse.

«Sai una cosa?» sussurro.

«Cosa?»

Le nostri voci sono basse come se ci stessimo scambiando dei segreti, cose che solo noi possiamo sapere.

«Oggi ho immaginato il nostro futuro, insomma pensavo a Mattew con la bambina e sua moglie.»

«Chissà che vita noiosa» scherza Harry.

«È quello che ho pensato anche io. Non che io non voglia figli, ma sarebbe più bello fare le cose in un altro modo.»

«A modo nostro.»

«Tu vorresti dei figli?»

«Sì, credo di sì.»

«Però?» chiedo, perché il suo tono sottintende un però.

«Però prima ho altri progetti, devo crescere e saper essere almeno... uhm... normale se voglio dei figli.»

«Secondo me saresti un bravo padre» dico mentre rotolo fra le sue braccia fino a finire sopra di lui. Il mio seno è schiacciato contro il suo petto. Sorride.

Dio, è stupendo. Non mi stancherò mai di dirlo e di guardarlo.

«E tu, cosa vuoi fare prima di avere una famiglia e tutte quelle stronzate lì?» mi chiede.

«Viaggiare.»

«Viaggiare?»

«Sì, sai quei viaggi del tipo che prenoti il volo ma non sai quando torni o quanto starai via? Voglio viaggiare così. Fare tantissime fotografie in tantissimi posti diversi e poi alla fine scrivere un libro, non per forza sui miei viaggi, magari un libro sulla mia vita... è stupida come cosa?»

«Stupida? No, è un'idea bellissima, verrei anch'io nei tuoi viaggi, sai?»

«Verresti?»

«Pensa a quanto ci potremmo divertire in una città come New York.»

«Sarebbe bellissimo, è sempre stato il mio sogno andarci!»

«E io potrei farmi un tatuaggio in ogni posto in cui andremo.»

«Sarebbero tanti» dico ridendo pensando a Harry ricoperto da capo a piedi di tatuaggi provenienti da ogni parte del mondo.

«So che ti eccitano i miei tatuaggi» mi prende in giro tirandomi un buffetto sulla guancia.

«Vorrei poter vedere ancora un po' della tua pelle» lo prendo in giro e lui ride. La sua risata esplode fra le pareti della stanza e solo adesso realizzo che è senza dubbio il mio suono preferito. Più di un CD dei Coldplay e più del rumore della pioggia.

Lui supera tutto. Qualsiasi cosa.

In questo momento realizzo anche che, dopo tanto tempo, sto facendo dei progetti. Sto pensando al futuro, sto sognando, e non ho paura di farlo. Anzi, ho voglia di realizzare uno a uno tutti i miei sogni, di essere felice e di viaggiare tanto e in tanti posti. Di vivere ogni giorno col sorriso. Per la prima volta mi ritrovo nel letto con la persona che amo mentre, nudi, sogniamo di passare il futuro insieme. Di condividere grandi cose.

È un po' come se gli stessi dicendo "sei incluso in tutto quello che vorrei fare, non ti lascio nemmeno morta, nemmeno se parto, perché senza di te, non muoio e non parto."

«A cosa pensi, amore?» mi chiede accarezzandomi una guancia.

«A te.»

«A me?»

«Sei la mia prima certezza, la mia prima costante dopo un abisso di tempo passato nell'avere il nulla intorno a me.»

I suoi occhi brillano e un sorriso si apre sul suo volto, lasciando vedere chiaramente le due fossette sulle guance. Amo terribilmente questo ragazzo.

La mia certezza.

«Ti amo, Dio se ti amo!»

Si allunga verso di me in uno slancio di entusiasmo prendendo il mio viso fra le mani. «Proverò in ogni modo a non mandare tutto a puttane, promesso.»

Non posso smettere di sorridere mentre mi sistemo meglio sopra di lui e lo bacio. Le sue mani vanno sul mio sedere palpandolo dolcemente e io decido di divertirmi un po' con il suo collo.

«Non sei stanca?» mi prende in giro facendomi ridere per l'ennesima volta.

«Per niente» gli dico. «Ma se sei stanco...»

Faccio per scendere dal suo corpo ma lui mi blocca.

«Per niente.»

«Sii più originale.»

«Mi stai confondendo troppo.»

«Vuoi parlarmi ancora un po' o vuoi baciarmi?»

«Smettila di essere impaziente, piccola» mi prende in giro di nuovo e scoppiamo a ridere.

«Non sono impaziente» mi difendo. La lingua di Harry

inumidisce il mio labbro inferiore giusto per provocarmi un altro po'.

«Lo sei.»

«No.»

«Oh, sì» ribadisce mentre il suo indice percorre la mia pancia fermandosi sulla mia intimità. Bastardo.

«Smettila» piagnucolo.

«Cosa ho fatto?»

Rido ancora per la sua finta innocenza e lui sorride.

«Non puoi resistermi» mi provoca.

«Non posso.»

«Allora dimmi cosa vuoi» soffia sulle mie labbra provocandomi brividi in ogni parte del corpo.

«Te.»

«Non basta.»

«Ti odio.»

Lui ride ancora e io gli faccio la linguaccia.

«Lo so, però adesso dimmi quello che vuoi.»

«Fare sesso con te.»

Un ghigno soddisfatto si apre sul suo volto, anche perché per la prima volta ho usato la parola "sesso" al posto di "fare l'amore" e può sembrare strano ma sono sicura che a lui quella parola piaccia.

«Questa volta come piace a me, piccola» mi sussurra in un orecchio prima di entrare in me ancora una volta.

Continuiamo ad amarci per tutta la notte.

36

Harry

Non chiedetemi perché, non ve lo saprei spiegare, ma quando mi sono svegliato ho passato mezz'ora a guardarla dormire, ancora mezza nuda, avvolta nelle lenzuola, su questo letto che ormai considero più nostro che mio. Per la prima volta nella mia incasinata, psicopatica vita, mi piace condividere qualcosa con qualcuno.

Mi alzo facendo attenzione a non svegliarla, è troppo bella in questo momento. Sono sicuro che, adesso, lei è felice e serena. Almeno mentre dorme, spero che possa essere tranquilla. So quanto è difficile per lei ogni minuto e ogni secondo. Deve essere una specie di tortura.

Ieri sera, però, l'ho vista diversa. Sembrava spensierata e finalmente si è decisa a parlare del futuro, ne è sempre stata spaventata a morte, ma credo che abbia solo bisogno di sperare un po' di più, di credere in qualcosa. Quel qualcosa in cui credere siamo noi. Io e lei.

Arrivo in cucina e posso sentire un leggero dolore alla schiena dovuto all'intensa notte che abbiamo passato. Sorrido al pensiero delle sue unghie sulla mia pelle e a come ci siamo amati per tutto il tempo fra baci, promesse e sesso. Questa è stata senza dubbio la notte più bella della mia vita. Più della volta in montagna e più di quando l'ho fatta venire sotto la doccia.

Per qualche fottutissima ragione a me ignota, decido anche di prepararle la colazione. Mi ricordo del fatto che preferisce le arance rosse e che il pane non lo vuole troppo tostato. Incredibile come io adesso conosca anche questi dettagli.

"Che schifo il pane bruciacchiato" mi aveva detto la mattina dopo capodanno. Mi aveva fatto ridere.

Metto tutto in un vassoio e lo porto verso la nostra camera. Nostra? Boh, credo di sì, più o meno. Mi sento ridicolo a fare tutto questo per una ragazza, ma non è una ragazza. È Heisel.

Appoggio il vassoio sul comodino vicino al suo cellulare. Vedo che ha ricevuto diversi messaggi da Louis, Alice e qualcun altro. Sono tentato di leggerli ma un suo lamento e quel briciolo di coscienza che ho mi distolgono da questo intento.

«Buongiorno, amore.»

«Ehi, ciao.»

Si strofina gli occhi con la mano come fa sempre e incrocia le gambe sul materasso mettendosi a sedere. Non riesco a non fissare il suo corpo nudo.

«Oddio!» esclama e si copre con un braccio il seno. Poi si piega verso il pavimento raccattando da terra una mia felpa grigia di Abercrombie, strano ma vero. Ho una di quelle fottutissime felpe, in realtà mi piace anche, ma questo non lo saprà mai nessuno.

«Smettila di coprirti ogni volta, ti ho già vista, Heisel.»

Sorride ignorando le mie parole.

«Ti ho preparato la colazione...»

Prende il vassoio e lo mette sul letto. Poi dà un primo morso al toast, ma si ferma subito e mi guarda con un'espressione indecifrabile.

«Che c'è?»

«Le tue braccia e il petto» mormora. Le sue guance si tingono di rosso. Mi accorgo in quel momento di tutti i segni che mi ha lasciato. Santo cielo, sembra che abbiamo fatto un incontro di boxe. Inizio a ridere mentre lei si nasconde il viso fra le mani.

«Non volevo» si giustifica.

«Fare sesso con me quasi tutta la notte?» chiedo sapendo perfettamente di metterla ancora più in imbarazzo.

«Smettila!» mi sgrida ma le scappa da ridere. «Non volevo lasciarti tutti questi segni.»

«Non mi dispiacciono.»

Lei ridacchia e dà un altro morso al toast prima di bere un po' di succo d'arancia.

«Tutto ottimo, stai imparando» si complimenta prendendomi un po' in giro.

«Anche tu con i morsi» ribatto stando al gioco.

Ride ancora e poi abbassa gli occhi sul suo corpo perfetto. Scosta il colletto della felpa per guardare sotto.

«Merda» impreca.

«Che c'è?»

«Ho... uhm... il seno pieno di segni... rossi» mormora e io rido.

«Anch'io ho fatto la mia parte.»

«Harry» si lamenta e alza gli occhi al cielo, ma la cosa mi fa solo ridere di più. Intanto la pioggia diventa sempre più forte, le gocce si infrangono sulle finestre creando un'atmosfera sospesa. Mi sembra di essere fuori dal mondo.

«Non fare la timida adesso.»

«Non sto facendo la timida.»

«Sì, lo stai facendo.»

«Sei terribile certe volte» mi dice «e odio quando insisti.»

«Ma come? Non ti piace la mia ostinazione?»

«Sì, certo, amo gli uomini determinati.»

«Sei una continua contraddizione» le dico, e lei si acciglia ma poi ride scuotendo la testa.

«Piove» cambia argomento come fa sempre quando non sa come rispondermi a tono.

«Dove vuoi arrivare?»

Sorride mentre rimette il vassoio sul comodino e batte la mano sul letto accanto a lei. Faccio in fretta a raggiungerla.

Si sta meglio che in qualunque altro posto.

Heisel

«Mi passi la Coca?» chiedo ad Alice. Stiamo mangiando la pizza che ha portato a casa mia questa sera. I ragazzi sono usciti tutti insieme per andare a mangiare non so dove, una cosa fra maschi comunque, e così abbiamo deciso di cenare io e lei. Oltretutto, era un po' che non passavamo del tempo noi due.

«Allora, com'è andata a Manchester?» mi chiede.

«Preparati» le dico mentre si accende una sigaretta: Coca-Cola, pizza, birra, Alice e sigarette, non so cosa ci potrebbe essere di meglio.

«Ai miei credo piaccia Harry... fino a qui tutto bene.»

«Uhm...»

«Ho chiarito con mio padre, più o meno, non proprio chiarito... però abbiamo parlato.»

«È fantastico!»

«Sì.»

«Ma?»

«Io ed Harry abbiamo litigato, ma litigato sul serio, tipo che lui voleva una pausa.»

«Davvero?»

«Sì.»

«Santo cielo, Heisel, mi dispiace tantissimo, è uno stupido, un grandissimo stupido...»

La interrompo prima che possa continuare a insultare Harry.

«Aspetta, non ho finito.»

Mi guarda confusa e io le spiego.

«Ho incontrato Mattew, per questo abbiamo litigato.»

«Oh...»

«Lui se ne è andato e io mi sono ubriacata, per fortuna mio padre mi ha aiutato, è stato strano.»

«Mi avresti dovuto chiamare.»

«Non è finita... Harry mi ha telefonato e abbiamo parlato quasi tutta la notte. E ho anche rivisto Mattew.»

«Merda... e lui come sta? Che ti ha detto?»

«Lavora nell'azienda di suo padre, ha una moglie e una figlia con il mio nome.»

«Come? Cazzo! Non ci credo!»

«Giuro» annuisco «e ho capito che non mi importa più nulla di lui, insomma gli voglio bene ma io voglio solo Harry. Così sono tornata a Londra e abbiamo chiarito, più o meno.»

«Si spiega il succhiotto sul collo» mi prende in giro Alice e scoppiamo a ridere. Poi mi abbraccia e io mi ricordo quanto dannatamente sia importante Alice per me.

«Ti amo, Ali.»

«Anche io, non c'è amore più grande della nostra amicizia, giuro.»

37

Heisel

«Se succederà qualche casino, io me ne tiro fuori» dico ad Alice mentre mi infilo le scarpe col tacco.

Questa sera ci sarà la festa per i miei diciannove anni e, come se non bastasse, il giorno dopo è anche il compleanno di Harry.

Quindi ho paura che la festa possa degenerare.

Hanno organizzato tutto i ragazzi e, come sempre, hanno fatto le cose in grande, troppo in grande. Siamo stati invitati nella casa con piscina della nonna di Louis, santa donna, ormai anziana, che ha accettato la proposta del nipote e ci ha lasciato la villa per festeggiare.

«Non rompere Heis, sarà una gran festa!» esclama Alice mentre finisce di sistemarsi i capelli.

«Esatto, troppo grande» ribatto e prendo il mio giubbotto corto in pelle nera con la cerniera argentata.

«Siamo pronte amica» esulta Alice e prende il telefono dalla sua borsetta. Poi punta la fotocamera verso lo specchio e scatta la foto.

«È bellissima!» esclama e si affretta a postarla su qualche social network. Spero di essere venuta decentemente.

«A Liam piacerò?» chiede lisciandosi il vestito sulle cosce. Indossa un abito stretto sul seno e largo sulle gambe, a palloncino, se così si può definire. È blu e lascia la schiena scoperta, adoro come le sta, lo abbiamo scelto insieme.

«Sei bellissima.»

Allo scoccare della mezzanotte Harry compirà vent'anni. In fondo è anche per questo che i ragazzi hanno esagerato e hanno fatto una cosa sovrumana al posto di una festa di compleanno. Per fortuna la villa è abbastanza isolata e non corriamo il rischio di beccarci una denuncia o l'arrivo degli sbirri.

Io mi sono fatta bella solo per lui. Indosso un vestito stretto e corto, nero con una scollatura in tulle quasi trasparente sul seno. Lo adoro e, per una volta, mentre lo sceglievo, non sono stata a farmi centomila problemi. Pensavo solo a Harry, a lui quando mi dice di avere più fiducia in me, che sono bella e che, semplicemente, non devo pensarci troppo.

Quando arriviamo alla villa saluto tutti. Mi sorridono, mi abbracciano, mi baciano e mi fanno gli auguri. Ricevo anche un sacco di regali. La situazione è abbastanza caotica e la musica è altissima. Ci sono persone già in piscina e qualche ragazzo ubriaco.

A un tavolo alcuni ragazzi stanno giocando a poker. Anche a me piace giocare e, infatti, dopo aver appoggiato le buste con i regali su uno dei tavoli liberi, mi avvicino a quello che un tempo era il mio "sport" preferito. Tra i giocatori c'è anche Lèon.

«Ciao Lèon!»

«Heisel! Tanti auguri amore mio!»

«Dove sono i ragazzi?»

«Dovrebbero essere dove c'è la console, prova a guardare lì.»

«A dopo, e mi raccomando, non farti fottere tutti i soldi» rido e vado a cercare gli altri.

In lontananza, vicino alla porta di ingresso, riesco a vedere Alice e altre due ragazze che non riconosco. C'è veramente un sacco di gente e in più ora tutti ballano, saltano in piscina e parlano a voce altissima per sovrastare il volume della musica.

A ogni passo che faccio, amici e conoscenti che ancora non ho salutato mi fermano a parlare, ma io voglio solo trovare Harry.

Non oso immaginare quante cazzo di ragazze avranno già cercato di strusciarsi contro di lui. Spero seriamente di non trovarlo ubriaco. Mentre sono immersa nei miei pensieri, butto giù un drink e mi preparo due shottini: vodka liscia. La pace dei sensi.

Adesso che sono un po' allegra, le persone non m'infastidiscono più.

«Louis!» urlo quando trovo finalmente il mio amico in cucina. Sta pomiciando con una ragazza ma, quando mi vede, si ferma per salutarmi.

«Heisel!» urla.

Gli corro letteralmente incontro e lui mi accoglie fra la braccia baciandomi i capelli.

«Auguri, tesoro!»

Sventolo il polso davanti a lui mostrandogli il bracciale che mi aveva regalato per Natale e gli do un bacio sulla guancia.

«Dove sono finiti tutti gli altri?»

«Sono là» mi dice indicando con un cenno del capo l'altra parte della cucina. Non riesco a vederli bene, però distinguo il ciuffo di Zayn e quello di Harry spuntare fra le tante altre teste. Mi sembra di vedere anche due ragazze insieme a loro, ma magari mi sbaglio, oppure stanno solamente parlando. Io ed Harry abbiamo passato quella fase, no?

«Ti lascio a pomiciare» dico a Louis che scoppia a ridere.

«Guarda che una di queste sere sei invitata a casa mia» mi avverte mentre riporta il braccio dietro la schiena della moretta palpandole il sedere.

Gli faccio l'occhiolino e alzo il pollice in aria. Prima di sparire completamente dalla sua visuale, gli mando un bacio che lui fa finta di afferrare e di mettere in tasca. Idiota.

Non mi sbagliavo, stanno parlando con due ragazze e la cosa mi irrita un po'. Sono davvero gelosa in certi casi e ho notato che la mia gelosia aumenta se ho dell'alcol in corpo.

Ma tutta la stanza sembra fermarsi quando guardo Harry. È più bello del solito. Indossa una camicia nera, una bandana rossa è avvolta attorno ai capelli. Anche i jeans sono neri come sempre ed è senza scarpe, indossa solo dei calzini blu.

I suoi occhi incontrano finalmente i miei. Gli sorrido e lui ricambia. L'attenzione di Zayn e Niall si concentra su di me e vedo il biondo che bisbiglia qualcosa al suo compare.

«Vi ho trovati, finalmente» dico una volta che sono accanto a loro. Decido di ignorare completamente le due ragazze che, ora che le ho viste meglio, riconosco pure: sono Jessica e Layla, due delle più zoccole di tutta la scuola.

«Auguri» dice Niall e mi bacia la guancia. Poi mi offre una sigaretta, deve avermi letto nel pensiero.

«Grazie, Niall.»

Mi fa gli auguri anche Zayn e mi dà da accendere. Harry sembra passivo a tutto quanto, mi chiedo se abbia bevuto.

Niall si tira il piercing che ha sulle labbra e, da quel piccolo gesto, riesco a capire che si sente chiaramente a disagio, visto che io ed Harry, per qualche strana ragione, stiamo sulle nostre. Magari gli dà noia farsi vedere con me davanti a queste ragazze.

«Torniamo subito» dice Zayn prendendo Niall e le ragazze per un braccio e trascinandoli via.

Lascio la sigaretta ancora a metà in uno dei posaceneri e appoggio la testa contro il petto di Harry. Ci mette due secondi ad avvolgermi nelle sue braccia. Sento le sue dita calde salire sotto il mio vestito per poi tirarlo leggermente giù.

«Sei impazzita?» mi chiede continuando a tenermi stretta a lui.

«Cosa ho fatto questa volta?»

«Questo vestito è dannatamente stretto e corto» mi rimprovera.

«Harry, dai...»

«Ti sta benissimo, comunque. Sei la ragazza più bella di tutta la festa» mi sussurra all'orecchio.

«Grazie. Ho una domanda per te, però.»

«Mi dica.»

«Perché non hai le scarpe?»

«Prima i ragazzi mi hanno buttato in piscina, mi sono dovuto cambiare.»

«Stai bene vestito così, mi piaci.»

«Auguri, piccola» dice cambiando discorso e facendo incontrare le nostre labbra in un bacio veloce.

«Cos'è questa cosa che hai in testa?» gli chiedo.

«Ti piace?»

«Molto.»

«Non fare così adesso, se no non capisco più niente» mi rimprovera.

«Così come?»

«Il modo in cui hai detto "molto", stai cercando di provocarmi.»

«Io?» chiedo mettendo una mano sul petto e fingendomi del tutto innocente.

«Smettila.»

«Non sai resistermi» lo prendo in giro usando le sue stesse parole.

Alza gli occhi al cielo e alza anche il dito medio verso di me facendomi ridere, ma davvero tanto. All'improvviso il volume della musica cresce ancora, se possibile, e così guizzo via dalla presa di Harry trascinandolo in "pista" insieme a me.

«Balli?» gli chiedo.

«Con te sì» dice e appoggia le mani calde sui miei fianchi mentre mi accompagna in mezzo alla calca di persone che ballano.

Il corpo di Harry inizia a scontrarsi con il mio, portandomi alla mente il ricordo perfetto della nostra notte insieme.

Che la festa abbia inizio.

Alzo in aria le braccia esultando mentre gli altri ragazzi mi maledicono mentalmente.

«Volete rigiocare?» li prendo in giro rinfacciando loro le quattro partite consecutive vinte da me.

«Sempre la solita bastarda» mi dice mio fratello portandosi alle labbra un calice di birra insieme a Niall. Sono completamente andati.

«Vieni?» sussurra Harry e mi prende il braccio facendomi alzare.

«Sì» rispondo lasciando i miei amici a divertirsi.

Sto vivendo appieno ogni secondo di questa notte praticamente perfetta. Amo come ci stiamo divertendo e amo il fatto che Harry e i ragazzi non si siano ubriacati fino a stare male, così da poterci godere veramente la serata. Be', ammetto che siamo tutti un po' brilli, ma niente più di questo. Sono anche finita in piscina e ora indosso una grande maglia di Louis infilata dentro la gonna di Hellen che si è tolta per fare una specie di spogliarello sul balcone della cucina. Ho tappato gli occhi a Harry quando lei si è esibita e lui ha riso così forte da farmi stare bene.

La mia mano è stretta nella sua mentre mi trascina per le stanze della casa, e ci allontaniamo sempre di più da tutti gli altri. I suoi passi sono lunghi e veloci, fatico a stargli dietro, anche perché indosso i tacchi alti su cui Harry ha già fatto diversi apprezzamenti. Amo il modo in cui ha prestato attenzione al mio abbigliamento, anche se mi ha detto più volte quanto avrebbe voluto togliermi tutti i vestiti. Amo come la sua voce roca sussurri le cose più intime così piano, in modo che solo io possa sentirle.

«Dove mi porti?»

«Non lo so, sto cercando di allontanarmi il più possibile.»

«Non fare l'asociale» lo prendo in giro.

«È tutta la sera che mi insulti» si finge offeso mentre mi trascina dentro una stanza insieme a lui. È una camera con tanto di terrazzino e letto matrimoniale. La portafinestra è socchiusa e lascia entrare l'aria gelida di questa notte invernale.

«A cosa pensi?» mi chiede posando un braccio sulla mia schiena e stringendomi a lui.

«Uhm, niente... insomma, ho già diciannove anni...» mormoro.

Gli sorrido e lo stringo ancora di più a me. Guarda fisso fuori dalla finestra. Ciò che ho sempre amato di Harry è il suo sguardo perso, impegnato, concentrato. La sua intelligenza, il suo modo di pensare e di ragionare.

Amo quando, dopo avermi ascoltato parlare, si ferma a pensare, magari nel silenzio più totale o magari ascoltando un CD dei Coldplay.

Mi bacia, fa scontrare i nostri nasi e ride, le mani ben salde sui miei fianchi. Nel momento in cui nascondo la testa nel suo collo per lasciargli dei piccoli baci, il mio telefono suona e la scritta "HARRY" s'illumina sullo schermo.

È la sveglia che ho inserito per essere la prima, allo scoccare della mezzanotte, a fargli gli auguri.

Gli salto letteralmente addosso e lui mi prende al volo sorreggendomi per il sedere mentre io gli stringo le gambe intorno alla schiena.

«Tanti auguri amore mio!»

Nella mia voce c'è più allegria e felicità di quanto credessi possibile.

«Grazie, per tutto» sussurra fra i miei capelli prima di far incontrare ancora una volta le nostre labbra in un bacio che sembra destinato a non finire mai.

La mattina, la prima cosa che mi sveglia è il rumore delle auto che iniziano ad andare via. Più amici del previsto si sono fermati a dormire qua. Io mi ritrovo con un braccio di Louis dietro la testa, con la testa di Alice sulla mia pancia e con Harry al mio fianco. Dormono ancora tutti e tre e la cosa mi rende impossibile qualsiasi tipo di movimento, così decido di fissare il soffitto pregando mentalmente che si sveglino presto.

È stata una serata meravigliosa e voglio che questo clima sereno duri il più possibile. In ogni caso, non potrò mai ringraziare abbastanza i ragazzi, i miei amici, non tanto per i bellissimi regali, ma per aver organizzato tutto questo, per aver pensato a me durante la serata e per aver reso la festa dei miei diciannove anni davvero memorabile e grandiosa. Era da tanto che non mi divertivo così, senza dovermi ubriacare. Sono stata troppo presa dalle mille cose belle per poter bere fino al vomito e sono fiera di me per non aver ceduto alla tentazione.

«Heisel» bisbiglia Niall mentre io cerco di spostarmi senza svegliare gli altri. È decisamente troppo tempo che fisso il soffitto senza muovermi.

«Niall» sussurro.

Si alza in silenzio dal divano in cui era appisolato e si piega con cautela verso di me spostando la testa di Alice dalla mia pancia. Non so spiegare quanta delicatezza ci mette nello spostarla da me, ma è davvero tanta. Si stropiccia gli occhi e sgranchisce le dita della mano destra ricoperte di tatuaggi. Per ogni dito c'è una lettera e tutte insieme dovrebbero formare il nome di suo fratello, se non mi sbaglio.

«Buongiorno» bisbiglio ancora mentre mi alzo e sto attenta a non calpestare né Louis né Harry. Solo adesso mi rendo conto che abbiamo dormito praticamente a terra.

«È stata una serata grandiosa, grazie mille» gli dico una volta che ci siamo allontanati. Prende del succo nel frigo e ne versa un po' in due bicchieri di plastica.

«Non devi ringraziare, è stato davvero grande» dice. I suoi occhi brillano e mi viene da ridere nel vederlo così felice della notte trascorsa a festeggiare.

Veniamo raggiunti presto dagli altri ragazzi che invadono la cucina e si sistemano ovunque pur di non dover stare in piedi: chi sull'isola in marmo, chi sul tavolo, chi sulle sedie.

Lèon si siede sul davanzale vicino ad Alice, si fumano una sigaretta e parlano di qualcosa che non riesco bene a decifrare, ma sono quasi sicura che si tratti delle corse d'auto a cui mio fratello ha partecipato nell'ultimo periodo.

La mia attenzione però è attratta dai ragazzi, seduti al tavolo, un po' in disparte. Bisbigliano fra loro, stando ben attenti a non alzare troppo la voce e a mantenere un'espressione neutrale. Noto come Niall giochi con il piercing che ha sulle labbra e come Zayn guardi attentamente Liam. Subito ho l'impressione che ci sia qualcosa che non va, ma poi chiudo gli occhi e conto almeno fino a venti, ricordandomi di essere più calma e positiva. È mattina, probabilmente non hanno voglia di alzare la voce e magari sono anche un po' stanchi, ecco il perché di quelle facce. Giusto?

Fingo indifferenza e mi sistemo sulle gambe di Harry avvolgendo le braccia intorno a lui.

«Qualcosa non va?» sussurro al suo orecchio in modo che nessuno possa sentire.

«Niente, piccola» bisbiglia e mi lascia un bacio casto sulla guancia.

Mi costringo a pensare che mi stia dicendo la verità.

38

Heisel

Sono le nove di sera quando, esasperata, lancio a terra il libro di letteratura e mi avvio verso la cucina ripetendo ad alta voce ciò che ho studiato con grande fatica in questi giorni. L'ultimo mese, dopo la grande festa, l'ho passato piegata sui libri. Una volta in cucina, mi rendo perfino conto di non aver fatto la spesa e che l'unica cosa commestibile è un minestrone surgelato in busta: meglio di niente.

Lo scaldo sui fornelli ma il risultato non è molto invitante: un intruglio marroncino con dentro qualsiasi cosa tranne le verdure stampate sopra la confezione, dove ti mostrano il prodotto come se fosse una prelibatezza.

Il suono del campanello mi fa sobbalzare e spero solo che sia Harry, che abbia annullato i suoi impegni e che sia corso da me. Da un po' di tempo è sempre impegnato, ma lo sono anch'io, così non ne ho fatto un problema. Mio padre continua a chiamarmi tutti i giorni e si preoccupa per me in un modo un po' impacciato.

«Chi è?» chiedo guardando dallo spioncino della porta. Tutto ciò che riesco a vedere è una chioma bionda piegata verso il pavimento.

«Ehi, Heisel sono io, Niall» mi dice. La sua voce è tesa come se le sue corde vocali fossero quelle di un violino.

«Oh, ciao Niall, entra pure» gli dico accogliendolo in casa.

I suoi capelli sono più scompigliati del solito e gli occhi sono stanchi, assonnati.

«C'è qualcosa che non va?»
Chiude gli occhi e si strofina il viso.
«Io... io ho rivisto Amy e non... non so... poi un casino con l'appartamento, sai, vivere con Zayn non è semplice...»
«Aspetta, una cosa alla volta... Amy?»
Amy. La croce di Niall. La ragazza che l'ha fatto stare male fino a prosciugarlo lentamente. Credo che l'unica cosa che l'abbia salvato sia stato l'amore che noi amici ci siamo premurati di dargli ogni giorno, costantemente.
«Uhm, sì, ma lei non mi ha visto. Non è stato niente di importante solo che non è mai bello rivederla.»
«Oh... Zayn?»
«Sì, ecco, di questo volevo parlarti. Ti volevo chiedere se potevo restare qua per un po', non sarà troppo tempo.»
Tira il piercing sulle labbra mentre parla. È chiaramente nervoso.
Visto il suo stato emotivo, decido di rimandare tutte le domande a dopo. Se Niall ha bisogno di aiuto, non posso negarglielo.
«Sì, certo» gli dico.
Si stringe nel giubbotto e sorride rasserenato dalla mia risposta. Non ho mai visto Niall in questo stato e non so come comportarmi, non so cosa dirgli, mi sento in difficoltà.
Gli faccio cenno di seguirmi con la testa. «Vieni, ti faccio vedere la stanza.»
I suoi passi sono silenziosi, quasi come quelli di Harry, hanno alcuni modi simili di comportarsi, si vede chiaramente che sono amici. Per non parlare del tatuaggio che hanno tutti e cinque sul polso, è uno strano simbolo, credo rappresenti la loro amicizia o qualcosa del genere. Prima o poi me lo farò spiegare.
Prima o poi, mi farò spiegare molte cose. È da troppo tempo che rimando tutte le domande che mi frullano per la testa.
«Ci sono dei vestiti di mio fratello» dico a Niall pensando a Lèon che ieri sera è ripartito per uno dei suoi viaggi universitari. Era contentissimo e io non ho voluto rovinare la sua felicità dicendogli che vederlo partire di nuovo era come morire dentro.

«Tranquilla, vado a casa a prendere le mie cose... sai, alcuni vestiti» dice con questo suo tono incerto e un po' confuso.

«Vuoi guardare un film, fumarti una sigaretta o qualcos'altro?» gli propongo per alleggerire il suo stato d'animo e cambiare argomento.

«Okay per la sigaretta e poi esco.»

Mi segue in salotto dove entrambi ci accendiamo una sigaretta che fumiamo in santa pace lasciando che, insieme al fumo, anche i nostri problemi si dissolvano nell'aria. Almeno, è quella la momentanea sensazione: per qualche secondo non hai più niente a cui pensare e ti senti meglio, più leggero, vuoto.

«Allora ci vediamo dopo? Tu rimani a casa?» mi chiede Niall.

«Sì, pensavo di sì.»

«Chiudi bene la porta.»

«Perché?»

«Ci sono molto furti ultimamente in giro, tieni tutto chiuso.»

La sua voce si addolcisce, sembra quasi un consiglio paterno.

«Okay.»

Ma sono confusa.

L'arrivo improvviso di Niall è un po' assurdo, ma non potevo fare altro che dirgli di restare, considerata l'amicizia che ci lega. E comunque mi fido di lui. Vorrei solo sapere cosa sta succedendo. Perché è venuto da me? Perché è così preoccupato? Insomma, ci conosciamo come le nostre tasche, eppure sembrava non sapere cosa dirmi, era evidentemente in difficoltà.

È tutto molto strano.

Ho bisogno di Harry, di parlargli, di capire, di farmi spiegare cosa sta succedendo, di sentire la sua voce che mi rassicuri o mi dica che è solo la mia stupida mente a confondermi.

Nemmeno il tempo di ragionarci sopra che mi ritrovo con il cellulare fra le mani, e clicco il tasto verde per far partire la chiamata. Il telefono suona, ma Harry non risponde.

Riprovo e riprovo ancora.

Perché non risponde?

Perché non mi richiama?
Ho bisogno di lui in questo momento.
Al millesimo tentativo, lancio il cellulare a terra mandandolo in frantumi e, prima che me ne renda conto, mi ritrovo a imprecare contro me stessa e contro Harry. Cerco invano di rimettere insieme i pezzi ma niente, ho appena rotto il cellulare.
Mi infilo velocemente i Dr Martens e il piumino e afferro soldi e sigarette. C'è qualcosa che non capisco, o forse sono io che mi faccio delle paranoie inutili, ho bisogno di fare un giro, sono agitata. Sarà una lunga notte.

Sono le sette quando finalmente il sole si decide a salire nel cielo nuvoloso di Londra. Sento gli occhi stanchi, la gola secca e sono sicura di avere un aspetto terribile.
La mia schiena è intorpidita per aver dormito un'oretta su una stupida panchina di ferro di un parco. La testa sembra volermi scoppiare e ho una gran fame, visto che ho vomitato il minestrone qualche ora fa dopo l'ennesimo drink. Non posso credere di essermi ridotta in queste condizioni ancora una volta. Era l'ultima cosa che mi sarei mai aspettata da me stessa.
Mi sembra di essere tornata indietro nel tempo a quando vagavo per le strade di Manchester con una bottiglia di Vodka fra le mani per tutta la notte.
Dovrei essere a scuola adesso, non qua. Dovrei essere ad ascoltare l'insegnante che fa lezione mentre discuto con le mie amiche su cosa fare nel pomeriggio, ma ovviamente per me le cose non possono mai essere facili.
Le madri che tengono i loro figli per la mano mi guardano male e sono sicura che stiano dicendo ai propri bambini di non avvicinarsi mai a persone come me.
Io sarei una buona madre?
Nel mio futuro, lo voglio un bambino?
Ho paura che per quanto io possa migliorare, non sarei mai in grado di essere una buona madre. Eppure, per la prima volta nella mia vita, una sorta di istinto materno si accende dentro di me mentre guardo la donna avvolta in una pelliccia ecologica con in braccio una bambina dalle bionde trecce che le sorride.

Londra è grande, enorme, e solo adesso mi rendo conto di non sapere nemmeno dove sono. Non riconosco nessun luogo, bar, negozio. Niente mi è familiare e sono pure senza telefono.

Grandioso.

Non ho la borsa, solo sigarette, accendino e portafoglio. Così entro nel primo negozio di elettronica che trovo e mi compro un cellulare. Devo firmare un po' di documenti perché devo anche farmi dare un numero nuovo e tutta la procedura dura più di quanto vorrei, con la commessa che mi guarda sospettosa per tutto il tempo. Alla fine però riesco ad avere il mio telefono nuovo.

Una volta in strada, chiamo mio padre.

«Sì, pronto, con chi parlo?» risponde lui.

«Papà, sono io.»

«Heisel?»

La sua voce è colma di stupore e di preoccupazione.

«Ho rotto l'altro telefono e ho dovuto comprarne un altro» gli spiego senza troppe cerimonie.

«Okay ma... va tutto bene?»

«Uhm... sì, perché?»

«Ti sento stanca. Hai bisogno di qualcosa?»

Forse solo di sentire la sua voce per essere rassicurata.

«È tutto a posto... per favore, puoi dire a Lèon che ho cambiato numero?»

«Certo, lo farò.»

«Okay, ciao papà.»

«Ciao, Heisel.»

Chiudo la chiamata e cerco disperatamente di ricordare anche il numero di Alice o di uno dei miei amici, ma sembra quasi che l'alcol della nottata abbia cancellato queste informazioni dalla mia mente.

«Stai attenta a dove cammini...»

Una voce maschile a me familiare praticamente grida queste parole quando ci scontriamo. Per poco il mio nuovo acquisto non finisce a terra.

«Liam? Che ci fai da queste parti?»

«Cavolo, Heisel, ti stanno tutti cercando! Maledizione, Harry sta uscendo fuori di testa!»

«Veramente?»
«Sì, certo. Dai vieni ora» mi dice e mi prende per mano.
«Non volevo creare casini» mi giustifico mentre lui prende dalla tasca del giubbotto le chiavi dell'auto.
«Okay, è tutto a posto. Ti porto a casa.»
Salgo e mi allaccio la cintura.
«Quanto cazzo hai bevuto?»
«Si sente così tanto?»
«Sì, e hai un aspetto terribile» mi insulta amichevolmente.
Mi passa una sigaretta e se ne porta una alle labbra.
«Puoi darmi il tuo cellulare che mi salvo qualche numero? Ho rotto il mio e ne ho dovuto comprare uno nuovo...»
«Uhm, sì, certo» annuisce e mi passa il suo iPhone.
Inizio a trafficare con la rubrica ignorando i centomila numeri di ragazze appartenenti tutti al suo periodo "pre-Alice" e mi salvo i numeri degli amici più stretti.
Proprio quando sto per ridargli il telefono, lo schermo s'illumina segnalando l'arrivo di un nuovo messaggio.
«È di Alice» gli dico.
«Me lo puoi leggere?»
«Non riusciamo ancora a trovare Heis, te come stai? Ci vediamo oggi pomeriggio, ciao amore ti amo xx» lo leggo ad alta voce e non posso evitare di sciogliermi letteralmente quando sul viso del mio amico si apre un grande sorriso.
«La ami?» gli chiedo.
«Molto. Tu ami Harry?»
«Troppo.»
Harry. Il solo pensiero ora mi manda in confusione, generando emozioni contrastanti.
«Qualcosa non va?»
«No, solo che non sono sempre facili le cose fra noi.»
«Vuoi... uhm, parlarne?» mi chiede premurosamente e io sorrido per tutto l'imbarazzo che c'è nella sua voce.
«No, tranquillo... credo di stare bene.»
Il tragitto per tornare a casa sembra infinito e mi chiedo come cazzo io abbia potuto camminare così tanto: sono sicura di essere andata a piedi e lo confermano il dolore alle gambe e il fatto che io non mi ricordi assolutamente di aver preso un

taxi. Mentre penso a ieri sera, però, mi rendo conto di avere un vuoto di memoria riguardante una parte della serata.

Mi ricordo che all'inizio ero in un locale vicino a casa e poi a un certo punto sono uscita per strada.

Poi, il vuoto.

Inizio a sentirmi male.

«Oddio, Liam, puoi fermarti un attimo?»

«Certo.»

Liam si affretta ad accostare e subito dopo sono fuori dal veicolo a vomitare quel poco che mi è rimasto in corpo.

Perché adesso vomito? Ho già vomitato tutto l'alcol possibile.

«Ehi, tutto bene?» mi chiede Liam passandomi un fazzoletto.

Comincio a piangere e Liam mi abbraccia. No, non va tutto bene.

Nell'ultimo tratto di strada, Liam ha chiamato Harry e lo ha rassicurato dicendo che stavo bene. Mentre lui parlava, io guardavo i bar, i negozi e, più andavamo avanti, più mi convincevo che io quella strada non l'avevo percorsa.

La porta di casa mia si apre lentamente, mostrando un Harry diverso da come me lo sarei aspettato. Sembra esausto, ma tranquillo.

Dal silenzio che regna, intuisco che Niall non è in casa. Magari è uscito apposta per lasciarci soli.

«Ho rotto il cellulare... per quello non ho risposto» spiego. La mia voce è terribilmente debole e fragile.

«Lo so, l'ho visto in camera.»

«Sei arrabbiato con me, vero?»

«Sì, fottutamente arrabbiato.»

Abbasso lo sguardo cercando le parole per poter dire qualcosa, qualsiasi cosa, ma la verità è che vorrei solo avvicinarmi a lui e abbracciarlo. Sarebbe l'unico modo per stare meglio.

«Cos'hai fatto? Cos'è successo?» mi chiede.

«Ero triste... non lo so. Sei così diverso in questi giorni, sembra che scappi da me... avevo bisogno di te e ti ho chiamato...

ma non hai risposto...» dico fra i singhiozzi, perché la tristezza ha preso il sopravvento.

«Non piangere» sussurra e si avvicina, ma senza toccarmi.

«Vuoi chiudere con me?»

«No, assolutamente...»

«Ti sento distante, ultimamente ci vediamo sempre poco.»

«Sono solo un po' più impegnato in questi giorni.»

«Sembra che tu mi stia tagliando fuori da qualcosa.»

«Non è così» mi dice. Per un secondo, sono sicura che mi stia mentendo, ma poi mi costringo a pensare che le mie sono solo stupide paranoie.

«Liam mi ha detto che ti ha trovata molto lontano da qui...»

«Sì.»

«Come ci sei arrivata?»

Prendo tempo, non sapendo bene cosa rispondere, ma i suoi occhi bruciano nei miei.

«Heisel, rispondimi.»

«Non ne ho idea... credo di aver camminato.»

«Non ti ricordi nulla?»

«Non molto» ammetto.

«Credevo che avessimo smesso con queste cose.»

«Quali cose?»

«Che tu scappi a bere oppure che io scappo da qualche puttana.»

«Non volevo scappare, io volevo te, ma non c'eri.»

Sospira e si passa una mano fra i capelli. «Okay... senti, una cosa alla volta. Possibile che non ti ricordi nulla?»

«Ho un vuoto di circa metà serata.»

«Cazzo» impreca.

«Che c'è?»

«Mi chiedi che c'è? Stai scherzando? C'è che ti sarebbe potuto succedere di tutto, eri ubriaca, sola e cazzo, non ti ricordi niente. Sai cosa fai la prossima volta? Vieni nella mia fottuta casa e al massimo ti ubriachi lì, con me.»

Mi afferra un polso ed è il primo contatto che abbiamo. Cerco di approfittarne e faccio intrecciare le nostre mani, appoggiando la testa sul suo petto. Mi stringe a sé e sospira sconfitto.

«Non so più cosa fare con te» mormora.
«Scusami» dico e piango. «Scusa.»
«Non piangere Heis, ti prego» sussurra mentre con le dita prova a catturare le lacrime che scendono sulle mie guance arrossate.
«Sono un disastro, un casino.»
«Era tanto che non lo dicevi.»
«Cosa?»
«Che sei un casino» sorride, mi mancava il suo sorriso. «Ma sei il mio casino.»
«Sono tua e basta» gli dico cercando di colmare il vuoto che c'è tra noi.
«Sono ancora incazzato però.»
«Lo so.»
«Mi hai fatto preoccupare.»
«Non volevo.»
«Stai bene adesso?»
«Credo di sì. Niall dov'è?»
«È uscito, gli ho chiesto di non tornare per questa sera.»
«Perché?»
«Abbiamo bisogno di passare del tempo insieme, da soli.»
Accenno un sorriso mentre lui appoggia le sue labbra sulle mie. Una scarica elettrica si diffonde in tutto il corpo, facendo accendere i miei ormoni.
«Ho bisogno di fare una doccia.»
Il dolore alle gambe sembra aumentare e non capisco perché, probabilmente è la stanchezza.
«Okay, io ti aspetto qua... ti preparo qualcosa da mangiare.»
Annuisco lievemente e mi dirigo verso il bagno.
«Ah, Heisel» mi richiama.
«Dimmi.»
«È l'ultima volta, giuro. La prossima volta non mi trovi più.»
Il mio cuore affonda insieme ai sensi di colpa e alla consapevolezza di aver fatto una stronzata. Non dico niente, mi limito ad abbassare il capo.
In bagno mi guardo attentamente allo specchio. Sembro una drogata. Ho un aspetto orribile, mi chiedo che coraggio abbia avuto Harry a baciarmi.

Mi spoglio e sto per entrare nella doccia, quando all'improvviso il dolore alle gambe, soprattutto alle cosce, diventa quasi insostenibile.

Un urlo mi sfugge incontrollato dalle labbra quando abbasso lo sguardo sul mio corpo.

39

Heisel

Sento Harry correre per il corridoio e mi affretto a coprirmi con l'accappatoio, senza avere nemmeno il tempo di pensare lucidamente. La porta del bagno si spalanca ed Harry si precipita dentro.

«Cos'è successo?» mi chiede.

«Niente è solo che... niente.»

«Heisel... ti ho sentita urlare!»

«No, no, non era un urlo, era... Credo di non sentirmi bene, magari ho la febbre.»

Il suo sguardo è confuso. Mi appoggia la mano sulla fronte.

«Sei un po' calda in effetti» mi dice.

«Faccio una doccia veloce e poi vengo di là, okay?»

Trattengo le lacrime, ma mi costa una fatica immensa.

«Resto qua nel caso ti sentissi male.»

«No, davvero, non serve, prepara qualcosa da mangiare che ho fame» gli dico cercando di sfoggiare un sorriso convincente.

«Okay» sospira. «Per qualsiasi cosa chiamami.»

Chiudo a chiave la porta e attendo che Harry si sia allontanato.

Ho due grandi lividi sulle cosce e due tagli sul fondo della pancia. Inizio a piangere e apro il rubinetto per coprire i miei singhiozzi con lo scroscio dell'acqua.

Sfioro le ferite cercando di capire se è solo un brutto sogno o se mi ritrovo a dover fare i conti con una crudele verità.

Non posso nemmeno immaginare di essere stata così debole e sciocca, di aver permesso a uno sconosciuto di usare il mio corpo, senza ricordare nulla. Assolutamente niente. Odio me stessa e il mio stupido vizio del bere. Non so cosa fare ma ho paura. Di quello che è successo, di questo vuoto totale. Vorrei poter ricordare almeno qualcosa, ma proprio non ci riesco.

M'inginocchio davanti alla tazza del water e vomito. Questa volta sono sicura che non è l'alcol il motivo.

Chi ha toccato il mio corpo?

Come faccio a guardarmi allo specchio dopo questa cosa?

Come faccio a fare i conti con me stessa?

È stata solo colpa mia. Mia e basta. Non avrei dovuto bere, non sarei dovuta uscire, non avrei dovuto fare niente di niente.

«Heisel, apri la porta, che sta succedendo?»

Mi copro con l'accappatoio e giro la chiave per far entrare Harry. Non riesco a smettere di piangere, le lacrime scendono come un fiume in piena dai miei occhi.

«Calmati, ci sono qua io» mi rassicura. Mi lascio cadere fra le sue braccia che mi stringono prima di sollevarmi da terra. Mi porta in salotto e mi fa adagiare sul divano.

«Heisel, parlami» quasi mi implora.

Non ho le forze per dirgli nulla. Non ho le forze per raccontargli niente e la poca dignità che mi è rimasta mi costringe a tenere la bocca chiusa.

«Non mi sento bene» mormoro.

Mi accarezza i capelli e si stende sul divano accanto a me. Si sente solo il rumore delle mie lacrime e quello della pioggia.

Harry mi stringe la mano donandomi per qualche istante tutta la pace, la sicurezza e la serenità di questo mondo. Senza di lui sarei persa.

«Sono qui, Heis.»

«Dovrebbe parlarne con qualcuno, signorina» mi dice la dottoressa con il camice bianco.

Ha grandi occhi grigi, nascosti da un paio di occhiali dalla spessa montatura nera. Avrà sì e no una cinquantina d'anni.

Parla con tono sereno e rassicurante, nonostante la conversazione che abbiamo appena avuto.

«Non posso» mormoro mentre mi asciugo le lacrime.

Continuo a piangere da quando mi sono svegliata. È l'unica cosa che riesco a fare.

Eppure io ero quella forte, certo. Non piangevo mai, non mostravo nessuna emozione, me ne fregavo di tutto.

E adesso eccomi. Spogliata di ogni mia sicurezza, il corpo violato e la mente esaurita.

A questo punto, non so cosa ci potrebbe essere di peggio. Se la vita è tanto brutta, crudele e triste, perché le persone hanno paura della morte?

La dottoressa mi appoggia una mano sulla spalla e mi regala un sorriso.

«Queste cose non si possono superare da soli» insiste.

«Non... non ho nessuno con cui parlarne» sussurro. Magari è una mezza bugia, magari no.

Se lo dicessi ad Alice, come reagirebbe?

Mio fratello uscirebbe fuori di testa e non dormirebbe più la notte.

Avrei vergogna a parlarne con i ragazzi, non voglio la loro pietà o la loro compassione.

Ed Harry? Magari avrebbe schifo di me, del mio corpo, così come mi faccio ribrezzo io in questo momento.

«C'è un mio caro amico, uno psicologo molto bravo e qualificato... Potrei parlargli di te e farti avere un appuntamento» mi dice scorrendo con gli occhi la cartella clinica con i risultati dei test che ho dovuto fare.

«Sì... va bene» mormoro.

«Allora... vuoi sapere cosa c'è scritto qui?» mi chiede indicando con l'indice la cartellina.

«Credo di sì.»

«Non è stata una vera e propria violenza, non ci sono segni di un rapporto sessuale completo.»

Quando le parole escono dalla sua bocca, sento quasi il cuore balzarmi in gola e la mente svuotarsi. È come se un piccolo peso mi si fosse appena tolto dallo stomaco, lasciandomi respirare per qualche secondo.

«Non ci sono tracce di dna e il rapporto non si è in effetti consumato, anche se c'è stato quasi certamente un tentativo di stupro. Heisel, so che il dolore che hai dentro adesso sembra immenso. Ma il dolore passa. Non è mai la fine, Heisel.»

Sono le quattro di notte e io non riesco a dormire. Così decido di prendere le pillole che mi ha dato la dottoressa.

La delusione e il dolore si fanno più forti ogni secondo che passa.

Le lacrime riprendono a scendere dai miei occhi, silenziose e salate. Strisciano sulle guance facendomi un lieve solletico e poi cadono a terra.

Mentre aspetto che le pillole facciano effetto, prendo un libro a caso dalla mia libreria, una raccolta di poesie che comprai a Manchester con Alice. Me lo ricordo bene, quel giorno. C'eravamo divertite tantissimo e mia madre mi aveva chiesto di tenere un po' Maya, quindi c'era anche lei con noi.

Apro il libro e lo sfoglio fermandomi a pagina ventisei. C'è una poesia di Jorge Luis Borges che s'intitola *Il Rimorso*. Ne leggo alcuni versi: "Ho commesso il peggiore dei peccati che un uomo possa commettere. Non sono stato felice".

È passata esattamente una settimana dal giorno in cui sono stata dalla dottoressa e da allora non esco di casa se non per andare dallo psicologo. Declino tutti gli inviti dei ragazzi dicendo che sono presa dallo studio.

Vedo solo Harry. Viene qua tutti i giorni e passa del tempo con me, ma poi scappa anche lui. Magari preso dai suoi impegni e dal lavoro. Non si è accorto che la sua ragazza sta morendo ogni giorno un po' di più.

Mi chiede cos'ho, prova a buttare giù il muro che ho costruito, ma è come se non ci provasse abbastanza.

Probabilmente si è stancato di lottare per me, con me.

I demoni sono reali, vivono dentro di noi e, alcune volte, vincono. I miei stanno vivendo e, forse, sono io che ho smesso di combatterli.

Sono stufa, stanca.

È lecito arrendersi quando non si ha più niente in cui credere. Niente da costruire.

Ma io in realtà qualcosa avrei.

Più di qualcosa.

Ho un futuro davanti e tanti sogni che rinnego da troppo tempo. Ho Harry da amare.

Harry.

Non so descrivere il suo sguardo, ogni volta che, in questa settimana, provava ad avere un rapporto con me.

Ma i segni sulle mie cosce sono ancora ben evidenti e per questo ho fatto in modo che non mi vedesse nuda. Inoltre non credo di essere pronta.

«Come ti senti oggi?» mi chiede lo psicologo.

«Non lo so» ammetto. «Male, credo.»

«Puoi provare a descrivermi cosa provi?»

«Ho schifo di me stessa, è stata solo colpa mia.»

«È un meccanismo naturale del cervello, Heisel» mi spiega «la nostra mente, quando siamo messi a dura prova dalla vita, quando succedono delle cose terribili, applica un meccanismo di difesa o di offesa, secondo il quale, o si incolpano gli altri o iniziamo a prendercela con noi stessi. La colpa non è stata tua e vuoi sapere cosa ti dico? Che ti vedo meglio e che tutta questa orribile storia sarà solo un brutto ricordo, prima o poi.»

Continuiamo a parlare per più di un'ora, ma forse questa volta è diverso. Riesco a capire meglio ciò che vuole dire. Mi sento più lucida e consapevole. Lui lo chiama "processo di accettazione" e afferma che è l'inizio della guarigione.

Per la prima volta, la nostra chiacchierata terapeutica sembra portare via un po' delle mie ansie. Magari non è stata colpa mia. Non del tutto.

In lontananza intravedo una piccola luce. C'è speranza, forse, anche per me.

Per strada, però, sto attenta a dove metto i piedi e, ogni due secondi, mi ritrovo a controllare di non avere nessuno intorno. Scruto le persone che mi passano davanti e mi allontano subito quando vedo uomini dall'aria sospetta.

Per fortuna, lo studio del signor Rayen non è troppo distante da dove abito e, con una breve passeggiata, riesco a essere a casa in pochi minuti.

Nel parcheggio del mio palazzo trovo la grande auto nera di Harry. Probabilmente è salito da me.

«Haaaarry!» urlo appena entro dalla porta.

Le sue scarpe e il giubbotto sono nell'ingresso, però lui non risponde. Non è in cucina e nemmeno in sala. Lo trovo in camera mia.

«Eccoti, finalmente» gli dico.

È girato di schiena.

«Cosa sono questi?» mi chiede. In mano stringe dei fogli.

Si volta e mi fissa. Ha gli occhi lucidi.

Merda.

40

Harry

Quando entro, non c'è nessuno. La casa è vuota e fredda. Tutto è in disordine, sembra che Heisel non metta a posto da secoli. Lei non mi ha detto che sarebbe uscita. Sul divano vedo una coperta, segno che non ha dormito sul letto.

In questa ultima settimana, sembra completamente su un altro pianeta. Non le ho detto niente solo perché sto cercando di darle tempo, ma me ne sono reso conto. L'unica cosa che non riesco a tollerare è il modo in cui sfugge da me tutte le volte che abbiamo anche il minimo contatto fisico. Se ho fatto qualcosa di sbagliato, non me lo perdonerei mai ed è tutta la settimana che mi torturo cercando di ricordare se posso aver fatto qualcosa di male.

Non so come cazzo io sia riuscito a restare così calmo l'altro giorno, quando Liam l'ha riportata a casa dopo la sua fuga notturna. Credo sia stata la preoccupazione a spingermi a non urlarle contro.

Sul tavolo di fronte al divano noto una confezione di plastica. La prendo e leggo di che si tratta: pillole per dormire. Perché cazzo Heisel non me ne ha parlato?

Inizio ad agitarmi e spero solo che arrivi al più presto.

In quest'ultima cazzo di settimana ha anche trovato una scusa per mandare via Niall. Gli ha detto che non si sente troppo bene e che preferirebbe stare sola. Cazzate.

L'idea di lei e Niall sotto lo stesso tetto non mi entusiasma, ma è necessario, anche se non le posso spiegare il perché.

Lo so, è tutta una contraddizione del cazzo.
Vado in camera sua. Il letto, come immaginavo, è intatto e la scrivania è invasa da fogli accartocciati, strappati, bagnati da piccole gocce che non possono essere altro se non lacrime.
Ne prendo in mano uno a caso e inizio a leggere:

Ho commesso il peggiore dei peccati che un uomo possa commettere, non sono stato felice... dice così la poesia che mi è capitata fra le mani questa sera. Io ho peccato, l'ho fatto? Tradendo me stessa e non rispettando il mio corpo, ho peccato? Non lo so, so solo che non sono felice e che questa sera non mi salverà nessuna bottiglia di vino, nessuna sigaretta, nessuna carezza. Questa sera sono semplicemente persa e sola nel freddo di questa stanza, con il mio dolore. Quello che è successo, è tutta colpa mia?

Di che diavolo sta parlando? Lascio il foglio sulla scrivania e mi affretto a prenderne un altro dove ci sono solo poche righe. L'ultima frase è rimasta incompleta come se fosse scappata via prima di concluderla. Cristo.

Non riesco a dormire nemmeno questa sera e mi sento dentro a un tornado che non mi vuole riportare alla realtà. Il mio psicologo dice che passerà tutto, ma quando? Mi viene da vomitare...

Cosa? No, okay, calma. Un cazzo di psicologo? Perché? Porca puttana, potrei ucciderla in questo momento, ci sono troppe cose che non mi ha detto.
Cazzo.

Mi chiedo se l'uomo senza volto abbia avuto pietà per me o se gli sia tremendamente piaciuto vedermi indifesa, spaventata. Le mani di Harry sono sempre lisce e calde sopra di me e mi sento trafitta da tante frecce al pensiero che qualche altra persona possa aver toccato il mio corpo. Perché sono uscita quella sera? Non potevo restare a casa ad aspettare Harry? L'uomo senza volto non mi avrebbe trovata e io adesso riuscirei a guardarmi allo specchio. È un dolore forte, lacerante, mi sento privata di ogni diritto di scelta sul mio corpo, una bambola nelle mani del mondo.

All'improvviso sento un rumore di passi. Poi Heisel compare sulla porta.

«Harry...»

La mia vista è appannata, ma posso vederla attraverso le lacrime. Ha due grandi borse sotto gli occhi, il volto smagrito, pallido. Ma è bella anche così.

«Cosa vuol dire... tutto questo?» le chiedo.

«Harry...» sussurra facendo un passo verso di me, ma io mi sposto.

«Ti prego, non avere schifo di me» mi dice. Una lacrima cade dai suoi occhi. Stringe la mia maglia in un pugno e cerca rifugio nel mio petto, ma io non ho la forza di muovermi.

«Ti prego» sussurra tra le lacrime.

«Perché non mi hai detto nulla?»

«Non potevo.»

Sono distrutto. Non posso pensare che qualcun altro l'abbia toccata, senza il suo volere, provocandole questo dolore immenso. Non posso accettarlo. Cazzo, lo uccido quel bastardo, cazzo.

Inizio a ricollegare i pezzi. È per questo che non voleva più fare l'amore con me.

«Mi odi?»

Mi sembra di impazzire e ora vorrei stringerla fino a quando non si amerà almeno la metà di quanto la amo io.

«Ti amo. Ma ti odio perché non mi hai detto... niente.»

«Sono una stupida.»

Faccio un passo verso di lei. Stringo i pugni per evitare di colpire qualcosa al pensiero di quel figlio di puttana che tocca la mia ragazza. La mia Heisel.

Mia, cazzo. Mia.

Aveva iniziato a sognare. Parlavamo di un viaggio insieme a New York, di lei che forse non sarebbe tanto male come madre. Parlavamo dei nostri studi e del nostro amore, e adesso ci ritroviamo qui. Lei davanti a me con le gambe che tremano, le labbra screpolate, gli occhi rossi da far paura, dopo che le è successa la cosa peggiore che possa capitare a una donna.

«Non... non è stata una vera e propria violenza... sono andata da una dottoressa...» cerca di spiegarmi, e io sento un improvviso sollievo che però non cancella l'angoscia.

«In che senso? Tu non ricordi nulla?»
«Nulla.»
Mi avvicino ancora di più a lei e le porto una mano sulla guancia bagnata dalle lacrime. Lei preme il volto contro il palmo, amplifica quel contatto.
«Se me l'avessi detto, ti avrei aiutata.»
«Non sapevo come fare.»
«Ti amo, questo lo sai?»
«Ti amo anche io.»
L'attiro verso di me in un abbraccio e lei riprende a piangere.
«E ora?» le chiedo perché ho bisogno di sapere di più, ho bisogno di capire.
«Lo psicologo ha detto che andrà ogni giorno un po' meglio.» La sua voce debole mi distrugge.
«Supereremo anche questa, te lo prometto.»
Le accarezzo nuovamente il viso, forse perché, in questo momento, mi sembra così fragile che ogni altro gesto potrebbe ferirla.
«Scusami se in questi giorni sarò una merda e una stronza o se non avrò voglia di fare niente. Scusa anche per quella sera... Non sarei dovuta uscire.»
«Non darti la colpa per tutto, io non lo sto facendo.»
Mi abbraccia ancora. Inalo il suo profumo e ci piango dentro pensando a tutto il dolore che sta provando. Se le avessi riposto a quel cazzo di telefono, non sarebbe successo nulla. Saremmo a letto, nudi e abbracciati, a dirci quanto ci amiamo, a farci foto stupide e a parlare delle cose che vogliamo fare, insieme.
«Spogliati» sussurro contro i suoi capelli. «Per favore.»
Annuisce debolmente e accenna una specie di sorriso. Si sfila il maglione e rimane in reggiseno davanti a me. Sbottona i jeans e li fa scivolare velocemente sulle gambe. Abbassa lo sguardo e una lacrima colpisce il pavimento. Ha due grandi lividi e dei graffi sulle cosce, uno sul fondo della pancia, uno più in basso. Il mio cuore si stringe e sembra voler saltare fuori dal mio cazzo di petto.
Le prendo la mano e la guido verso il letto facendola sedere. Le slaccio il reggiseno lasciandolo cadere sulla coperta grigia.
«Harry» sussurra.

«Tranquilla» la rassicuro mentre faccio scorrere una mano sotto il collo soffermandomi per pochi secondi sul seno, scendendo sulla pancia e tracciando una linea con le dita sulla sua intimità. Chiude gli occhi per qualche istante.

Mi sistemo col viso in mezzo alle sue gambe aprendole piano le cosce. Mi guarda di nuovo con quell'espressione spaventata e non riesco a non odiarla. Odio quel vuoto nei suoi occhi. Sono io, cazzo. Il suo Harry.

Bacio le sue ferite, i suoi lividi. Bacio ogni centimetro di pelle che è stata toccata da qualcun altro. Voglio che quando guarderà di nuovo il suo corpo, si ricorderà soltanto dei miei baci.

Si lascia scappare un gemito quando sfioro le mutandine. La sua pelle si ricopre di brividi.

«Mi dispiace» sussurro. «Se ti avessi risposto...»

«Sono io che sono stata una stupida, come sempre.»

«Non è vero. Sei una delle persone più intelligenti che conosco, anzi, la più intelligente e anche la più forte.»

Allunga una mano verso di me e mi accarezza i capelli mentre io disegno cerchi immaginari sulle gambe fino a scendere sull'inguine.

«Ti amo» mi dice. «Grazie.»

Sto per dirle quanto la amo anche io, quando lei si abbassa le mutandine restando nuda davanti a me. I miei occhi guizzano nei suoi che accennano un sorriso.

Le bacio la pancia prima di abbassarmi e riempirla con la mia lingua.

Heisel

Vengo grazie alle dita di Harry sussurrando il suo nome più volte. Lo guardo mentre si sposta da me e si porta le dita alla bocca succhiando avidamente il mio calore. Poi si toglie la maglia e me la porge. Profuma tremendamente di lui e non c'è odore che io ami di più.

Credo di essere dipendente da Harry come lo è un tossico all'ultimo stadio.

Pensavo che dicendogli quello che era successo sarebbe scappato definitivamente da me.

M'infilo la sua maglia e mi rifugio sotto le coperte calde e pesanti del mio letto. Sento gli occhi stanchi e il corpo intorpidito, potrei collassare da un momento all'altro.

Harry mi raggiunge dopo qualche secondo. Mi stringe fra le braccia, come era da tanto che non faceva. Le nostre gambe s'intrecciano e sento il suo respiro caldo sulla fronte.

«Non ti lascerò più sola» mi sussurra in un orecchio. «Qualunque cosa accada, sarò sempre qui. Heisel, io dico tantissime merdate quando mi arrabbio, ma vuoi sapere cosa penso realmente? Penso che ci sarò sempre per te, anche se succedesse il più grande dei casini. Io ti aspetterei. Quindi, quando hai bisogno, quando avrai bisogno, vieni e corri da me, io sarò sempre qui »

«Sempre» sussurro. «Per sempre, intendo, io e te. O con te o con nessuno, te lo giuro.»

Mi bacia, mi stringe, mi tiene al caldo. Al sicuro.

Le braccia di Harry sono il mio castello. La mia fortezza.

Penso a quanto sono fortunata ad avere un uomo come lui al mio fianco e a quanto lo amo. Più lo guardo, più mi sento felice di averlo scelto e di essere stata scelta. Non m'importa se litighiamo, se siamo diversi e allo stesso tempo uguali, se ci gridiamo contro le cose peggiori e poi corriamo a fare pace.

Ne vale la pena, Harry vale la pena.

Ho letto tantissimi libri, molti dei quali erano storie d'amore, dalle più classiche alle più bizzarre. Mi perdevo, innamorata dell'amore, fra le parole di grandi scrittori e, adesso, realizzo che la storia più bella forse la sto vivendo io. Harry è la storia più meravigliosa, vera e incredibile che conosco.

Lui è la mia storia d'amore.

Lui è quel libro che rileggerei anche milioni di volte senza mai avere gli occhi stanchi o la voglia di buttarlo. Uno di quei libri che ti tiene sveglia tutta la notte.

Grazie a lui, non cammino mai da sola.

Non ho paura. Con lui accanto a me, io non ho paura.

41

Heisel

«Non guardarti dietro, ci sono io con te» mi dice Harry quando scendiamo dalla sua auto.

Mi ha convinto a uscire un po' ma non riesco a sentirmi tranquilla. Il cuore mi martella nel petto. Mi sento male. Il viaggio in macchina è stato sereno, ma diverso dagli altri. Harry aveva paura di dire qualsiasi cosa, come se per lui sarei potuta scoppiare da un momento all'altro, e forse aveva ragione.

«Non... non credo di poter stare fuori tutta la giornata.»

«Heisel, siamo a quattro passi dalla casa di mia madre, passeremo una giornata normale con lei e mia sorella, okay?»

Per la strada soffia un vento gelido. Mi porto istintivamente le braccia al petto per coprirmi, ma non so da cosa. Mi copro dalla paura o dal freddo?

Non lo so.

Guardo Harry per cercare quella sicurezza che solo lui sa darmi.

«Non devi avere paura» sussurra e mi abbraccia. Nascondo la testa nell'incavo del suo collo e una sensazione di calore mi avvolge.

«Andiamo?» mi chiede.

«Okay.»

È tanto che non mi filma e questa cosa mi manca terribilmente, così come le nostre foto... Voglio solo che tutto questo passi e che le cose tornino a essere normali.

Anne apre la porta e ci sorride. Appare felice e spensierata, mi chiedo come faccia a essere così forte, nonostante tutto quello che sta attraversando. Sembra una roccia. Vorrei essere come lei.

Ha passato quello che, ai miei occhi, somiglia a un incubo. Suo figlio se n'è andato di casa a sedici anni, dopo aver passato il tempo a ubriacarsi. Lei è rimasta a casa con una bambina da crescere e da educare. Suo marito, uomo che odio con ogni singola parte di me, in quegli anni è stato la loro rovina. E poi se n'è andato. Anne è stata coraggiosa a mandarlo via, per il bene suo e di sua figlia. Ha preferito sé stessa alla persona che amava.

Mi chiedo se ne sarei capace e la risposta ovviamente è no, perché io non mi basto, io non mi metto mai prima degli altri.

«Heisel! Che bello vederti» esclama Anne.

Rose corre verso la porta e si getta fra le braccia di Harry. Lui è venuto spesso a trovarle nell'ultimo periodo.

Mi perdo a guardare Rose mentre Anne ci guida verso casa. È una bambina bellissima, e più la osservo più mi rendo conto che assomiglia a Harry.

Mi ricorda anche mia sorella. Il sorriso, la statura, l'aria da bambina spensierata. Sì, sembra davvero Maya.

«Heisel, Heisel» mi chiama Rose appena Harry la mette a terra.

«Ciao, piccola.»

«Mi fai le trecce?»

I suoi occhi brillano mentre mi mostra dei nastri colorati per capelli.

«Ma certo, vieni qui» le dico e batto le mani sulle mie gambe.

Harry si siede sulla poltrona davanti a noi e parla con Anne ma, in realtà, ci osserva con aria serena.

«Tu ed Harry vi sposerete?» chiede Rose attirando l'attenzione di tutti. Le mie guance avvampano.

«Tesoro, Harry ed Heisel solo molto giovani» risponde Anne.

«Anch'io ho un fidanzato» dice Rose.

«Niente fidanzati fino a vent'anni, piccola» interviene Harry provocando una risata generale.

È tremendamente bravo in questa situazione. Sa perfettamente come comportarsi con sua sorella, anche se è un momento delicato e complicato. La fa ridere e stare bene. Sembra quasi un padre per lei. Ecco.

Ho una fitta al cuore.

Harry come padre. L'idea mi balena nella mente. Lui con un bambino con i riccioli e il suo stesso sorriso. Sarebbe bellissimo, senza dubbio.

Ma, anche se lo amo con tutto il cuore, la mia maledetta razionalità mi porta a pormi delle domande: riuscirebbe a gestire un'altra persona nella sua vita? O uscirebbe matto dopo tutti i casini e le difficoltà che una famiglia comporta?

Non lo so.

«Si chiama Dave ed è in classe con me» continua Rose.

«Sono sicura che è un bellissimo bambino, Harry non capisce niente.»

«Sì, è bellissimo e ci siamo baciati.»

«Cosa cosa cosa?» interviene Harry.

Io e Anne scoppiamo a ridere.

«Proprio qui» appoggia un dito sulle labbra e diventa tutta rossa.

Harry spalanca la bocca e la mascella tocca il pavimento.

«Anche voi vi baciate?» chiede ancora la bambina.

«Io... io vado a controllare il pollo, il pranzo è quasi pronto» dice Anne congedandosi dalla scomoda conversazione.

«Rose basta con queste domande» si lamenta Harry.

«Harry! Non essere cattivo» lo rimprovero e abbraccio la piccola che si guarda contenta le sue trecce.

«Mi sta più simpatica Heisel!» esclama e fa la linguaccia a suo fratello che si butta sul divano e comincia a farci il solletico.

Sarà una bella giornata.

Cara Maya,

sto un po' meglio. Le mie gambe sono guarite e sono tornata a scuola da due giorni. Le professoresse sono contente del mio ritorno e i compagni sono stati simpatici. I voti sono migliorati, ho recuperato tutte le materie che avevo lasciato indietro. Gli allenamenti delle cheerleader sono ricominciati ma non ne ho la minima voglia. Al solo vedere Taylor mi viene da vomitare. È una cosa più forte di me.

Niall è tornato a stare a casa mia e ieri sera mi ha convinto a uscire un po' con i ragazzi. Al di là delle mie aspettative, è stata una serata normale e piacevole. I miei amici sanno sempre farmi ridere, ci sono sempre per me.

Ho quasi la sensazione che Harry abbia detto loro qualcosa, ma spero proprio di no. Niall mi tratta in modo stranamente dolce. In casa è collaborativo e mi impedisce di deprimermi o di restare a letto, mi dà la carica. Mi ero quasi scordata come fosse passare il tempo con lui.

Nonostante sia un grande stronzo, che colleziona i nomi di tutte le ragazze con cui va a letto, nonostante sia un bastardo che ha la fedina penale sporca ed è pure stato schedato dalla polizia, io so che è una delle persone più brave di questo mondo.

Ti piacerebbe, Maya. Tu adoreresti quel ragazzo.

Ora lui è di là che dorme. È stata una giornata grigia, il tempo faceva schifo e, anche se l'ho mascherato abbastanza bene, mi sentivo proprio male oggi. Mi sei mancata ogni secondo e non riuscivo a smettere di pensare a tutte le cose che sono successe. La mia mente non ha avuto un attimo di tregua, ha combattuto una battaglia infinita.

Sono stanca, stanchissima, ma non riesco a dormire. Il letto è freddo e la mia macchina da scrivere è più invitante. Ho voglia di scrivere di tutto, di sfogarmi, di provare a liberare la mia mente per una volta, ma gli occhi mi si chiudono da soli.

Per la prima volta nella mia vita, mi mancano mamma e papà. Anzi, non so se quella che provo è una reale mancanza, perché loro non mi mancano come te, che mi togli il fiato. Solo che alcune volte vorrei semplicemente poterli vedere, magari a cena o a pranzo. Papà mi chiama tutti i giorni e ogni giorno che passa è un po' più simpatico con me. Certe volte lo sento dalla voce che è stanco, oppure che sta per piangere.

Strano, vero? Quell'uomo in giacca e cravatta che piange. Nemmeno io l'avrei mai detto, eppure sono sicura che lo fa spesso, magari con la mamma quando sono soli e nessuno può vedere che anche loro sono deboli. Che anche loro non ce la fanno, non sempre.

La mamma però è diversa. Io credo che quella donna, se continua così, arriverà in fondo alla sua vita ormai già morta.

Come dice quel poeta di cui non mi ricordo il nome: "La mor-

te non è la peggiore delle perdite. La perdita più grande è tutto ciò che muore dentro di noi mentre siamo ancora in vita". Ha ragione. Completamente, totalmente, ragione.

Oggi comunque ho capito una cosa: è questo che fa la vita. Ti spreme, ti mette alla prova, ti tortura e punisce per vedere fino a che punto resisti. Per vedere quanto resistiamo senza cambiare, senza adattarci.

La vita da noi vuole solo questo. Vuole persone che non si lamentano, che si adattano e fanno figli.

Ma io non mi adatterò mai.

Non accetterò mai passivamente nessun ruolo.

Harry mi ha insegnato anche questo. Con i suoi silenzi, i suoi sguardi, con le nostre chiacchierate notturne mentre fumiamo una sigaretta, o meglio, lui fuma e a me lascia due tiri, mi ha sempre fatto capire che devo farmi sentire. Che le mie idee, i miei pensieri valgono. E non lo amerò mai abbastanza per questo.

Anzi, sì.

Lo amerò per il resto dei miei giorni e lo farò ogni ora fino a farmi scoppiare il cuore, fino a non capire più niente.

Una fotografia di Londra di notte, un gelato al cioccolato, una sigaretta dopo aver fatto l'amore. Due occhi verdi, Parigi, New York e Amsterdam. Una rosa rossa, la birra del sabato sera e una polaroid. Il mare, quello delle sere d'estate, calmo e freddo. Forse solo tutte queste cose, con un po' di Coldplay in sottofondo, potrebbero esprimere cosa provo quando sono con lui.

Chi sono quando sono con lui.

Sono io, Heisel. La vera Heisel.

Maya, non puoi capire quanto ti sono grata per aver mandato lui a salvarmi. Lo sai che non ho mai creduto in niente di superiore, né in Dio, né in altre divinità, ma in te io ci credo. Io lo so che ci sei. Magari nell'aria, sotto terra o magari sei proprio qua, a guardarmi mentre scrivo. E voglio che tu sappia che io ti penso sempre. E che mi dispiace.

Se le cose fossero andate diversamente, sarei stata più felice, ma sono sicura che non è la fine per me. Non lo è mai.

Ogni volta che credo sia finita, qualcosa mi spinge ad andare avanti.

Sono forte?

Io, sono una persona forte?

Non lo so. Se lo fossi, magari non avrei il vizio dell'alcol, non piangerei e non mi abbatterei. Però dicono che piangere è umano. Il mio psicologo dice addirittura che buttarsi giù è una cosa naturale. Ha ragione?

Ho troppe domande e troppe poche risposte.

Credo che adesso chiamerò Lèon. È in America, lì dovrebbe essere pomeriggio, credo. Sai che in geografia non sono mai stata brava. Ho bisogno di sentirlo.

Ogni tanto lo osservo, ha gli occhi stanchi di chi dorme poco, di chi a volte piange e si sente perso. Però lui è forte. Lui vede il lato positivo e continua dritto per la sua strada, fermandosi solo per riprendere fiato.

Credo che si tenga così impegnato fra un viaggio e l'altro, il college, le corse, per la paura di pensare. È terrorizzato all'idea di ritrovarsi da solo a fare i conti con la propria mente.

Succede anche a me.

Ci sono dei giorni in cui, andando contro il mio carattere, organizzo tutto, minuto per minuto, giusto per non aver nemmeno un secondo libero. E tutto sembra filare liscio. Poi arrivo a casa e realizzo di non aver più niente da fare. E lì, ecco, sono spacciata.

Non posso scappare dai miei pensieri.

Sembro pazza, vero?

Penso di esserlo.

Grazie per avermi ascoltata anche oggi. Mi manchi più dell'aria.

H.

42

Heisel

«Ci divertiremo un mondo, è dal tuo compleanno che non vieni a una festa!» strilla Alice quando usciamo dal suo appartamento.

È strano per me tutto questo, però mi ha fatto piacere passare un po' di tempo con lei, andare a casa sua due ore prima per prepararci nel migliore dei modi mentre ci raccontiamo ogni cosa... più o meno.

Lei non sa nulla. Non sa di quella notte e di quello che mi è successo.

Niall ci aspetta sul pianerottolo. Indossa jeans neri attillati e strappati sulle ginocchia, una maglia bianca e le All Star. Sta davvero bene.

Ci sorride e inizia a insultare amichevolmente Alice per com'è vestita. Be', secondo me è bellissima, magari solo un po' troppo nuda. Indossa tacchi vertiginosi laccati in argento, una minigonna nera e un top. In vita ha una piccola cintura dello stesso colore delle scarpe. In quanto ai capelli, ha ascoltato il mio parere e li ha arricciati leggermente sulle punte.

Io non avevo idea di cosa mettermi e così mi sono affidata a lei. Alice non ha cattivo gusto. Però, quando si tratta di me, si sbizzarrisce. Indosso le mie amate Jeffrey Campbell nere che mi slanciano le gambe coperte da calze color carne. Il vestito è nero e corto, sicuramente troppo per Harry.

Così eccomi qua, alla prima festa a cui partecipo dopo quello che è successo, più agitata che mai e, sinceramente, anche un po' spaventata.

Mi sento come se avessi dodici anni e stessi andando alla festa del ragazzino che mi piace.

"Se entri nel panico, ti senti strana o sul punto di scoppiare, prendi Harry e andate via. Poi fai un elenco delle dieci cose più belle che ci sono nella tua vita". Le parole del mio psicologo mi risuonano nella mente mentre scendiamo dall'auto e camminiamo verso la casa in cui si tiene la festa.

«Stai bene?» mi chiede Niall.

Alice corre da Liam che è sulla porta a fumare una sigaretta con Will. Lui l'accoglie con un abbraccio e la bacia.

«Credo di sì» mormoro.

«Sarà una bella serata.»

«Lo spero.»

Sorride e mi dà un bacio sulla fronte.

Ci fermiamo sulla porta insieme agli altri tre. Will è chiaramente strafatto e non capisce niente di quello che diciamo.

Alice è un po' a disagio. Lei non vuole che Liam passi troppo tempo con lui, lo so bene. Me l'ha detto più volte. In generale, lei non vuole che Liam stia con le persone che esagerano. Perché Will esagera. Ha una storia difficile alle spalle. Ha perso entrambi i genitori quando aveva dieci anni e, da quel momento, è stato affidato a una famiglia diversa ogni anno. Alla fine è rimasto in un istituto del cazzo, dove la sua vita è definitivamente deragliata.

Non che Zayn sia un angelo, però tutto quello che fa serve a guadagnare soldi per la famiglia. Anche se in questo modo si è pure arricchito, con tutti i lavoretti di cui preferisco non sapere niente.

I ragazzi non sono dei criminali, anche se hanno i loro giri, fumano qualche canna, credo, ma niente di grave o di troppo serio. Harry nemmeno quelle, odia quella roba, però mi ha confessato che, quando aveva sedici anni, se ne faceva tantissime.

Will non si è fermato alle canne.

Niall è diverso. Per alcuni versi la sua situazione è simile alla mia. I suoi genitori sono straricchi e non gli hanno mai fatto mancare nulla. Ma Niall si è sempre sentito la pecora nera, anche perché suo fratello è tutto il contrario di lui. Una volta sono andata a casa sua per studiare e ricordo la scenata che gli ha fatto suo padre per come era vestito. Sua madre deve essere anche peggio. Passavano il tempo a dirgli che sbagliava tutto, che non avrebbe dovuto farsi i tatuaggi o i piercing. Così, appena ne ha avuto l'occasione, Niall è andato via di casa.

Ogni persona ha la sua storia, e nessuna, bella o brutta, è facile.

Io ho una brutta storia? Non lo so, sicuramente non felice, né facile, ma non la definirei brutta.

Sposto il mio sguardo su Liam che continua a parlare con gli altri. Lui è quello con la storia più triste. Anche più della mia o di quella di Harry.

Mi ricordo ancora quando me l'ha raccontata. Era il mio primo Natale a Londra ed eravamo nel seminterrato della casa di Louis. Dormivano tutti, perché era quasi mattino, ma io e Liam continuavamo a chiacchierare e a un certo punto lui ha cominciato a parlare del suo passato.

È cresciuto in una piccola casa alla periferia di Londra, un quartiere difficile, dove ha imparato che chi è più forte vince. Suo padre era alcolizzato e non parlava mai con lui o con le sue sorelle. Così sua madre se n'è andata di casa e tutto il peso della famiglia è finito su di lui. Dopo qualche anno, quando aveva sedici anni, suo padre è morto di tumore ai polmoni e allo stomaco per via del suo stile di vita. Liam si è trovato a dover badare non solo a se stesso, ma anche alle sue due sorelle: non so come abbia fatto. Non lo biasimo se certe volte si lascia andare, se parla in modo grezzo, se ogni tanto sputa per terra e se è spesso teso o silenzioso. È già tanto che sia sopravvissuto.

Alice è sicuramente la sua salvezza. Lo ama come non ha mai amato nessuno.

Alice.

Su di lei non c'è molto da dire. Ha dei genitori meravigliosi, che fanno lavori modesti e non sono certo ricchi. Lei è figlia unica. Forse questa è la sola cosa negativa che ha vissuto perché, non avendo fratelli o sorelle, ha sentito molto di più le pressioni della sua famiglia in tutte le sue scelte. Quando aveva quattordici anni, suo nonno è venuto a mancare. Lei lo adorava. Ha passato un periodo terribile, piangeva sempre e non voleva venire a scuola ma, a poco a poco, le cose sono andate meglio. È stata molto forte e per me ha sempre rappresentato un modello, un punto di riferimento.

«Heisel, ci sei?» mi chiede Liam.

«Oh, sì, sì... entriamo?»

«Ciao, Zayn» lo saluto appena entro.

«Lo vuoi far diventare matto il povero Harry» mi prende in giro vedendo come sono vestita.

«Non mi dire così, sono già in ansia.»

Lui scoppia a ridere.

«Dovrebbe essere in cucina» mi dice prima di buttarsi in pista con una biondina.

«Louis!» grido quando arrivo davanti alla cucina. È appoggiato allo stipite della porta, fra le labbra ha una sigaretta e intanto sta parlando con una ragazza, anzi, due.

Al polso porta il bracciale che gli avevo regalato per Natale.

Louis è la dimostrazione che esistono famiglie che riescono a essere felici. Che ci sono genitori che si amano tanto da restare insieme. I suoi sono fantastici. Sua madre è una cuoca eccezionale e lavora come segretaria in un importante studio legale, è una donna moderna che riesce sempre a gestire tutto. Suo padre è esattamente come lui, si assomigliano tantissimo e non so chi dei due abbia più tatuaggi. È un giornalista sportivo, grande amante del calcio, come Louis. Le sue sorelle sono solari e simpatiche. La sua famiglia mi è sempre stata molto vicina e per questo gliene sarò sempre riconoscente.

«Heisel, tesoro mio. Come stai?» mi chiede ignorando le due ragazze.

«Tutto a posto» mento.

«Ceeeerto» mi smaschera e io rido.

«No, dico davvero... sai dov'è Harry?»

«In cucina. Ti cercava anche lui.»

«Ci vediamo dopo, non sparire» gli dico. Lui mi fa l'occhiolino e io gli mando un bacio.

La cucina è un casino, sono tutti troppo ubriachi. Cerco la testa riccia di Harry fra la folla e ci impiego un po' a trovarla.

Harry porta una di quelle bandane splendide che usa sempre. È bellissimo. I suoi jeans neri sono simili a quelli di Niall, la maglia però è diversa, la sua è nera e semplice tranne che per la scritta bianca.

Appena mi vede, mi viene incontro.

«Ciao amore» mi saluta con un bacio. Il suo sguardo brucia su di me. «Sei bellissima.»

«Anche tu sei bellissimo.»

Le sue dita corrono sull'orlo inferiore del mio vestito per cercare di allungarlo sulle cosce in modo da coprirmi un po' di più. Sapevo che avrebbe fatto una cosa del genere. Per lui sono sicuramente troppo scoperta.

«Colpa di Alice, lo giuro» mi difendo.

«Ah, sì? Dopo mi sentirà» scherza Harry.

«Non sgridarla troppo.»

«Vieni» mi dice prendendomi la mano. Mi porta con lui fino alla sala dove iniziamo a ballare insieme a tutti gli altri.

Mi sto divertendo, incredibile ma vero.

A un tratto però, un ragazzo, chiaramente ubriaco, mi appoggia una mano sul sedere e lo stringe. Sussulto.

M'immobilizzo. Il cuore martella nel petto, mi gira la testa, devo andare via subito se voglio evitare di avere una crisi davanti a tutti.

Mi sento stupida per questa reazione che è certamente esagerata. Ma ho paura.

Cammino velocemente verso la porta, i rumori intorno a me sembrano attutiti, ogni cosa pare distante.

«Heisel!» urla Harry dietro di me. «Fermati, cazzo Heis!»

Arrivo fino alla porta principale. Dopo aver lottato con la maniglia, riesco a uscire e respiro, l'aria pulita mi entra nei polmoni.

Sto già meglio.

«Heisel, cazzo. Non scappare mai più così» dice Harry recuperando il fiato. Si siede sul divanetto che c'è sotto il portico della grande casa. Mi metto accanto a lui e appoggio la testa sulla sua spalla.

«Cos'è successo? Stava andando tutto bene...» mi chiede piano. La sua voce bassa e roca manda una scarica dritta al mio stomaco facendomelo attorcigliare. Mi manca stare con Harry, fare l'amore con lui.

«Sì, la festa è bella» mormoro.

«Ti ho chiesto cosa è successo, dimmelo» insiste.

«Un... ragazzo ha toccato il mio... uhm... fondoschiena» gli spiego e la sua mascella si indurisce. «Ma sarà stato un incidente.»

«No, non è stato un incidente... cazzo, non è che tocchi il culo a una per sbaglio. Chi è il ragazzo?» quasi grida.

«Non lo so, non lo conosco e non importa... mi sono solo spaventata» sussurro. So che più tengo bassa la voce, più lui starà tranquillo.

Non voglio che si preoccupi più del dovuto. Non è una tragedia. Magari quel ragazzo non l'ha nemmeno fatto apposta, magari è stata una mia percezione erronea.

«Alcune volte non so cosa fare... penso che farti uscire sia un bene, perché così ti distrai, ma tutte le volte succede qualcosa.»

«Non devi fare nulla, sei già stupenda. So che non è facile con me... ma tu fai un ottimo lavoro.»

Strofino la testa sul suo collo e gli lascio un bacio sulla pelle fredda.

«Come ti senti?» mi chiede.

«Con te sto sempre bene.»

Lui sorride. «Forza, dimmi dieci motivi per cui puoi essere felice.»

Sorrido. Perché il motivo più grande è qui davanti a me.

«Ragione numero uno: mio fratello... e anche i miei.»

Mi alzo dalla panchina e mi appoggio alla ringhiera del portico.

«Ragione numero due... i miei amici, senza dubbio. Tre, la fotografia e quattro la scrittura, i libri. La ragione numero cinque per essere felice, invece, è che sono ancora qua, nonostante tutto.»

«Sei?»

«Sei, mia sorella, la amo ancora come sempre e come ogni giorno della mia vita. Sette Londra, amo questa città.»

«Okay, forza... otto?»

«Otto sono ancora giovane, ho ancora tanto da fare, vedere... e nove... nove... tutti i viaggi che faremo, insieme.»

Sorride. Sembra così contento di vedermi allegra, tranquilla.

«Dieci?»

«Tu. Sei la mia decima ma prima ragione per essere felice. Immensamente felice.»

Si alza dal divanetto e mi raggiunge appoggiando le mani sui miei fianchi. La sua stretta è possessiva e dolce allo stesso tempo, il modo in cui mi tiene fra le braccia è meraviglioso, mi fa sentire protetta, al sicuro.

Respiro l'aria di questa notte fredda e capisco, ancora una volta, che non sono così sola come certe volte mi ostino a credere. E soprattutto capisco che non è la fine. Sono ancora qui, in piedi, dopo tutte le cose che ho dovuto passare, dopo tutto quello che mi è successo. Sono qui tra le braccia della mia più grande fonte di felicità. Non è finita. Ho solo diciannove anni e certe volte me ne dimentico, ma ci sono ancora troppe cose da vedere, sognare e fare per abbattermi adesso.

Ringrazio Dio o forse, meglio, mia sorella, per avermi mandato Harry. Perché quella sera alla festa non è stato un caso, un gioco del destino, era semplicemente scritto.

Era scritto da qualche parte che Harry dovesse salvare Heisel e che Heisel dovesse lasciarsi salvare.

Sono tremendamente sensibile a lui, in questo periodo più che mai, forse perché non abbiamo più avuto alcun tipo di rapporto. Niente sesso né altro, solo baci.

Lui non mi chiede niente. Magari stiamo a letto per ore, ma lui non cerca di avere quello che anch'io vorrei, sebbene non ora, e questo è un motivo che mi spinge ad amarlo ancora di più.

«Ti amo» gli dico a conclusione di questi pensieri.

«Ti amo anche io Heis.»

Posa il palmo sulla mia guancia. Gli premo il viso contro la mano e mi godo quel contatto delicato e innocente. È così bello averlo accanto a me.

«Grazie» sussurro.

Mi attira a sé con un abbraccio. «Vuoi tornare dentro?»
Sposto lo sguardo sulla porta d'ingresso dalla quale proviene il rumore della musica.
«No... Harry, scusa» dico con voce incerta. «Solo che davvero non credo di essere ancora... pronta.»
«Ehi, non c'è nessun problema, nemmeno io voglio tornare là.»
«Sicuro?»
«Sì.»
Intreccio la mia mano nella sua e lo tiro dietro di me, sotto al portico e poi nel giardino.
«Dove mi porti?» chiede ridendo.
«Be', tanto vale fare una passeggiata. Sono diventata una rompipalle, non ti faccio più nemmeno divertire alle feste.»
«Sei sempre stata una rompipalle, non è una novità» mi prende in giro.
«Stupido.»
«Dai, uno stupido e una rompipalle... vorresti qualcosa di più?»
«Uhm...» fingo di pensarci mentre lui non riesce a trattenere una risata.
«Vieni qui» gli dico. Lui si avvicina e io mi rifugio nel suo abbraccio, voglio fare una foto con lui. Prendo l'iPhone e lo alzo sopra di noi. Lui mi dà un bacio sulla guancia ma io mi giro per far incontrare le nostre labbra.
Scatto la foto e siamo noi, il nostro bacio, noi, insieme.
Lui sorride. È troppo, troppo, troppo bello quando mi fa capire che è felice.
«Harry...»
«Sì?»
«Ti voglio portare in un posto, però non è esattamente qua vicino. Dobbiamo prendere un taxi.»
«Non possiamo andare in macchina?»
«Ci siamo allontanati troppo dalla casa... ci metteremo una vita» mi lamento come una bambina mentre lo abbraccio per cercare di convincerlo.
«D'accordo, d'accordo, come vuoi.»
«Un ultimo favore?»

Si gira verso di me con aria divertita e mi fa cenno di continuare.

«Sei assolutamente il ragazzo migliore del mondo e ti amo tanto e poi sei molto forte...»

Non mi lascia nemmeno finire che mi copre la bocca con la mano facendomi ridere.

«Leccaculo» mi insulta scherzosamente. «Parla.»

«Mi porti sulle spalle?» gli chiedo. I tacchi mi stanno uccidendo.

«Sali» sbuffa e si inginocchia per farmi salire.

«Abituati, nostra figlia vorrà sicuramente stare sulle tue spalle.»

Cosa cazzo ho detto? Merda.

«Harry...»

«Cos'hai detto?»

«Scusa... io...»

«No, ripetilo.»

«Nostra figlia salirà sulle tue spalle... non so perché l'ho detto.»

«Cazzo, Heis, smettila di scusarti, va bene. Intendo, è una cosa bella da sentire... soprattutto da te.»

«Da me?»

«Sì, non mi dici mai questo genere di cose.»

In quel momento passa un taxi, Harry lo ferma con un cenno della mano e mi fa scendere dalle spalle.

«Sali, ma non puoi sentire dove andiamo» gli dico come una bambina obbligandolo a salire. Spiego sottovoce all'autista la nostra destinazione e raggiungo Harry sui sedili posteriori.

Pensare a lui come padre mi scalda il cuore. Potrebbe essere perfetto. Il problema è che ho troppa paura che le cose possano finire, comunque, a un certo punto, indipendentemente dalla mia volontà.

Mi schiocca le dita davanti al viso per farmi riprendere dal mio stato assorto.

«Vuoi ridirmi le dieci ragioni o sei a posto?»

«Ci sono, tranquillo» rispondo e, per dimostrarglielo, gli do un lungo bacio. È anche troppo passionale, visto che siamo in un taxi, ma non importa a nessuno dei due.

«Uhm... siamo arrivati» mormora il taxista dopo un po'.
Io ed Harry ci affrettiamo a staccarci. Sento le guance andare a fuoco.

Harry

Scendiamo dal taxi e ci troviamo abbastanza vicino alla zona turistica della città. C'è un palazzo davanti a noi e non ho dubbi sul fatto che sia abbandonato. È un edificio in mattoni rossi, sulla facciata ci sono le scale antincendio in ferro.
«Sicura che siamo nel posto giusto?» le chiedo.
Mi sorride e mi fa cenno di seguirla.
Ci arrampichiamo su per le scale. Lei mi precede veloce, sembra una bambina. Amo l'aria da ragazza libera e spensierata che riesce ad avere certe volte.
«Allora? Ti muovi?» mi prende in giro.
Arriviamo sul tetto del palazzo.
«Chiudi gli occhi» mi dice e si mette davanti a me in modo da coprirmi la visuale.
Faccio come mi ha detto.
«Ecco» mi sussurra all'orecchio. «Ora puoi guardare.»
Apro gli occhi e vedo la città davanti a noi. Londra non è mai stata così bella. Cazzo. È un vero e proprio spettacolo.
Sembra un bosco pieno di lucciole. Amo già questo posto.
«Ti piace?» mi chiede Heis sedendosi sul bordo del cornicione.
Annuisco e mi siedo accanto a lei. «È incredibile.»
«L'ho scoperto per caso una sera, qua sotto c'era un bar e venivamo spesso con gli altri» mi racconta. «Non avevo mai portato nessuno, quindi sentiti onorato.»
«Ci vieni spesso?»
«A dir la verità, è tanto che non vengo... però c'è stato un periodo in cui ci venivo sempre... mi rilassa.»
Il vento le scompiglia i capelli. Le accarezzo la mano e un sorriso le compare sul volto. Poi chiude gli occhi.
Prendo il telefono e le scatto una foto. Nemmeno se ne accorge, ma io le ho fatto la foto più bella di sempre.

«Heis.»
«Harry.»
«Claire ti piace come nome?»
«Non capisco.»
«Claire, nostra figlia...»
Un sorriso che non so descrivere si apre sul suo volto.
«Sì, mi piace.»

43

Heisel

«Ti trovo più serena oggi» dice il mio psicologo.

«Già, anch'io mi sento così.»

«Come va con Harry?»

«Bene. Ed è bello dirlo con certezza perché, in realtà, non l'ho mai fatto. Prima ero sempre insicura, succedevano sempre dei disastri e litigavamo anche quando non ce n'era bisogno... ora va molto meglio.»

«Non litigate più?»

«Non penso che riusciremo mai a non litigare. Però adesso lui sa come... gestirmi, penso sia questa la parola giusta.»

«Il contatto con lui ti provoca ancora fastidio?» mi chiede, la voce bassa e calma, cerca di mettermi a mio agio. Tentativo quasi riuscito.

«Uhm... no, in realtà no. Con lui è come se non fosse mai successo nulla, mi manda via ogni pensiero negativo. Con le altre persone ho ancora un po' di problemi... forse perché non ricordo il volto che mi ha fatto stare male e quindi penso che potrebbe essere chiunque.»

«So quanto è terribile e sono felice di vederti già così, sei molto più libera di quando hai iniziato la terapia... È una cosa buona, ma devi sforzarti di capire che è lui che ha sbagliato, è lui il colpevole che dovrebbe aver vergogna a camminare in pubblico, non tu. Tu puoi stare in mezzo alla gente, anzi, devi... Hai solo diciannove anni e non hai nulla di cui vergognarti. Sei forte.»

Le sue parole mi colpiscono anche se, in realtà, non è nulla che non mi abbiano già detto. Io non ho colpe, non posso averle, ma mi capita ancora, quando sono in mezzo alla gente, di sentirmi sporca.

«Come va con i tuoi genitori?»

«Va bene, meglio di quanto sia mai andata negli ultimi tempi... parlo sempre con mio padre e spesso con mia madre, loro dicono che stanno bene. Sembra che finalmente stiano andando avanti.»

«Tu, Heisel, lo stai facendo?»

«Cosa?»

«Andare avanti.»

«Io... ce la sto mettendo tutta.»

«C'è un processo che si chiama "rielaborazione della propria identità". Tu lo stai affrontando. Non puoi continuare a vivere per sempre la vita di quando avevi quindici anni, quando eri disperata per la perdita di tua sorella. Butta via le vecchie abitudini e fai qualche cambiamento in casa tua, prendi qualcosa di nuovo, qualcosa che ti rappresenti ora. Ti aiuterà ad accettare il cambiamento.»

«Ali passami quel portagioielli, non penso mi servirà ancora» le dico mentre chiudo un altro scatolone con dentro oggetti e soprammobili che non fanno più per me.

Sto seguendo i consigli dello psicologo.

Questa mattina io e Alice siamo andate a fare compere e abbiamo preso delle nuove cose per la mia casa. Ho comprato un tappeto colorato e anche lenzuola e coperte per il mio letto. Ho preso dei fiori finti e un portasapone per il bagno.

«Sono così felice» mi dice Alice.

Arrotolo il tappeto della stanza, esattamente come ho fatto prima con quello della sala, e lo metto in un angolo. Quello nuovo ci sta decisamente meglio. Quando apro le persiane, è come se la luce non troppo splendente del cielo di Londra mi stesse facendo i complimenti.

«Anche io, Ali, anche io sono felice» le sorrido e i suoi occhi luccicano.

Sistemiamo gli scatoloni vicino alla porta d'ingresso. Metto i fiori finti sul tavolo della sala e su quello più piccolo della cucina. Poi raccolgo tutte le cornici sul letto, prendo gli album fotografici più recenti e inizio a sfogliarli. Ci sono tantissime foto di me, dei miei amici, paesaggi, stazioni, mari, strade.

Con l'aiuto di Alice, sostituisco le vecchie foto con queste nuove. Quella con Maya che mi ha regalato mio fratello l'ho messa sulla scrivania, accanto a una di Natale con Harry e Rose davanti all'albero decorato.

«Sono bellissime» dice Alice guardando le foto incorniciate al muro.

C'è quella che mi ha regalato Zayn, una di me e Louis che ridiamo, un'altra con Zayn e Liam nella quale siamo abbracciati come i calciatori di una squadra. Poi una con me e Alice che ci diamo un bacio a fior di labbra. Amo quella foto. Una con mio fratello che mi tiene sulle spalle alla mia festa di compleanno. Un'altra con Alice, Liam, Harry e Zayn, tutti con una birra in mano e l'aria spensierata. E ancora, una bellissima assieme a Niall, con le felpe che ci siamo regalati a Natale, e lui che mi bacia una guancia.

Sono fiera di me per quello che ho fatto.

È un cambiamento.

Cambiamento. Che parola strana, spaventosa. Penso che le persone abbiano una paura folle di cambiare. Le persone si attaccano sempre a qualcosa, si aggrappano al passato pur di non andare avanti. C'è un senso di colpa che s'impadronisce di noi ogni volta che proviamo a voltare pagina, è terribile. Abbiamo tutti paura che, cambiando, perdiamo qualcosa. Sappiamo cosa lasciamo ma non a cosa andiamo incontro.

Cambiamento.

Questa parola oggi mi piace.

Mi piace tantissimo.

«Sono fiera di te» dice Alice mentre si avvicina e mi abbraccia.

«Grazie per ogni cosa che hai fatto per me, ti voglio bene, Ali.»

«Ti voglio bene anch'io.»

Ci sediamo insieme sul mio letto e io metto su un CD degli Oasis, Alice li ama.

«Allora, come ti senti ora?» mi chiede.

«Bene... tu?»
«Alla grande, io e Liam stiamo pensando molto anche a... uhm... un futuro insieme.»
«Non avevo dubbi» dico e lei ride.
«Hai deciso cosa fare dopo? Ormai ci siamo quasi.»
«In realtà no... credo che prenderò un anno di pausa, ne ho bisogno... poi penserò all'università.»
«Dovresti fare fotografia... insomma guarda» dice indicando la stanza intorno a noi. «È il tuo mondo.»
«Già... be', non lo so... dovrò pensarci bene. E tu, invece?»
«Anch'io prenderò un anno di pausa, questo è sicuro... Poi, lo sai, mi piacerebbe davvero studiare economia, mio padre ha parlato con un suo amico di Londra e gli ha detto che mi potrebbe prendere nella sua azienda, sarebbe bello, no?»
Sembra elettrizzata e sorride in modo così luminoso che mi scalda il cuore.
«E Liam?»
«Non lo so. Le sue sorelle devono ancora finire gli studi... vorrebbe andare all'università, ma non sa come fare per i soldi.»
«Non pensavo fossero ancora un problema» dico rimanendo sul vago.
«Io... io gli ho chiesto di smetterla con i suoi strani affari appena finirà l'anno.»
«Veramente?»
«Sì. Lui ha detto che va bene.»
«Ma?»
«Ma certe volte mi sento come se in realtà non potessi fidarmi... lui e i ragazzi ci sono troppo dentro.»
«So come ti senti» la rassicuro appoggiandole una mano sulla spalla. «Devi stare tranquilla, troverà un lavoro o un modo per sistemarsi anche senza tutta quella merda.»
Lei annuisce, ma è chiaramente preoccupata.
«Con Harry invece ne hai parlato?»
«Io credo che si sia tirato parecchio fuori da quelle merdate, però... non lo so. Non è una cosa di cui parliamo. Forse è l'unico argomento che preferiamo entrambi lasciar perdere.»
Rimango in silenzio, pensando alla situazione mia e di

Harry. E al suo comportamento sfuggente quando si tratta di quelle questioni.

«Heisel!» urla Niall che è appena tornato.

«Ciao Niall, vieni. Siamo in camera.»

Si affaccia alla porta.

«Ciao ragazze» ci saluta, ma non sembra che si sia accorto dei cambiamenti in camera. «Vado a fare una doccia che poi devo uscire di nuovo.»

«Tu che ti lavi?» lo prende in giro Alice e lui alza il medio per poi sparire nel corridoio.

«Non ho ancora capito perché Niall vive qua» mi dice Alice appena sentiamo scorrere il getto dell'acqua.

«Lui... uhm... be', in realtà non credo ci sia un motivo preciso. Aveva bisogno di un appoggio per qualche tempo e... »

«E a Harry non dà fastidio? Sapendo com'è geloso...»

«Di Niall non può essere geloso, comunque è vero, hai ragione... non l'avevo mai vista in questo modo...»

Il mio telefono squilla in quel momento. È Harry.

«Come stai?» mi chiede. La sua voce è calda e dolce, tanto che mi viene voglia di abbracciarlo.

«Tutto okay, sono ancora con Alice, tu?»

«Bene... Niall è tornato a casa?»

«Sì, si sta facendo la doccia... perché? Tu sei a casa?»

«No, sono dovuto correre a chiudere la palestra perché Dan si era scordato di farlo.»

«Okay.»

«Sicura che va tutto bene?» mi chiede. Mi distraggo un attimo perché anche il telefono di Alice si mette a squillare. È Liam.

«Cosa?» chiedo.

«Dicevo, sei sicura che va tutto bene?»

«Sì, certo.»

«Hai avuto una... bella giornata?»

Sento il rumore del motore della sua auto che romba attraverso il telefono.

«Ti volevo chiedere se stasera vieni da me» mi dice dopo qualche secondo di silenzio. La sua richiesta mi spiazza e allo stesso tempo mi riempie il cuore.

«Va bene, chiedo a Niall di accompagnarmi, tanto dopo deve uscire.»

«Bene, allora a dopo, ti amo.»

«Anche io» chiudo la telefonata e fisso lo schermo con una foto di me ed Harry la sera di capodanno.

È stata una conversazione strana. Era come se fossimo entrambi bloccati da qualcosa, ma cosa? Lui sembrava addirittura preoccupato.

Che nervi.

«Era Liam» dice Alice rientrando in stanza. «Devo andare. Viene a cena da me.»

«Ma erano insieme? Lui ed Harry intendo.»

«Non lo so, perché?»

«Così.»

Lei fa spallucce, prende la borsa e controlla di avere tutto.

Ci salutiamo sulla porta.

«Sono felice di avere passato tutta la giornata con te» mi dice Alice «ed è bello vedere che stai tornando a essere te stessa, ce la faremo, Heisel, te lo giuro.»

Mi abbraccia e per poco non piango.

Sono felice di questa giornata. E adesso sono solo curiosa di vedere come sta Harry e di scoprire cosa c'è che non va, perché lo so, lo sento, c'è qualcosa che lo preoccupa.

«Grazie per il passaggio» dico a Niall mentre scendo dalla macchina.

«Figurati. Ti aspetto questa sera o resti da Harry?»

«Penso che resterò qua.»

«Allora ci sentiamo domani mattina.»

«Ciao biondo» gli mando un bacio e lui ricambia prima di ripartire.

Il portone del palazzo è aperto. Non suono e salgo direttamente. Anche la porta di Harry è socchiusa.

«Harry, ci sei?» chiedo entrando in casa.

«Heisel, ciao, sono in cucina!»

Lo trovo intento a lavarsi le mani.

«Ciao, era tutto aperto.»

«Sì, mi hanno appena consegnato le pizze» spiega e indica i cartoni sul tavolo. La sua ha sopra tutte le schifezze possibili, mentre l'altra è semplice, proprio come piace a me.

Si appoggia al bancone della cucina, incrocia le braccia al petto e mi osserva attentamente. Amo quando lo fa, quando mi studia e mi spoglia con gli occhi.

Mentre mangiamo riesco a farmi raccontare la sua giornata, anche se ho l'impressione che stia cercando di evitare di dirmi proprio tutto. Odio questa cosa.

«Mi vuoi dire cosa c'è che non va?» gli chiedo dopo un po'.

«Perché pensi sempre che ci sia qualcosa che non va?»

«Perché sei strano, sei sfuggente.»

«Dai, Heis, non cominciamo a discutere.»

«E allora rispondimi.»

Lui mi fissa con aria stanca, le labbra chiuse in una linea dura. Ne ho abbastanza di questa cosa.

Prendo la borsa e il giubbotto da terra e mi dirigo verso la porta.

«Dove vai?» mi chiede, trattenendomi per il polso.

Sembra passato così tanto tempo da quando ci comportavamo in questo modo.

«A casa.»

«Non ci provare nemmeno.»

«Se no?»

«Heisel, dai...»

«Perché non mi parli? Perché non ti decidi a dirmi cosa ti passa per la testa? Cazzo, praticamente non c'è una cosa che non sai di me! Io di te non so niente.»

«Tu non sai niente di me? Sei la persona che mi conosce meglio di tutto questo schifoso mondo.»

So che è vero, ma ora non m'importa. «Non sembra, non mi dici mai quello che fai, dove passi tutto il tuo tempo. Cosa... lasciamo perdere.»

«Ah, io non ti dico quello che faccio e dove sono? Certo, perché tu invece me l'hai sempre detto, anche quando...»

I nostri sguardi si incontrano e lui almeno non finisce la frase. Ma è comunque troppo per me.

Harry

I suoi occhi si inumidiscono e faccio appena in tempo a fermare la mia fottutissima linguaccia.

«Non ti ho detto cosa? Che ero stata praticamente stuprata? Certo, fammene una colpa!» urla.

La blocco e cerco di abbracciarla.

«Scusa, non volevo...»

«Non vuoi mai!»

Prova a divincolarsi, ma io stringo la presa. Il suo sguardo è duro e senza emozioni.

«Un passo avanti e otto indietro» sussurra.

«No, non dirlo. Non è vero, è stato un caso isolato dopo una giornata di merda in un periodo di merda. Tu, tu sei l'unica cosa bella che ho visto oggi...»

«Se non mi parli, non posso aiutarti e, se non mi parli, non voglio restare qui.»

«È difficile...»

«Hai idea di quanto sia difficile per me? Tutto, ogni giorno. Ogni cosa, eppure te ne parlo, ti racconto, mi costringo a dirti le cose che nessuno sa... non è difficile solo per te.»

Allungo la mano verso il suo viso e le sistemo una ciocca di capelli dietro l'orecchio. «Tu sei più forte di me.»

«No» sussurra. «Non è vero... voglio che mi parli.»

Per minuti che sembrano eterni, il silenzio regna nella stanza. Lei continua a guardarmi, mi sta facendo capire che questa è una delle ultime occasioni, se non l'ultima.

Sospiro sconfitto e cammino a passi lenti verso il divano, lei mi segue in silenzio.

«È un periodo... strano» ammetto. «Sto impazzendo.»

«Cosa vuol dire?»

Okay, ho bisogno di un minuto per organizzare il discorso.

«Non riesco a farmi una ragione di quello che ti è successo, non riesco proprio ad accettarlo... mi sento in colpa... perché niente sarebbe successo se avessi risposto al telefono. Non c'ero quando ne avevi bisogno e le cose sono andate da schifo.»

Spalanca gli occhi, ma non dice niente. Questa volta vuole

prima sentirmi parlare ed è strano, visto che lei interrompe sempre tutto e tutti.

«Io non posso proteggerti e la cosa mi logora dentro, Niall ti protegge meglio di me! Cazzo, voglio dire, lui è sempre lì. So che l'altro giorno hai pianto e c'era lui, non io. In più ci si mette tutto il resto. Ho sentito mia mamma, stanno bene e Rose sta meglio, ma io lo sento che non sono felici. Anche in questa storia, sono colpevole, se fossi rimasto a casa, mio padre non avrebbe mai fatto quello che ha fatto. Capisci? Ho più colpe io che il diavolo. E poi, Heis, questo non dovrei dirtelo perché sembrerò un completo stronzo, ma ormai te lo dico: è troppo tempo che nemmeno ti tocco e sto uscendo matto.»

Mi fermo un attimo, solo per vedere la sua reazione, nel suo sguardo non c'è traccia di giudizio. Credo che capisca. Dio santo, lei c'è sempre e io non ci sono mai.

«Io... okay, scusa non avrei dovuto dirlo. Ma ti amo, Heisel. Sto iniziando a soffocare in mezzo a tutto questo, e non è colpa tua, anzi. Tu sei il mio ossigeno e io sono uno stronzo, un egoista, lo so. Scusa.»

Si avvicina. Mi abbraccia.

«Harry, ascolta. Quello che mi è successo non è colpa tua e nemmeno mia, finalmente l'ho capito. Non devi nemmeno pensarlo. Io penso che tu sia una delle persone più stronze, strane e complicate di tutto questo mondo, ma mi va bene così. Sei anche la persona più brava sulla faccia della terra. Harry, ti rendi conto di cos'hai fatto in questi ultimi mesi? Sei corso ad aiutare tua mamma e tua sorella perché sapevi che era la cosa giusta, e sappiamo entrambi che non è grazie a me che sei tornato là. Avevi solo bisogno di una spinta e io sono qui per questo, per aiutarti. E ti rendi conto di cosa hai fatto per me? Non è vero che Niall c'è sempre e tu no. Corri sempre da me quando ho bisogno. Ti capisco se dici che stai per impazzire, ma non dovresti mai farlo, ci sono io qui con te, sempre.»

Heisel è incredibile. È riuscita, nel giro di un minuto, con le sue parole, a scacciare le mie ansie. Lei è troppo per me, non la merito. Ma Dio santo, quanto la amo.

«Per tutto il resto, troveremo una soluzione. E manchi anche a me, soprattutto mi mancano le tue mani.»

Sorride mentre mi prende la mano e traccia le vene in rilievo sulla mia pelle.
«Quindi?» chiedo.
«Quindi sono felice. Mi hai parlato e questo ti fa guadagnare circa dieci punti.»
«Dieci punti per cosa?»
«Per la merdata che stavi dicendo all'inizio della discussione» mi ricorda e un proiettile mi attraversa i polmoni.
Annuisco e abbasso lo sguardo. «Mi dispiace.»
«Voglio solo farti capire che insieme possiamo affrontare ogni cosa e che non ti devi tenere tutto dentro, se no non potrà mai andare bene.»
«Lo so, proverò a fare del mio meglio. Te lo prometto» le dico mettendomi una mano sul cuore come fanno i bambini. Ride.
Sono stato così impegnato a pensare alla merda che ho intorno che non le ho nemmeno chiesto come sta, come è andata a lei in questi giorni.
«È stata una giornata pesante?» le chiedo.
«No, in realtà oggi mi sono divertita, con Alice... domani devi venire a vedere com'è cambiata la mia stanza.»
«Certo, verrò.»
Le sistemo di nuovo i capelli, visto che è la miglior scusa per poterla toccare ma questa volta lei mi ferma la mano. Mi fissa qualche istante e poi mi guida in camera senza dire nulla.
Le appoggio le mani sui fianchi e lei porta le labbra sul mio punto più sensibile fra il collo e la spalla. Cazzo. Con le dita mi sfiora la schiena e scende giù, lentamente. Mi è mancata così tanto.
Le blocco la mano e inchiodo i nostri sguardi. I suoi occhi brillano e ha già le guance arrossate.
«Non è per quello che ho detto, vero?»
«Tutte le sere, Harry, mi ricordo che qualcuno che non sei tu mi ha toccato... so quanto ti faccia schifo sentirlo ma è così. E io ora ho bisogno delle tue mani su di me.»
La stringo più forte.
«Fallo andare via, per favore, ricordami che tu sei l'unico.»
La bacio e sento il fuoco che m'invade. Ma questa notte

sarà diverso. Dobbiamo fare piano. Abbiamo tutto il tempo. Ho circa sette ore per amarla come merita, per mandare via quel lurido bastardo dalla sua mente. Ho sette ore per farla mia e per essere suo.

«Piano piccola» le sussurro. Lei ride e i suoi occhi brillano come non accadeva da troppo tempo. Che spettacolo.

«Leviamo questa maglia» dice e comincia a spogliarmi. «Mi sei mancato.»

Una scarica elettrica mi attraversa tutto il corpo e sono così eccitato che mi fa quasi male. Se continua così, non durerò praticamente niente.

«Piano» dico in mezzo a un sospiro.

La guido verso il letto e le levo la maglia.

«Heisel» mormoro mentre tocco i suoi seni ancora coperti dal reggiseno.

Si stende completamente sotto di me. Mi slaccia i pantaloni, abbassandomeli lungo le cosce. Rimango in boxer davanti a lei che continua a guardarmi e a tracciare la mia pelle tatuata con le mani. Amo le sue mani.

Mi avvicino col volto e lei intrappola velocemente le mie labbra. Mi sta facendo uscire matto, è illegale, l'ho sempre detto.

Quando ci stacchiamo, abbiamo entrambi il respiro corto, sento il calore in ogni punto del corpo. Ho fottutamente bisogno di farla mia, proprio qua, proprio adesso.

Mi prende le mani e le porta sul bottone dei suoi pantaloni. Mi guarda attenta mentre li slaccio e li sfilo lentamente lungo le gambe perfette.

I segni sono guariti ma so che dentro è ancora ferita.

Le sistemo i capelli dietro l'orecchio e non posso fare a meno di notare quanto cazzo sia tesa. Odio questa cosa. Vorrei poter cancellare tutto il dolore.

«Ti amo» dico.

«Anche io.» La sua voce è così bassa che quasi non la sento.

Porta una mano dentro i miei boxer e inizia a massaggiare la mia lunghezza. Stringo le lenzuola nei pugni e chiudo gli occhi mentre lei inizia a pompare più velocemente. Se continua così le vengo in mano in meno di un minuto. Cazzo.

«Heis, no» la fermo. Le levo la mano e lei geme. Amo quel suono.

«Harry» sussurra e mi stringe a lei, nascondendo la faccia nel mio collo. Mi bacia e poi comincia a succhiare avidamente.

Mi sposto per trovare ancora una volta le sue labbra. Sono arrossate, così come le sue guance, ed è bellissima.

Mi sfila i boxer e inarca la schiena permettendomi di slacciarle il reggiseno.

Il suo corpo è coperto da brividi, le labbra socchiuse emettono gemiti che riempiono la stanza... mi è mancata troppo.

Non ho mai avuto così tanta voglia di lei come in questo momento.

Lascio un ultimo bacio sui suoi seni arrossati per poi scendere lungo la pancia. Heisel alza il bacino e chiude gli occhi.

«No Heis, guardami, tranquilla» la rassicuro mentre le sfilo lentamente le mutandine nere.

Trema e chiude le gambe in un riflesso incondizionato.

«Va tutto bene, Heisel.»

«Lo so.»

«No, hai bisogno che io te lo dica, e sono qua per dirtelo.»

Le accarezzo una guancia e lei bacia il palmo della mia mano.

«Vieni più vicino, ti prego» mi dice e mi tira sopra di lei.

Incrocia le mani dietro il collo e mi bacia mentre io accarezzo la sua intimità. È bagnata.

Stuzzico la sua entrata qualche volta prima di inserire un dito. Heisel stringe le gambe intorno a me e mi morde il mento. Amo questa cosa.

Non ce la faccio più.

Praticamente ringhia quando levo il dito e le bacio velocemente le labbra.

«Sei... pronta?» le chiedo.

Annuisce. Poi mi attira a sé e finalmente entro in lei.

Le esce un gemito incontrollato dalle labbra, mi fermo un istante e poi inizio a muovermi lentamente, sentendo ogni parte di lei.

Mi graffia le spalle quando mi lascio andare e le spinte diventano più forti, profonde.

I suoi occhi lucidi si aprono, poi si chiudono. Sembra improvvisamente assente, qualche pensiero sta cercando di portarmela via.

«Guardami, Heisel» le dico, ma faccio fatica a parlare. «Sei con me. Sono qua per te.»

Mi abbasso su di lei sentendo i seni contro il mio petto, e quasi impazzisco.

«Con te» sussurra.

«Sì, ci sono solo io.»

«Solo e sempre te.»

«Quindi ora torna da me e ricordati che sei qui, nella mia stanza... quella che ami tanto» continuo per cercare di rassicurarla al massimo.

Si stringe a me e muove il bacino, facendo scontrare il punto in cui siamo connessi. Sento una scarica per tutto il corpo e riprendo a spingere dentro di lei. Ma questa volta anche Heisel si muove, mi bacia, mi morde.

I nostro corpi sono bollenti.

Ribalto la situazione prendendola a cavalcioni sopra di me. Le tengo i fianchi per aiutarla nei movimenti e lei urla il mio nome quando colpisco più in profondità il suo punto di piacere.

«Fallo ancora, chiamami» le dico a un centimetro dal suo viso.

L'aria nella stanza sembra finita.

Tira i miei capelli, si stringe a me, il suo petto si muove su e giù velocemente, spingo più forte, due, tre volte e alla fine veniamo insieme.

Rimane immobile qualche istante, poi si sdraia sopra di me.

«Grazie» le dico e intanto le sistemo i capelli scompigliati.

«Ti amo tantissimo.»

«Anche io, credimi.»

Le bacio la fronte e lei scivola piano accanto a me.

Guarda il soffitto della stanza e non prova nemmeno a coprire il suo corpo nudo. È la prima volta che non si copre per niente. La prima.

«Non è stato diverso?» mi chiede.

«In che senso?»

«Sono sicura, non è mai stato così. C'erano molte più... fiamme.»

«Be', era tanto che non lo facevamo, magari è per quello.»

«No, mi hai presa in un modo diverso, mi hai tenuta stretta a te per tutto il tempo, ogni secondo.»

«Se ti piace, lo rifacciamo.»

«Stupido» mi prende in giro e mi lancia un cuscino. Poi indossa la mia felpa e si alza in piedi.

«Dove vai? Mi abbandoni?»

Heisel

«Dove vai? Mi abbandoni?» mi chiede Harry. Mi giro e sorrido nel vederlo così felice.

Inserisco il CD dei Coldplay e faccio partire la prima canzone. In questo momento, dopo che abbiamo appena fatto l'amore, mi rendo conto che nella mia vita ho collezionato tante scelte sbagliate, ma lui è una di quelle giuste.

Harry è il mio successo più grande.

Lui mi ha salvata.

«Terra chiama Heisel Gray» dice Harry facendo una voce buffa per destarmi dai pensieri.

«Stupido.»

«Due volte in una sera, mi devo aspettare la terza?»

«Se continui con queste battute, è probabile.»

«È che sono felice.»

«Lo vedo» sorrido. «Lo sono anche io.»

La prima canzone dei Coldplay finisce e parte la seconda. Harry prende la mia mano e inizia a giocarci per poi trascinarmi sotto le coperte. Leva velocemente la felpa che ho indosso e sorride quando vede i segni che mi ha lasciato sul seno.

Si posiziona fra le mie gambe che allaccio intorno al suo bacino per attirarlo più vicino a me.

Harry canticchia le parole di *Magic* prima di entrare ancora una volta in me.

Sono le tre di notte e noi non abbiamo chiuso occhio. Continuiamo ad amarci e parlare, parlare e amarci.

La televisione è accesa, ma non la stiamo veramente guardando. Stanno dando *Sette anime*.

«Questo mi fa piangere» mi lamento.

«Dici? Secondo me è un film interessante.»

«Come? Hai appena definito *Sette anime* interessante? Sei un caso perso.»

«Non vedo cosa ti possa far piangere in due che scopano» dice indicando la televisione. In effetti, ora come ora, è il punto in cui i protagonisti fanno l'amore ed è una cosa troppo, troppo romantica.

«Zitto e guarda» rimprovero Harry.

Alla fine della scena, lui si gira verso di me.

«Facciamo anche noi quel gioco» mi propone.

«Che gioco?»

«Il gioco del "mettiamo che", quello che fanno nel film.»

«Okay, inizia tu.»

«Mettiamo che... ce la faremo e prima o poi saremo felici e staremo così bene che non ci sarà più niente di cui preoccuparsi.»

«E mettiamo che magari io dimenticherò tutto quello che mi fa soffrire e riuscirò a perdonarmi.»

«E mettiamo che a quel punto faremo tantissimi viaggi nei posti che più ti piacciono e che faremo tantissime foto... ovunque.»

«E mettiamo che, in uno di quei viaggi... magari quello a Parigi, fra qualche anno, faremo l'amore.»

«E che quella notte a Parigi magari ci scappa un figlio... e mettiamo che sia maschio.»

«E mettiamo che abbia i tuoi occhi, dovrà averli per forza.»

«E mettiamo che, a quel punto, io mi renda conto che tu sei veramente la mia occasione per essere felice.»

«E mettiamo che io questo l'ho già capito, sei la mia occasione per tutto.»

Rimane in silenzio mentre io elaboro tutte le cose che ci stiamo dicendo. Immagino che siano già realtà.

«Mettiamo che vivremo in una bella casa e che la nostra

sarà sempre una vita piena di casini perché altrimenti ci annoiamo troppo» dice Harry.

La sua voce è più bassa rispetto a prima.

«Mettiamo che tutto questo succederà e che ci ameremo tante altre notti come abbiamo fatto oggi.»

«E non abbiamo ancora finito» sussurra attirandomi più vicino a lui.

Le nostre labbra si incontrano e i nostri corpi già nudi s'infiammano in meno di un secondo.

Eccoci qua, intossicati l'uno dall'altro. Io, pronta a donargli tutta me stessa, ancora una volta.

«Sei mia» ansima. «Sei tremila volte mia.»

44

Heisel

Harry continua a darmi pizzicotti sul fianco per farmi alzare ma sono davvero troppo stanca. Siamo stati svegli praticamente tutta la notte, ci siamo addormentati solo verso le cinque del mattino.

Sento tutto il corpo intorpidito e sono sicura di essere ricoperta dai segni d'amore che Harry mi lascia tutte le volte.

Oggi sto meglio. Sono più leggera e la luce che entra dalla finestra non mi disturba, mi sento come se la felicità mi avesse colpita in pieno.

«Quanto sei pigra» mi prende in giro Harry e mi dà un bacio sulla spalla. Poi si alza dal letto e s'infila velocemente i pantaloni della tuta. Io mi tiro a sedere, coprendomi il seno con le lenzuola.

«Buongiorno principessa.»

«Buongiorno Harry» sorrido e sono sicura di essere arrossita per questo soprannome.

«Che ore sono?» chiedo mentre vado in bagno, trascinando con me le coperte.

«Mezzogiorno.»

«Cosa?» strillo affacciandomi dalla porta. Harry ride e annuisce. Cazzo, sapevo che era tardi, ma non così tanto.

Entro nella doccia lasciando a terra le coperte impregnate del nostro odore.

La tendina di plastica viene spostata e il mio bellissimo e fantastico ragazzo entra con me.

«Perfetto» sorride e so cos'ha in mente.

Il mio telefono squilla mentre salgo le scale. Guardo il display: è mia madre. Harry mi ha riaccompagnata a casa ma si è fermato sotto il portone. Salutarsi è stato difficilissimo, non mi volevo staccare da lui, come se avessimo dovuto separarci per chissà quanto tempo.

«Mamma, ciao.»

«Ehi, Heisel.»

«Niall sono a casa» urlo entrando nell'appartamento, ma non ottengo nessuna risposta.

«Chi è Niall? Che fine ha fatto Harry?»

«Niall è un amico, mamma, sta da me qualche giorno» mento non sapendo come potrebbe prendere il fatto che io viva con un ragazzo pur essendo fidanzata con Harry.

Non c'è niente di male perché io e Niall siamo come fratelli, ma non penso che lei lo capirebbe.

«E con Harry come va?» chiede ancora.

«Tutto benissimo» taglio corto.

«Mi fa piacere. Perché non tornate a trovarci?»

«Uhm, sì... magari potremmo» taglio corto, perché il ricordo della mia ultima visita, l'incontro con Mattew e tutte le discussioni che sono seguite non mi mettono esattamente di buon umore.

Decido di cambiare argomento. «Ieri ho dato una sistemata alla casa insieme ad Alice. Ho comprato un sacco di cose nuove. Ho pensato a quando facevamo shopping insieme...»

«Davvero? È fantastico... sono... felicissima.»

La sua voce è commossa e credo che stia trattenendo le lacrime. Da tanto, troppo tempo, non parlavamo più in questo modo, non le raccontavo più niente della mia vita.

«Già.»

«Ti ho chiamato per dirti una cosa importante» annuncia e il cuore mi va in gola.

Cosa mi deve dire?

Calma, Heisel.

«Che cosa?»

«Ieri è arrivata una lettera dalla tua scuola.»

Cosa? Perché? Okay, ho fatto un po' di assenze, ma mi sono messa in pari e non ho materie insufficienti.

«È per quel test che hai fatto a settembre, quello per il corso di fotografia» mi spiega.

Non mi ricordo quasi di averlo fatto. L'avevo praticamente dimenticato. Come se l'avessi fatto una vita fa. E invece sono qui che tremo. Giuro, sto tremando.

«Sei passata.»

Cazzo.

"Sei passata."

Le parole mi rimbombano nella testa.

Vorrei che mia madre non avesse mai chiamato. Che non avesse mai visto quella lettera che adesso mi sembra solo un ostacolo. Una cosa bella, ma capitata al momento sbagliato. So che non dovrei nemmeno pensarci, dovrei prendere la valigia e correre in America. Perché si tratta di questo: due mesi in una scuola americana di fotografia, occasione stupenda, ma non so se voglio coglierla.

Come farei in America da sola? Senza Harry?

Fa strano dirlo, ma adesso mi rendo conto che dipendo da lui più di quanto vorrei.

Continuo a riempire i fogli della macchina da scrivere con tutti i "ma" e i "se" che mi vengono in mente, alla disperata ricerca di una risposta. Alla fine ci rinuncio e mi vesto per andare agli allenamenti con le cheerleader. Non ne ho molta voglia ma forse è meglio che stare qui a torturarmi.

Infilo i calzoncini e la maglia, lego i capelli in una coda e mi appunto mentalmente che uno di questi giorni dovrò andare a tagliarli. Indosso i miei stivaletti neri, afferro cellulare e sigarette ed esco di casa.

Quasi non avevo realizzato che è la prima volta che esco da sola dopo quello che è successo. Ma forse è meglio così, non ci devo pensare troppo. "Niente paura" mi ripeto e aumento il passo.

Costringo me stessa a non girarmi, a non essere paranoica, ma non è facile.

Ricordo la paura, il sapore amaro dell'umiliazione. Il vomito e la nausea che non mi abbandonavano. La privazione di qualcosa che è mio di diritto: il mio corpo. Gli occhi umidi e la poca voglia di mangiare. La vergogna nel guardare in faccia le persone come se loro potessero sapere tutto, come se avessero schifo di me.

All'improvviso tutti i miei progressi, le belle parole dello psicologo, vanno a farsi fottere. Non sono abbastanza coraggiosa. Ho perso ogni forza, ogni briciolo di volontà.

Mi sento abbandonata.

Spaventata.

Confusa.

Non si può vivere così. Non posso vivere per tutta la vita con questi demoni, con questi mostri che mi tormentano e non mi lasciano mai stare.

Non posso continuare a fare un passo avanti e cento indietro. Non ne posso più. Non posso fare questo a me stessa ancora una volta, lasciarmi andare e distruggermi.

Mi sento punto e a capo, come a ottobre, quando con lo sguardo spento aspettavo una svolta nella mia vita. Una svolta che è arrivata sotto forma di Harry.

Una lacrima mi riga il volto quando mi trovo a pochi passi dalla scuola. Osservo l'edificio imponente e mi chiedo se davvero posso entrare e affrontare due ore di capriole, sorrisi e merdate simili.

Le ginocchia sono deboli, potrei cadere da un momento all'altro. La schiena è percorsa da brividi, mi accendo una sigaretta per cercare di calmarmi. La nicotina entra dentro di me e mi pare di vedere lo sguardo duro di Harry mentre mi sgrida perché non dovrei fumare, la sua mano che colpisce il muro e il suo silenzio insostenibile in macchina, verso casa. Forse le cose erano più facili prima.

«Ehi, Heisel.»

Mi giro velocemente dopo essere quasi saltata in aria per lo spavento.

Mike.

Harry mi ucciderebbe se mi vedesse parlare con lui.

Nella mia mente scatta un campanello d'allarme che mi dice di correre via, ma non so perché.

«Ehi, ciao» lo saluto.

Lascio cadere la sigaretta a terra senza nemmeno accorgermene. Le mie ossa sembrano di gelatina e sento delle voci nella mia testa, suoni e rumori che appartengono a ricordi confusi, ma non metto a fuoco niente.

Merda.

Io odio fottutamente i giochetti del cazzo che mi fa il cervello.

«Come stai, cara?»

La voce è ruvida e poco gentile mentre appoggia una mano sulla mia spalla.

Il cuore sale fino alla gola per poi cadere giù nel profondo degli abissi. La pelle brucia sotto quel contatto, odio me stessa più che mai, perché il mio corpo mi sta dicendo chiaramente di andare via e io non lo sto facendo.

«Tutto okay» mormoro. Prendo un'altra sigaretta dal pacchetto quasi finito.

Per almeno un minuto mi guarda con un ghigno senza dire niente, e io evito il suo sguardo, perché ora come ora non reggerei quello di nessuno. Tanto meno il suo, che mi rende così nervosa senza un apparente motivo.

«Salutami i tuoi amici, cara.» Ripete quella parola "cara" con un tono ambiguo, irritante. Mi fa venire voglia di grattarmi le braccia o strapparmi i capelli.

Si allontana piano continuando a guardarmi con la stessa espressione malata.

Qualcosa non torna.

Chiudo gli occhi per pochi secondi, cercando dieci cose belle per cui essere felice, ma in questo momento non ne trovo nemmeno una.

Sono qua.

Sulla terrazza in cui ho portato Harry qualche sera fa, e guardo in basso cercando di indovinare cosa stanno facendo le persone giù in strada.

Sembrano tutte più felici di me.
Faccio un bilancio della mia vita fino a ora e mi chiedo perché sia andata così. Perché così tanto dolore e perché tutta questa instabilità.
"Se Dio ti ha dato la vita è perché sei abbastanza forte per viverla."
Chi l'ha detto? Non m'importa. Comunque non ci credo. Non so nemmeno se Dio esiste, anzi, penso di no.
Cosa ci sto a fare al mondo io? Perché devo vivere se devo stare così?
Non capisco.
E all'improvviso mi rendo conto di una grande verità: l'amore non ci salva. O almeno, non basta. E mi chiedo cosa farà Harry quando se ne accorgerà, quando si renderà conto che io sarò sempre incatenata al mio passato.
A tutte le cose brutte.
Un giorno vorrei poter dire che non è andata così. Che ho trovato la felicità e sono riuscita a vivere. Che mi sono perdonata con la facilità con cui perdono gli altri e ho viaggiato come tanto vorrei fare, facendo foto, scrivendo libri.
Vorrei poter dire un giorno a mia figlia che la sua mamma ce l'ha fatta e non è mai stata seduta su un cornicione con le gambe a penzoloni nel nulla.
Da grande, a quaranta o cinquant'anni, vorrei guardami indietro e poter dire che ce l'ho fatta.
Ma magari questo non succederà mai.
Anzi, probabilmente non accadrà. Perché più passa il tempo e più mi sento un'anima peccatrice in mezzo all'inferno. Senza scampo.
Mi alzo in piedi sul cornicione e cammino immaginando di essere sulla trave, come da piccola, a ginnastica. E mi trema il cuore mentre penso alla mia famiglia, a Maya, ai miei amici.
Abbasso lo sguardo e immergo gli occhi nel caos della città.
Sembrano tutti più felici di me.
Chiudo gli occhi.
Vorrei solo saltare giù.
Mi butto?

Harry

Saranno quasi venti minuti che aspetto Heisel fuori da scuola. Volevo farle una sorpresa ma lei non c'è. Quasi tutti gli altri studenti sono già usciti, alcune ragazze mi guardano ammiccanti e fanno di tutto per attirare la mia attenzione.

Taylor mi passa davanti e abbassa il capo, probabilmente imbarazzata per tutto quello che è successo. È meno sicura di quanto voglia far credere.

«Taylor» la chiamo.

Si gira lentamente senza guardarmi negli occhi.

«Sì?»

«Dov'è Heisel?»

«Non è venuta.»

«Okay, ciao» la congedo e lei si allontana sculettando come sempre.

Cazzo. Dov'è Heisel?

A casa non c'è. Lo so perché Niall è tornato poco fa e mi ha detto che l'appartamento era vuoto. Decido così di telefonarle ma lei non risponde. Comincio a preoccuparmi.

Cerco di calmarmi e di pensare a dove potrebbe essere, ma non mi viene in mente niente.

Salgo in macchina e inizio a vagare per le strade che frequentiamo di solito, magari si è infilata in qualche bar o è semplicemente seduta su una panchina a leggere. Non lo so.

Il telefono vibra per segnalare un messaggio nella segreteria.

Heisel.

Deve avermi chiamato prima, quando ero in macchina, avevo il cellulare spento.

Faccio partire la registrazione e ci sono diversi, troppi, secondi di silenzio prima che lei cominci a parlare.

"Ehi Harry... no, niente... ti volevo solo chiamare e... e ti amo. Sì, magari ricordatelo sempre che ti amo, okay? E... niente, qua il panorama è stupendo sai? E... niente..."

La sua voce trema per tutto il tempo e fa troppe pause. Conosco quel tono. Cazzo.

Provo a richiamarla ma non risponde. Lancio il telefono

sul sedile di fianco e impreco mentre guido fin troppo veloce verso non so nemmeno dove.

Cazzo.

Pensa, Harry.

"Qui c'è un panorama stupendo..."

Ci sono. So dov'è.

Ci metto almeno venti minuti per trovare quella cazzo di strada e quel palazzo di merda dove mi ha portato qualche sera fa. Sento il rumore delle sirene... ambulanza e polizia, devono essere sull'altro lato del palazzo.

No no no no no no no no no no no.

Salgo le scale alla velocità della luce.

Il vento freddo mi colpisce in pieno quando arrivo sul tetto e il suono delle sirene si fa più intenso.

No.

Ora la trovo. È seduta qui da qualche parte.

Ora la trovo.

Ora la trovo.

Ora la trovo.

Eccola. Eccola, cazzo.

«Heisel!» urlo.

È seduta sul cornicione, il viso rivolto verso il cielo, ha i capelli legati in una coda di cavallo che vola spinta dal vento.

Rimango immobile a guardarla e mi chiedo quando cazzo questa ragazza starà bene. Quando le basterò io per essere felice.

Voglio solo che per lei le cose inizino ad andare bene ma non è mai così. Ogni volta c'è un nuovo problema e ogni volta lei si spezza un po' di più. Si piega. Si frantuma.

Questa ragazza è programmata per l'autodistruzione.

Si gira e i suoi piedi toccano finalmente il tetto.

Posso vedere le sue gambe nude e i calzoncini blu sotto il lungo cappotto nero.

La raggiungo e mi siedo accanto a lei che si accende una sigaretta. Me ne offre una e questa volta accetto.

«Come stai?» le chiedo. Appoggia la testa sulla mia spalla e continua a fumare.

«Male» mormora. «Tu?»

Non rispondo e prendo un altro tiro. Ha gli occhi stanchi e lo sguardo di ghiaccio proprio come quando ci siamo conosciuti. Quando ancora non mi amava. Quando non sapeva nemmeno chi fosse.

Ora lo sa chi è?

Lo sa di essere Heisel Gray, una delle persone più forti, migliori di tutto questo schifo di mondo?

Vorrei che si guardasse per un minuto soltanto con i miei occhi, così capirebbe quanto cazzo è meravigliosa.

Odio il dolore che la circonda, i suoi complessi d'inferiorità. Tutto.

Ma amo lei.

La mia Heisel.

«Non farlo mai più» le dico. Lancia la sigaretta a terra e si gira verso di me.

Annuisce e nasconde la testa nel mio petto.

La stringo fra le braccia e le do un bacio sulla fronte.

«Cosa succede?»

«Io... non lo so» sussurra. «Mi dispiace, Harry.»

Inizia a piangere.

Io vorrei dirle che dispiace anche a me, che sono arrivato ad amarla così tanto che non me ne frega di nient'altro, che non sento più il bisogno di scappare. Vorrei dirle che il dolore passerà, ma non mi crederebbe.

Finisco la sigaretta e la getto giù in strada.

Mai avrei pensato di ritrovarmi così.

«Non sei sola» le ricordo e lei si stringe di più a me. È la sensazione più bella del mondo.

45

Heisel

«Ero su quel cornicione e l'unica cosa a cui riuscivo a pensare era che, se mi buttavo, sarei stata meglio» dico al mio psicologo.

Lui mi osserva attentamente.

«E gli altri, Heisel, sarebbero stati meglio senza di te?»

«Avrebbero pianto... e magari alcuni sarebbero anche venuti al mio funerale, ma poi sarebbero tornati tutti alle proprie vite. Il tempo passa veloce, le persone non si fermano.»

«Lo pensi davvero?»

Rimango in silenzio.

«I tuoi amici... quelli veri, quanti sono?» mi chiede ancora.

«Non lo so... nove, credo.»

«Okay... aggiungici i tuoi genitori ed Harry.»

«Dodici.»

«Contiamo anche i tuoi compagni di scuola, quelli che non sono i tuoi migliori amici ma sono pur sempre ragazzi e ragazze coi quali hai condiviso qualcosa. Poi aggiungi i professori che hanno stima di te e le tue vecchie amicizie a Manchester.»

«Non la seguo.»

«Sono più di cento vite cambiate per sempre... te ne rendi conto?»

Mi fermo un attimo a pensare.

«Sei tu, Heisel, il centro di tutto, perché sei tu che stai male e tu che non ce la fai più, ma altre persone ti stanno intorno e tengono alla tua vita. Sei solo troppo ferita per rendertene conto.»

«Voglio solo non sentire più niente» dico mentre un'altra lacrima mi riga la guancia.

«Non è possibile. Siamo destinati a sentire tutto, chi più, chi meno, per tutta la vita.»

«Cosa devo fare?»

«Chiarezza. Devi fare chiarezza, liberarti di tutto ciò che ti confonde... vai in America, Heisel.»

«Non sono nessuno da sola.»

«Sei Heisel Gray.»

«Un nome non definisce una persona... non lo dice anche Shakespeare? Cos'è un nome?»

«Forse non è niente, hai ragione» ribatte lui. «Forse è solo un modo per spingerci a riflettere, a ricordarci chi siamo. Vai a casa ora, e cerca di riposare, concediti una pausa da tutto.»

«Facile a dirsi.»

Accenno un sorriso per sdrammatizzare un po' la situazione. Poi mi alzo e mi avvicino alla porta.

«Ah, Heisel... non tagliare fuori Harry.»

"Ci proverò..." penso, ma non riesco a rispondere.

Quando arrivo a casa, Niall sta dormendo. Mi ha lasciato un piatto di pasta sul tavolo. Mangio qualche boccone in piedi, passeggiando per la casa. Mi fermo a guardare il quadro che ho dipinto al corso di arte e mi si scalda il cuore.

Mi mette sempre un po' di allegria guardarlo.

Mi siedo alla mia scrivania e inizio a scrivere.

Poi però mi fermo. Non ho veramente voglia di scrivere ora. Ho voglia di leggere.

Così prendo i miei scritti di quest'anno e li leggo. Tutti, uno a uno.

La mia crescita. I miei alti e bassi. Mi viene da sorridere mentre rivivo i momenti in cui credevo davvero di avercela fatta o quasi. Arrivo fino agli scritti più recenti, quelli più vicini al presente e al futuro.

Cosa devo fare?

L'America mi spaventa.
Tutto mi spaventa.
Voglio solo dormire.

È mattino e io mi sono svegliata con un obiettivo: fare chiarezza.

Scalcio via le coperte dal letto. Mi alzo e vado in cucina, non so nemmeno io perché.

Ho pensato tutta la notte. Forse anche troppo. Ho analizzato tutto e ho capito che devo cominciare dalle persone. In fondo è quello che un po' ho già fatto, da quando ho ripreso a parlare con mio padre, da quando anche con mia madre è ricomparso il barlume di un rapporto. Ma non è con loro che devo parlare oggi. Ho bisogno di chiarirmi con Harry, perché è l'unico modo per conoscere i suoi reali desideri per il futuro, che è ciò che mi spaventa. Non posso più rinviare questo confronto, perché il mio futuro, ora, potrebbe essere dietro l'angolo. E io ho bisogno di capire se lui è veramente pronto a condividerlo con me. E se lo è, mi deve dire tutta la verità.

È deciso.

Devo smetterla di far finta di non vedere le cose, di passarci sopra come se niente m'importasse sul serio. Tutto è importante.

E così eccomi qua, a girare per l'appartamento cercando di convincermi che devo fare ciò che ho pianificato. Devo farlo per me.

La porta si apre.

«Siamo a casa!» urla Niall entrando.

Le finestre sono aperte e oggi, nonostante il freddo, c'è il sole. Questo mi aiuta, almeno un po', ad affrontare le cose con più serenità.

«Ehi» sorrido appena vedo Louis, Harry e Niall che si tolgono i giubbotti nell'ingresso.

Saluto i miei amici con un bacio sulla guancia mentre Harry mi abbraccia e mi stringe a sé. Il solo contatto con il suo corpo mi provoca una scarica elettrica lungo la schiena. Vorrei non pensare al fatto che fra poco le cose verranno messe sotto sopra e che questa volta, magari, sarà più difficile fare pace.

Magari sarà la fine di tutto.
O l'inizio.
Non lo so.
Non saperlo mi spaventa a morte e vorrei che questo giorno fosse già finito.
«Io... io ho bisogno di parlarvi» dico.
Tutti e tre mi guardano preoccupati.
«Di cosa?» chiede Louis. Niall sospira mentre Harry distoglie lo sguardo.
«Ho... bisogno di spiegazioni.»
«Non possiamo parlarne dopo? Noi adesso...»
Harry prova a evitare il discorso, ma subito lo interrompo.
«No» il mio tono è duro e freddo. «Ne parliamo adesso.»
Mi fulmina con lo sguardo e poi si gira verso i suoi amici.
Odio questa situazione. Cazzo.
«Ne parliamo noi due allora, da soli» dice.
«Okay» mormoro.
Louis e Niall annuiscono e s'infilano nuovamente i giubbotti che si sono tolti poco fa. Poi escono, ma prima mi stringono entrambi in un abbraccio e posso giurare di sentire Louis sussurrare "scusa" al mio orecchio. Lo guardo confusa, ma in un attimo lui è già fuori con Niall.
Faccio qualche passo e mi allontano da Harry. Se lo tengo troppo vicino rischio di confondermi o arrendermi, prima ancora di iniziare a parlare. Questa volta, invece, deve venire fuori tutto.
Se mi ama davvero, mi dirà la verità.
Sento il petto bruciare e l'ansia salire.
«Quindi... di cosa dobbiamo parlare?» chiede lui.
Lo guardo: i capelli riccioli tenuti fermi da una bandana, i jeans neri strappati sulle ginocchia, una felpa verde militare. È bellissimo. E, mentre lo guardo, me ne innamoro ancora una volta.
Salvo la sua immagine nella mente. Il suo sorriso e gli occhi verdi... come se fosse l'ultima volta in cui posso guardarlo così.
«Ho bisogno di sapere se voi continuate a fare affari insieme.»

Okay. Non è il modo migliore per iniziare una conversazione di questo genere, ma nella mia mente c'è troppa confusione e, da quando siamo rimasti soli, l'aria nella stanza sembra mancare.

Harry tace, lo sguardo fisso sul pavimento.

«Hai capito di cosa sto parlando. Mi avevi detto che avevi smesso con tutte quelle merdate lì. Invece mi sembra che non sia così. Mi hai mentito?»

«Sì» ammette.

Grandioso.

«E quindi non hai mai pensato di farla finita... non ci avete mai pensato. Questa è la verità.»

«Sì, ci pensiamo... ma non è proprio una cosa così semplice...»

«E tu non me ne hai mai parlato. Posso sapere almeno in cosa consiste?»

«È meglio di no.»

«Non me ne frega un cazzo di quello che è meglio. Voglio saperlo.»

«Merda» dice duro. «Sono le solite cazzate che fanno dei ragazzi a diciotto anni, lavoretti per tirare avanti.»

«Ne hai venti di anni.»

«Non cambia niente» ribatte. Le cose si stanno movimentando. «E tu dovresti starne fuori.»

«Cosa?»

«Ho detto che tu dovresti starne fuori.»

«Davvero, Harry? Sono cinque mesi che sto zitta, che non dico niente e mi faccio andare bene praticamente tutto... e tu mi dici di starne fuori? Cazzo. Mi ci hai portato te in mezzo a questa situazione, lo sai.»

«Sì, lo so... e sto cercando di tenertici il più lontano possibile.»

«È troppo tardi e ora io voglio spiegazioni, non ce la faccio più così... voglio chiarezza.»

«Su cosa?»

«Su tutto, lo sai benissimo su cosa... ho fatto finta di non vedere niente per troppo tempo, Harry, e l'ho fatto solo per salvare la nostra relazione... per non farti andare via.»

Lui resta in silenzio, il suo sguardo è indecifrabile anche per me, ora.

«Partiamo da Niall» dico. Lui mi guarda. «Perché vive qua?»

Harry sussulta, ma cerca di non darlo a vedere.

Grandioso. Sempre più grandioso.

«Per controllarti.»

«Mi avete accollato un controllore senza che nemmeno io lo sapessi!» urlo, non posso farne a meno. «Ti rendi conto? E poi controllarmi di cosa?»

«L'abbiamo fatto solo per il tuo cazzo di bene» urla pure lui ma non sembra così sicuro di sé in questo momento. È come se stesse ancora cercando di mettere insieme i pezzi della sua verità. «Te l'ho sempre detto che Mike, i suoi amici, il suo gruppo, loro, insomma, non vanno d'accordo con noi... e sono capaci di tutto.»

«E questo cosa c'entra? Quello che dici per me non ha senso. Devi parlare chiaramente, altrimenti è inutile.»

Harry prova ad avvicinarsi ma io indietreggio.

«È una storia del cazzo Heisel.»

«E io la voglio sapere. Cosa c'entra Mike?»

Sospira, stringe le labbra, ma non come quando è arrabbiato. Harry adesso sembra sconfitto e questa cosa mi spaventa.

«Mike ha sempre avuto una cazzo di cotta per te, o qualcosa di più, insomma, non lo so esattamente, ma non è questo il punto. Io e lui ci stiamo sul cazzo da sempre... e lui è un pazzo psicopatico, ha sempre fatto di tutto per dividerci.»

«Mike... ha cercato di dividerci? E come? Quando?»

«Lasciami finire. Il problema non eri tu, ma il fatto che Mike sperava che io e i ragazzi la smettessimo di lavorare sul suo territorio e noi non siamo mai andati a rompergli i coglioni, non ne avevamo motivo. Poi è saltato fuori un affare. E forse avremmo dovuto lasciar stare, ma erano tanti soldi ed eravamo tutti un po' a secco, era un lavoro facile, speravamo di gestirci Mike e la sua banda, di trovare un accordo con loro, ma poi è successo un casino. Mike si è incazzato come un pazzo e mi ha detto che si sarebbe vendicato. E ho avuto paura. Ho avuto paura per te. Sei l'unica cosa a cui tengo veramente e il solo pensiero che potesse arrivare a te mi faceva impazzire. A quel punto, ti ho mandato Niall.»

Io non riesco a credere a ciò che sentono le mie orecchie. Volevo fare chiarezza e invece sono più confusa di prima. Inoltre, ora, sono anche furiosa.

«Ma come cazzo ragionate? Tu sei pazzo, voi siete pazzi... lui è pazzo.»

«Probabilmente...»

«Mike...» sussurro.

Le scariche di paura che ho avuto l'altro giorno, quando l'ho incontrato, mi scuotono di nuovo al solo pronunciare quel nome.

«Heisel» sussurra Harry e io alzo gli occhi verso di lui, spaventata, terrorizzata, incredula.

«È stato lui» dico e scuoto la testa, stringo le labbra per trattenere la nausea e il pianto. Harry mi fissa immobile e nel suo sguardo c'è già la risposta.

«Sì» sussurra.

Si avvicina a me, mi mette una mano sul braccio, ma lo spingo via.

No no no no no no no.

Il mondo mi cade sulle spalle. Diecimila spade mi trafiggono. Tutte sul cuore, sul petto, nello stomaco. Ovunque. Sento di poter morire.

«Tu» dico «tu lo sapevi e non mi hai mai detto niente.»

Una lacrima scende dai miei occhi, ma la catturo e mi prometto che sarà la prima e l'ultima.

«Cosa avrebbe cambiato dirtelo, Heisel?»

«Stai scherzando» fingo una risata e lui stringe i pugni.

«Per niente.»

«Cosa avrebbe cambiato? Quel ragazzo si è preso il mio corpo e la mia mente e io nemmeno sapevo che fosse stato lui.»

Portare a galla i ricordi fa male. Il mio cuore sanguina, non posso reggere tutto ciò.

«Hai idea di come sia stato per me? Non sapendo chi fosse, avevo paura di ogni uomo che vedevo per strada.»

«Il senso di colpa mi divora ogni giorno, perché è solo colpa mia...»

Si passa le mani fra i capelli e respira affannosamente.

«Tu lo sapevi!» urlo e mi allontano ancora.

«Voi lo sapevate» mi correggo pensando che i miei più cari amici erano a conoscenza di tutta questa merda. Ora capisco le scuse di Louis.

Il mio migliore amico, quello che per me è stato un fratello, che mi ha sempre amata e sostenuta, non mi ha detto niente.

«Non avrebbe cambiato le cose dirtelo o no.»

«Per me sì.»

Mi guarda immobile e posso vedere quanto sia triste. I suoi occhi sono lucidi e sta cercando disperatamente di avere un contatto con me. Un contatto che io non voglio.

«Tu non mi ami» dico.

«Non puoi dirlo!» urla di nuovo.

«Se mi amassi veramente, tutto questo non ci sarebbe... avrei dovuto capirlo prima.»

Che sciocca che sono stata. Il mio muro di ghiaccio serviva proprio a questo, a non farmi frantumare il cuore in mille pezzi.

È colpa mia, ancora una volta. Ho finto di non vedere per paura. Sono una codarda.

«Non è vero.»

Sbatte la mano contro il muro e mi sembra di tornare indietro nel tempo. «Ti amo, ti amo e lo sai.»

Si avvicina e sono troppo stanca per allontanarmi ancora. Porta entrambe le mani sul mio viso e lo alza in modo che i nostri occhi s'incontrino.

Piango. Piango perché amo quegli occhi verdi con tutta me stessa e questa è l'ultima volta che posso guardarli.

Avevo ragione, oggi è la fine di tutto. Il punto di non ritorno.

Appoggia le sue labbra sulle mie nel bacio più disperato che ci siamo mai dati.

Mi stacco lentamente e solo ora mi accorgo che una lacrima gli ha rigato il volto.

Usa la manica della felpa per asciugarsi la guancia e mi guarda in un modo nuovo.

Come il mare alla fine dell'estate, la neve che si scioglie, il libro preferito quando ormai è finito e rimane chiuso sul comodino. Così mi guarda Harry.

«Anche io ti amo» gli dico con un filo di voce. «Ricordatelo sempre... okay?»

«Non sta succedendo davvero» dice con voce tremante. «Non ci stiamo lasciando.»

«Mi dispiace» sussurro.

«Possiamo aggiustare le cose.»

«Ho paura che questa volta non sarà così.»

Mi allontano, mi asciugo gli occhi con la manica della felpa.

«Puoi... puoi...» dice, ma non riesce a terminare la frase.

La sua voce è rotta e tormentata.

Non ci posso ancora credere che questa è la fine.

Prende un respiro profondo che ne contiene la consapevolezza. «Puoi ricordarti tutto? Portarmi sempre con te?»

«Sempre.»

Fa un mezzo sorriso. Poi si avvicina alla porta e io prego che ci metta una vita per aprirla, perché non sono pronta a vederlo andare via per sempre.

«Ti amo» mi dice.

«Addio, Harry.»

Un'altra lacrima gli attraversa il volto in contrasto col piccolo sorriso che mi sta regalando.

Un sorriso buono, disperato, amaro.

Cammino velocemente verso di lui e mi getto fra le sue braccia iniziando a piangere come avrei voluto fare già molto tempo fa. Mi stringe forte. Tanto forte che mi vorrei addormentare così.

«Non posso lasciarti andare» mi dice.

«Non posso tenerti con me.»

Scioglie l'abbraccio.

«Mi dispiace avere sbagliato in questo modo» sussurra. «Se tornassi indietro, saprei amarti nella maniera giusta.»

Mi accarezza una guancia e mi sistema i capelli dietro l'orecchio.

Poi si allontana.

Appoggia la mano sulla maniglia.

La apre e con un solo passo è fuori.

Non è più qua con me.
«Tornerò a prenderti» mi dice prima di togliersi la bandana dai capelli e darmela. «Tuo per sempre.»
Poi si gira e va via.

46

Heisel

È tutto pronto.

Alice mi aiuta a mettere in valigia le ultime cose.

«Lascio a te le chiavi dell'appartamento, okay?» le chiedo mentre trascino i bagagli lungo le scale.

L'autista del taxi mi aiuta a caricarle in macchina. Mi sento strana, per niente pronta a lasciare questo posto.

Non ho più parlato con nessuno dei ragazzi da ieri, quando io ed Harry ci siamo detti addio, e non intendo farlo.

«Sei sempre sicura di quello che stai per fare?» mi chiede Alice. È stata con me tutta la notte, lei piangeva e io ero semplicemente immobile, incapace di dire o fare qualsiasi cosa.

«Sì» dico e fingo un sorriso.

Mi guarda con occhi tristi e stanchi e io vorrei davvero mandare via tutto il suo dolore e tutta la sua preoccupazione... come dice il mio psicologo, non ci sono solo io dentro tutta questa storia, ci sono più di cento vite.

«Be'... te l'ho già detto, posso trasferirmi in America ed essere con te nel giro di due settimane...»

«Non se ne parla, hai già lasciato Manchester per venire qua con me... non posso farti girare mezzo mondo. E poi tu ami Londra.»

«La ami di più tu.»

È vero. Amo questa città, l'ho sempre vista come una via di fuga dalla mia vita precedente ma, ora, devo lasciarla.

«Torno per il diploma, non sto via per sempre.»
Provo a sorridere ma lei non ricambia.
«Mi mancherai così tanto» dice e mi stringe fra le braccia.
«Anche tu, non sai quanto.»
Le lacrime rigano il mio volto mentre abbraccio la mia migliore amica. Mi sembra di rivedere in un solo momento, in una sola immagine confusa, tutte le nostre avventure.
Sciolgo l'abbraccio e mi asciugo gli occhi. Lei non prova nemmeno a nascondere le lacrime.
«Se mai a loro venisse il dubbio... ricorda ai ragazzi che voglio bene a tutti loro... uno a uno, nonostante tutto.»
«Sì» questa volta sorride. «Non sanno niente della tua partenza, giusto? Nemmeno Harry?»
«Nessuno di loro, nemmeno lui.»
Mi perdo per qualche momento a pensare ai miei amici e a quanto in realtà mi spaventi l'America.
Quella che prima sembrava solo una cosa di troppo, un intralcio, adesso è diventata l'unica via per uscire da questo caos, per trovare la mia strada.
«Salutami Lèon» mi dice.
«Certo.»
Spero davvero di vedere mio fratello più spesso ora che sarò dall'altra parte dell'oceano, lui adesso è lì, dopo il suo ultimo viaggio studio in Canada. E forse anche questo è un segno.
«Chiamami ogni giorno, oppure lo farò io» dice Alice e si asciuga gli occhi.
«Certo, ogni ora... tu puoi sempre chiamare.»
«Niente alcol, ti voglio lucida e forte...»
La sua voce è spezzata e so quanta paura ha che io possa farmi di nuovo del male.
«Tranquilla» le accarezzo una spalla e lei mi abbraccia ancora una volta. I suoi singhiozzi sono quasi incontrollabili.
«Okay, ora la smetto» dice, cercando di ricomporsi e accennando a un timido sorriso.
«Ti chiamo appena arrivo.»
Salgo sul taxi e mando un bacio alla mia migliore amica che diventa sempre più piccola man mano che la macchina si allontana.

Inizio a piangere tutte le lacrime che non ho versato questa notte e mi sento terribilmente rotta in questo momento.

Come me la caverò in America?

Devo farcela, devo farcela per me stessa. Niente più muro di ghiaccio, niente alcol, niente cazzate e niente pillole per attacchi di panico, ansia e chissà cosa.

Devo farcela.

Sono seduta accanto al finestrino. Vicino a me non c'è nessuno. Osservo le case sotto di me rimpicciolirsi e inizio a piangere ancora una volta vedendo la mia città allontanarsi, pensando a tutto ciò che lascio. A Harry. Il mio Harry.

Non me ne capacito ancora.

Ancora non ci credo.

Ci lascio il cuore a Londra.

Appoggio la testa contro il finestrino e provo a calmare i miei singhiozzi... alcune persone si sono girate. Infilo una mano nella tasca del cappotto per prendere un fazzoletto ma trovo una busta piegata in due e un po' stropicciata. Non ho idea di cosa sia o chi l'abbia messa lì.

La apro e dentro trovo una lettera. Mi ci vuole meno di un secondo per riconoscere la scrittura di Harry.

Cara Heisel,

non so precisamente cosa ne sarà adesso di me, di noi, ma ho deciso di scriverti perché per una persona come te non basta un ciao... non basta niente... non basterà una vita intera per dimenticarti.

Ieri sera, tornato a casa non ho aperto nessuna bottiglia di vodka, non ho preso a calci niente, mi sono semplicemente seduto e ho aspettato. Mi sentivo distrutto. Così ho acceso la televisione e mi sono messo a guardare i nostri video, tutti, uno a uno... non stavo meglio, anzi, era una forma di masochismo, ma le immagini di te che sorridi mi hanno aiutato a capire meglio... tutto. Poi ho letto i tuoi scritti, ancora una volta... e lì, lo ammetto, ho bevuto un bicchiere di vodka. Ci stava bene.

E ammetto anche che in quel momento ho pensato di venire a casa tua... e ti dirò di più, l'ho fatto. Sono venuto a casa tua e sono stato più o meno due ore davanti alla porta del tuo appartamen-

to, seduto sulle scale a chiedermi come fosse possibile, dopo tutto quello che abbiamo passato insieme, che le cose finissero proprio ora. Proprio così.

La risposta non c'era e non avevo il coraggio di bussare, di chiamarti, di guardarti un'altra volta negli occhi sapendo che sarebbe stata l'ultima. Così me ne sono andato.

Mentre tornavo a casa, ho pianto e mi sentivo un completo idiota... io che piango, l'avresti mai detto?

Casa mia era insulsa, fredda e vuota. È così tutte le volte che tu non ci sei e forse avrei dovuto dirtelo prima, scusa se non l'ho fatto.

Scusa, te ne devo tanti, così come ti devo molti grazie.

So che nella nostra relazione sembro io quello che salva te, ma non è così. Non lo è mai stato. Tu non hai idea di quante volte mi hai salvato. Mi hai preso e mi hai reso una persona migliore. Sei ciò di cui ho sempre avuto bisogno. Lo sai?

Avevo bisogno di una persona che, ogni volta che mi mandava al diavolo, poi veniva a riprendermi, e tu lo sei stata. Il mio angelo. La mia forza. Sei stata la mia motivazione per essere qualcosa in più rispetto a ciò che sono sempre stato. E scusa per non avertelo mai detto.

Io e te siamo un casino e io non sono capace di amare le persone. Ricordi? Lo dicevamo sempre.

Quindi scusa anche per questo. Per essere sempre stato un codardo e per non averti detto prima che ti amo in un modo troppo grande per essere descritto e che amo quando fischietti le canzoni dei Coldplay, quando mi sorridi e quando mangiamo insieme la pizza.

Scusa per non averti mai detto che fare l'amore con te è stata la cosa più bella di tutta la mia vita.

E ora finalmente te lo dico: sei il mio più grande successo, senza di te non sarei mai stato niente.

Non so con che coraggio mi hai preso, tenuto con te per tutto questo tempo... ma oggi è questo quello che voglio farti capire. Ciò che ho provato a dirti per tanto tempo senza mai riuscirci: devi credere in te. Io ci credo. Devi credere nella persona meravigliosa che sei.

Sei tanto forte, Heisel. E sei bellissima, anche se non la pensi come me. Mi devi promettere che lo farai per te stessa, non per me, dovrai riuscire a essere te, Heisel.

Non so perché ti sto scrivendo queste cose, forse perché voglio solo assicurarmi che starai bene o che almeno ci proverai.

Non ti autodistruggere e ricorda di ridere tanto perché sei bellissima quando lo fai...

Adesso, io non so se ti rivedrò domani, o fra qualche giorno, fra un mese o fra un anno... o se magari non ci vedremo più... Ma voglio solo che tu sappia che ti porterò dentro in ogni secondo della mia vita. Perché sei l'unica persona che sono riuscito ad amare.

Non so cosa dirò a Rose, magari le racconterò che sei andata in vacanza per un po'... e forse è quello che racconterò a me stesso, perché non sono pronto ad accettare che non fai più parte della mia vita.

Anzi, che stronzata.

Ne farai sempre parte... e ritiro anche quello che ho scritto sopra... non possiamo non vederci mai più. Quando non ci sei, mi manca l'aria e mi sento fottutamente perso.

E ora, su questo foglio, voglio farti una promessa...

Ti aspetterò.

Ti aspetterò per sempre anche se non dovessi tornare mai.

Starò seduto sulla poltrona di camera mia e ti penserò ogni volta che ascolterò Magic da qualche parte... Ricordi quando abbiamo fatto l'amore con quella canzone in sottofondo?

Tu ricordati per sempre della mia mano sul tuo fianco, della mia voce e delle nostre gambe intrecciate.

Ricordati che voglio solo il meglio per te... che spero riuscirai a fare tutti quei viaggi e... okay, scusa. Non lo spero. Questo non posso scrivertelo, il solo pensiero mi distrugge. Dovevamo farli insieme, ricordi? Paese per paese... un tatuaggio in ogni luogo... io ricordo tutto, quando si tratta di te.

Forse non ci siamo dati abbastanza tempo per dirci addio, ma abbiamo sempre fatto schifo in queste cose.

Ora però mi restano troppe domande e troppi progetti che non saranno mai realizzati... Non ti sembra strano? A me sì.

Non voglio andare a dormire, perché non voglio che arrivi domani, quando la consapevolezza che tu non sei più con me mi colpirà troppo forte.

Mi dispiace.

Scusa.

Scusa ancora... mi dispiace. Non sono scuse perché tu mi riprenda con te, mi sto scusando perché avrei dovuto farlo tempo fa... e non l'ho mai fatto.

E adesso ti dico anche cosa credo, ormai ti ho detto tutto... Credo che io e te, prima o poi, ci rincontreremo. Magari mentre saremo a fare la spesa, oppure su un aereo, da qualche parte nel mondo... ma ti giuro che prima o poi ti guarderò negli occhi.

Portami sempre con te.

Ti amo.

Tuo per sempre.

Harry.

Le lacrime rigano il mio volto senza fermarsi nemmeno un secondo. Sposto la lettera per evitare di bagnarla e continuo a guardare il foglio tra le mie mani che tremano.

Accarezzo col pollice le ultime righe.

Tuo per sempre, dice. Mio, Harry sarà mio per sempre. E io sarò sua per tutta la mia vita.

«A presto, Harry» sussurro prima di chiudere gli occhi... l'America è ancora lontana e io voglio sognare un'ultima volta il nostro amore.

Mondadori Libri S.p.A.

Questo volume è stato stampato
presso ELCOGRAF S.p.A.
Stabilimento - Cles (TN)

Stampato in Italia - Printed in Italy